Dacia Maraini

Écrivain, poète, dramaturge, grande dame de la littérature italienne, longtemps compagne d'Alberto Moravia, Dacia Maraini, née en 1936 à Florence, fut aussi une figure marquante du féminisme.

Fille d'un père archéologue et d'une mère issue de la noblesse sicilienne, elle a grandi à Bagheria, près de Palerme, qui sert de cadre à ce roman. Plusieurs films ont été adaptés de son œuvre dont : *Thérèse la voleuse*, avec Monica Vitti, et *L'Histoire de Pierra*, avec Isabelle Huppert. La plupart de ses livres ont été traduits en français. Dacia Maraini a obtenu pour *La Vie silencieuse de Marianna Ucrìa* le prestigieux prix Campiello 1990. Son roman a été adapté au cinéma en 1996 par Roberto Faenza sous le titre *Marianna Ucrìa*, avec Emmanuelle Laborit dans le rôle de Marianna.

la vie silencieuse de marianna ucrìa

dacia
maraini

la vie silencieuse de marianna ucrìa

traduit de l'italien
par donatella saulnier

pavillons poche
robert laffont

Titre original : LA LUNGA VITA DI MARIANNA UCRÌA

ISBN : 2-221-10644-X
(édition originale : ISBN : 22-17-66440-5 RCS Rizzoli Libri S.p.A., Milan)

1.

Voici un père et sa fille : lui est blond, beau, souriant, elle gauche, rouquine et apeurée. Lui d'une élégance débraillée, les bas mal tirés, la perruque de travers, elle serrée dans un corselet amarante qui accuse son teint de cire.

La petite fille observe dans le miroir son père qui, penché en avant, ajuste ses bas blancs à ses mollets. La bouche est en mouvement mais le son des paroles n'atteint pas l'enfant, il se perd avant d'arriver à ses oreilles comme si la distance visible qui les sépare n'était qu'un effet d'optique. Ils semblent proches l'un de l'autre, des centaines de lieues les séparent.

La petite fille guette les lèvres de son père qui maintenant remuent plus vite. Bien qu'elle ne l'entende pas, elle sait ce qu'il est en train de lui dire : qu'elle se dépêche d'aller saluer madame mère, qu'elle descende avec lui dans la cour, qu'elle monte en voiture, parce que, comme d'habitude, ils sont en retard.

Entre-temps, Raffaele Cuffa, qui, quand il est à la « maison de campagne », se déplace comme un renard à pas légers et circonspects, a rejoint le duc Signoretto et lui tend une grande corbeille d'osier sur laquelle se détache une croix blanche.

Le duc ouvre le couvercle d'un léger mouvement du poignet que sa fille reconnaît comme une de ses attitudes les plus fréquentes : c'est le geste irrité duquel il écarte les choses qui l'ennuient. Cette main indolente et sensuelle s'enfonce dans les étoffes bien repassées, frissonne au contact glacial du crucifix d'argent, tâte la bourse pleine de monnaie puis se retire rapidement. Un signe, et Raffaele Cuffa s'empresse de refermer la corbeille. Il n'y a plus qu'à faire courir les chevaux jusqu'à Palerme.

Pendant ce temps, Marianna s'est précipitée dans la chambre à coucher de ses parents où elle trouve sa mère alanguie dans les draps, la chemise boursouflée de dentelles glissant sur son épaule, les doigts d'une main fermés sur une tabatière d'émail.

L'enfant s'arrête un instant, suffoquée par l'odeur de miel du tabac jointe aux autres effluves accompagnant le réveil maternel : huile de rose, sueur évaporée, urine sèche, pastilles à l'iris.

La mère presse sa fille contre elle dans un geste de tendresse paresseuse. Marianna voit les lèvres qui bougent, mais elle ne veut pas faire l'effort de deviner les mots. Elle sait qu'elle lui dit de ne pas traverser seule la route, parce que, sourde comme elle est, elle pourrait se retrouver écrasée sous une voiture qu'elle n'aurait pas entendue arriver. Et puis les chiens, qu'ils soient grands ou petits, qu'elle ne s'approche pas des chiens. Leur queue, elle le sait, s'allonge jusqu'à s'enrouler, comme le font les chimères, autour de la taille des gens, et puis zac, ils t'embrochent avec cette pointe fourchue, et tu es morte avant même de le savoir…

L'enfant arrête un moment son regard sur le gras menton de madame mère, sur les joues lisses et roses, sur les yeux ingénus, résignés et lointains : je ne deviendrai jamais comme elle, se dit-elle, jamais, même morte.

Madame mère est encore en train de parler des chiens chimères qui s'allongent comme des serpents, qui te chatouillent de leurs moustaches, qui te charment de leurs regards malins, quand elle s'enfuit après un baiser hâtif.

Monsieur père est déjà en voiture. Mais, loin de crier, il chante. Elle le déduit de sa façon de gonfler les joues, de hausser les sourcils. Sitôt posé le pied sur le marchepied, elle se sent empoignée et poussée sur le siège. D'un coup sec, le portillon est clos de l'intérieur. Et les chevaux, fouettés par Peppino Cannarota, partent au galop.

La petite fille se laisse aller sur le siège capitonné et ferme les yeux. Parfois, les deux sens sur lesquels elle compte le plus sont si tendus qu'ils luttent misérablement l'un contre l'autre. Sa vue a l'ambition d'embrasser les formes complètes dans leur intégrité, tandis que son odorat prétend se charger de faire passer le monde entier à travers ces deux minuscules trous de chair qui se trouvent au fond de son nez.

Elle a baissé les paupières pour se reposer les yeux un instant, et ses narines se sont mises à absorber l'air, reconnaissant, classant méticuleusement les odeurs : comme elle domine, l'odeur de laitue qui imprègne le gilet de monsieur père ! Dessous, se laisse deviner le parfum de la poudre de riz mêlé à la graisse des sièges, à l'acide des poux écrasés, à l'irritante poussière de la route qui s'introduit par le joint des portes, ainsi qu'à une légère senteur de menthe montant des prés de Palagonia.

Mais une secousse plus violente que les autres la force à ouvrir les yeux. Elle voit son père qui dort sur le siège en face, le tricorne renversé sur l'épaule, la perruque de travers sur le beau visage en sueur, les cils blonds reposant avec grâce sur des joues à peine rasées.

Marianna écarte le rideau lie-de-vin rebrodé d'aigles d'or. Elle voit un bout de route et des oies fuyant devant les roues en battant des ailes. Dans le silence de sa tête, s'amoncellent les images de la campagne de Bagheria : les chênes-lièges tordus au tronc nu et rosâtre, les oliviers aux branches alourdies de minuscules œufs verts, les ronces qui menacent d'envahir la route, les champs cultivés, les figuiers de Barbarie, les touffes de cannes à sucre et derrière, au fond, les collines venteuses de l'Aspra.

La voiture franchit maintenant les deux piliers de l'entrée de Villa Butera et prend la direction d'Oliastro et Villabate. La petite main agrippée au rideau reste collée au tissu, indifférente à la chaleur que dégage le drap de laine rêche. Dans cette façon de rester raide et immobile, il y a aussi le désir de ne pas réveiller monsieur père par des bruits intempestifs. Mais qu'elle est bête ! Et le bruit de la voiture qui roule sur une route pleine de trous, et les hurlements de Peppino Cannarota qui excite les chevaux ? Et les claquements du fouet ? Et les chiens qui aboient ? Si, pour elle, ce ne sont que des bruits imaginaires, pour lui ils sont bien réels. Et pourtant, c'est elle qu'ils dérangent, pas lui. Comme l'intelligence joue des tours aux sens mutilés !

À la vue des cannes qui surgissent, indolentes, à peine agitées par le vent africain, Marianna comprend qu'ils sont arrivés dans les champs de Ficarazzi. Voici au fond à gauche le grand bâtiment jaune appelé « la fabrique du sucrier ». Par les fentes du portillon fermé s'insinue une odeur lourde, acidulée. C'est l'odeur de la canne coupée, macérée, défibrée, transformée en mélasse.

Aujourd'hui, les chevaux volent littéralement. Malgré les secousses, monsieur père continue de dormir. Elle aime qu'il soit là, abandonné à ses mains. De temps en temps, elle se penche en avant et redresse son tricorne ou chasse une mouche trop insistante.

Le silence est une eau morte dans le corps mutilé de l'enfant qui vient d'avoir sept ans. Dans cette eau limpide et immobile flottent la voiture, les terrasses au linge étendu, les poules qui courent, la mer entrevue au loin, le père endormi. Tout ceci ne pèse pas lourd et change facilement de place, mais chaque chose est liée à l'autre par ce fluide qui mêle les couleurs et dilue les formes.

Quand Marianna se remet à regarder par la fenêtre, elle se trouve d'un coup face à la mer. L'eau est claire et se jette légèrement sur les gros galets gris. À l'horizon, une barque imposante aux voiles souples fait route de la droite vers la gauche.

Une branche de mûrier s'abat sur la vitre. Des mûres pourpres s'écrasent avec force contre la petite fenêtre. Marianna recule mais trop tard ; sous le choc, sa tête a heurté la boiserie. Madame mère a raison : ses oreilles ne lui servent pas de sentinelles, et d'une seconde à l'autre des chiens peuvent s'accrocher à sa taille. Voilà pourquoi son nez est devenu si subtil et ses prunelles l'avertissent si vite de tout objet en mouvement.

Monsieur père a ouvert les yeux un instant puis s'est de nouveau enfoncé dans le sommeil. Et si elle lui donnait un baiser ? Cette joue fraîche qui porte les marques d'un rasoir impatient donne envie de l'embrasser. Mais elle se retient parce qu'elle sait qu'il n'aime pas ces démonstrations. Et puis, pourquoi le réveiller alors qu'il dort avec tant de plaisir, pourquoi le plonger dans une autre journée de tracasseries, comme il dit, il le lui a même écrit sur une feuille de sa belle écriture ronde et bien tournée.

Des secousses régulières qui agitent la voiture, la petite fille déduit qu'ils sont arrivés à Palerme. Les roues tournent sur les grands pavés, et elle croit entendre les trépidations rythmées.

Bientôt, ils obliqueront vers Porta Felice, puis ils prendront le Cassaro Morto, et puis ? Monsieur père ne lui a pas fait savoir où il l'emmène, mais la corbeille que lui a remise Raffaele Cuffa lui permet de le deviner. À la Vicaria ?

2.

C'est effectivement devant la façade de la prison de la Vicaria que l'enfant se trouve lorsqu'elle descend de voiture soutenue par le bras de son père. Toute une gesticulation qui l'a fait rire : le brusque réveil, la perruque poudrée rajustée sur les oreilles, la main au tricorne et un saut sur le marchepied qui se voulait dégagé mais avait été maladroit : un peu plus il tombait de tout son long tant ses jambes étaient engourdies.

Les fenêtres de la Vicaria sont toutes semblables, hérissées de grilles chantournées qui se terminent par des pointes menaçantes. Sur un portail orné de boulons rouillés, une poignée en forme de tête de loup à la gueule béante. C'est la prison dans toute sa laideur, dont les passants évitent la vue en détournant les yeux.

Le duc va pour frapper, mais la porte s'ouvre toute grande, et il pénètre, comme chez lui. Entre les gardes et serviteurs qui saluent bas, Marianna le suit. L'un lui adresse un sourire surpris, l'autre la regarde sombrement, un autre encore tente de la retenir par le bras. Mais elle se dégage et court derrière son père.

Un long couloir étroit : la petite fille peine à rester derrière son père qui progresse à grands pas vers la galerie. Elle sautille dans ses petites chaussures de satin mais ne parvient pas à le rejoindre. À un certain moment, elle croit l'avoir perdu, mais non, il l'attend à un angle.

Père et fille se retrouvent dans une pièce triangulaire, pauvrement éclairée par une unique fenêtre percée sous la voûte. Là, un servant aide monsieur père à enlever sa redingote et son tricorne. Il prend sa perruque et l'accroche à un pommeau sur le mur. Il l'aide à endosser la longue coule de toile blanche qui était rangée dans la corbeille avec le chapelet, la croix et le petit sac de monnaie.

Le chef de la Chapelle de la Noble Famille des Blancs est maintenant prêt. Entre-temps, sans que la petite fille s'en soit aperçue, d'autres gentilshommes ont fait leur entrée, en robe blanche eux aussi. Quatre spectres, le capuchon flasque autour du cou.

Marianna lève le nez tandis que les servants aux mains expertes s'activent autour des Frères Blancs, comme s'il s'agissait d'acteurs se préparant à entrer en scène : que les plis des coules soient bien droits, qu'ils retombent humbles et candides sur les pieds chaussés de sandales, que les capuchons soient descendus jusqu'au cou et dressent vers le haut leur pointe blanche.

Les cinq hommes sont maintenant identiques, on ne les distingue pas les uns des autres : blanc sur blanc, piété sur piété ; seules les mains sortant des plis et cette vague lueur noire au fond des trous dans les capuchons laissent deviner la personne.

Le plus petit des spectres se penche sur l'enfant et, tourné vers le père, agite les mains. À sa façon de tambouriner du pied, on comprend qu'il est indigné. Un autre Frère Blanc intervient en avançant d'un pas. Mais un geste autoritaire de monsieur père les réduit au silence.

Marianna sent le tissu froid et mou de la robe paternelle qui retombe sur son poignet nu. La main droite de son père lui serre les doigts. Le nez de la petite fille lui indique que quelque chose de terrible est sur le point de se produire, mais quoi ? Monsieur père l'entraîne vers un autre couloir, et elle, prise d'une curiosité blême et tendue, marche sans regarder où elle met les pieds.

Au fond du couloir, ils trouvent un escalier raide aux marches glissantes. Les mains des gentilshommes saisissent leurs robes comme le font les femmes qui soulèvent leurs amples jupes pour ne pas tomber. Malgré le garde qui les précède avec une torche allumée portée haut, on distingue mal les marches suintantes d'humidité.

Aucune fenêtre, ni haute ni basse. D'un coup est tombée une nuit qui dégage une odeur d'huile brûlée, d'excréments de rat, de graisse de porc. Le capitaine de justice remet les clefs du cachot au duc Ucrìa qui avance jusqu'à une petite porte de bois aux planches renforcées. Là, aidé d'un jeune garçon aux pieds nus, il ouvre une serrure boulonnée, tire une grosse barre de fer.

La porte s'ouvre. La flamme fumante éclaire une surface dallée sur laquelle des cafards affolés se mettent à courir. Le gardien soulève la torche et éclaire maigrement deux corps demi-nus gisant contre la paroi, les chevilles prises dans de grosses chaînes.

Le serrurier, surgi d'on ne sait où, se penche sur l'un des prisonniers pour le libérer de ses fers. C'est un garçon aux yeux chassieux qui s'impatiente de la lenteur de l'opération et lève le pied si haut qu'il chatouille presque de l'orteil le nez du serrurier. Et il rit, ouvrant grand une bouche édentée.

La petite fille se cache derrière son père qui se penche de temps en temps sur elle et lui fait une caresse, mais une caresse brusque, dont le but est plus de contrôler qu'elle est bien en train de regarder que de la rassurer.

Quand, enfin libéré, le jeune homme se met debout, Marianna découvre que c'est presque un enfant, à peu près de l'âge du fils de Cannarota qui, il y a quelques mois, est mort de malaria à treize ans.

Les autres prisonniers observent en silence. Dès que le petit garçon aux chevilles libérées se met à marcher de long en large, ils reprennent leur jeu interrompu, satisfaits de disposer pour une fois de tant de lumière.

Le jeu consiste à tuer les poux : celui qui en écrase le plus dans le temps le plus court entre ses pouces a gagné. Les poux morts sont délicatement déposés sur une petite pièce de cuivre. Le vainqueur remporte la piécette. La petite fille s'absorbe dans la contemplation des trois joueurs, de leurs bouches qui s'ouvrent dans le rire, qui lancent des mots, pour elle, muets. Sa peur l'a quittée, elle pense maintenant calmement que monsieur père a voulu la conduire en enfer : il y a sans doute une raison secrète à cela, un « parce que tralalalère » qu'elle comprendra plus tard.

Il l'emmènera voir les damnés enfoncés dans la boue, ceux qui marchent avec des pierres sur les épaules, ceux qui se transforment en arbres, ceux dont la bouche fume parce qu'ils ont mangé des charbons ardents, ceux qui rampent comme des serpents, ceux qui sont changés en chiens et allongent la queue pour en faire un harpon, s'emparer des passants et se les fourrer dans la gueule, comme le raconte madame mère. Mais c'est aussi pour ça qu'il est là, monsieur père, pour la sauver des pièges. Et puis l'enfer, quand il est visité par les vivants comme l'a fait monsieur Dante, ça peut même être beau : eux, là, à souffrir, et nous, en face, à regarder. N'est-ce pas à cela qu'invitent les capuchons blancs qui font passer leur chapelet d'une main dans l'autre ?

3.

Le garçon, hagard, l'observe, et Marianna, bien décidée à ne pas se faire intimider, soutient ses regards. Mais ses paupières à lui sont gonflées et suintantes ; sans doute ne distingue-t-il pas bien, se dit la petite fille. Comment peut-il bien la voir ? Grande et grosse comme dans le miroir déformant de tante Manina, ou petite et rabougrie ? À ce moment-là, à une grimace qu'elle fait, le garçon lâche un sourire sombre, tordu.

Aidé d'un Frère Blanc encapuchonné, monsieur père le prend par le bras, le tire vers la porte. Les joueurs replongent dans leur semi-obscurité coutumière. Deux mains sèches soulèvent la petite fille à bout de bras et la déposent délicatement sur la première marche de l'escalier.

La procession se remet en marche : le garde avec la torche allumée, monsieur le duc Ucrìa tenant le prisonnier par le bras, le serrurier et deux servants en robe noire. Ils se retrouvent à nouveau dans la pièce triangulaire, dans un va-et-vient de gardes et de valets qui dressent des flambeaux, approchent des chaises, apportent des bassines d'eau tiède, des serviettes de lin, des plateaux de pain frais et de fruits confits.

Monsieur père se penche sur le garçon avec des gestes affectueux. Elle ne l'a jamais vu aussi tendre et prévenant, se dit Marianna. La main en conque, il prend de l'eau dans la cruche, la fait couler sur les joues du garçon barbouillées de mucosités, puis le lave avec la serviette propre que lui tend le valet. À la suite de quoi, il prend entre ses doigts un morceau de pain blanc et souple et l'offre en souriant au prisonnier comme au plus cher de ses enfants.

Le garçon se laisse soigner, laver, nourrir à la becquée sans dire un mot. Tantôt il sourit, tantôt il pleure. Quelqu'un lui met en main un chapelet de gros grains de nacre. Il le tâte du bout des doigts puis le laisse tomber par terre. Monsieur père a un geste d'impatience. Marianna se penche pour ramasser le chapelet et le replace dans les mains du garçon. En un éclair, elle enregistre le contact de deux doigts calleux, glacés.

Le prisonnier étire les lèvres sur sa bouche à demi édentée. Ses yeux rougis ont été baignés avec un linge mouillé d'eau de laitue. Sous le regard indulgent des Frères Blancs, le condamné allonge une main vers le plateau, jette un coup d'œil intimidé autour de lui, puis se fourre dans la bouche une prune couleur miel enrobée de sucre.

Les cinq gentilshommes se sont agenouillés et égrènent leur chapelet. On pousse doucement le garçon pour que, les joues gonflées de fruits confits, il s'agenouille et prie lui aussi.

Les heures les plus chaudes de l'après-midi se passent ainsi en somnolentes prières. De temps en temps, un valet s'avance avec un plateau de verres d'eau à l'anis. Les Blancs boivent, puis se remettent à prier. L'un éponge sa sueur, les autres s'assoupissent et se réveillent en sursaut pour se remettre à égrener leur chapelet. Après avoir engouffré trois abricots mordorés, le garçon s'endort lui aussi. Et personne n'a le cœur de le réveiller.

Marianna observe son père qui prie. Mais monsieur le duc Signoretto, est-ce ce capuchon-là ou bien cet autre qui dodeline de la tête ? Elle croit entendre sa voix récitant lentement l'*Ave Maria*.

Dans la coquille de son oreille, maintenant silencieuse, elle conserve quelque écho des voix familières : celle de madame mère, rauque et gargouillante, la voix pointue de la cuisinière Innocenza, et celle de monsieur père, ronde et sonore, mais qui butait et se brisait parfois désagréablement.

Peut-être avait-elle même appris à parler. Mais quel âge avait-elle, alors ? Quatre ans, cinq ans ? Une enfant retardée, silencieuse et pensive que tout le monde avait tendance à oublier dans un coin pour s'en souvenir tout d'un coup et venir lui reprocher de s'être cachée.

Un jour, sans raison, elle était devenue muette. Le silence s'était emparé d'elle comme une maladie ou peut-être une vocation. Ne plus entendre la voix chaleureuse de monsieur père lui avait paru très triste. Mais elle avait fini par s'habituer. Maintenant, à le regarder parler sans saisir ses mots, elle éprouve un sentiment d'allégresse, presque une malicieuse satisfaction.

« Tu es née comme ça, sourde-muette », lui avait un jour écrit son père sur son cahier, et elle dut se persuader d'avoir inventé ces voix lointaines. Refusant d'admettre que le très doux monsieur père qui l'aime tant puisse mentir, il lui faut se traiter de visionnaire. L'imagination ne lui manque pas, le désir de parole non plus, par conséquent :

e pi e pi e pì
sette fimmini p'un tarì
e pi e pi e pì
un tari è troppu pocu
sette fimmini p'un varcuocu… [1]

Mais les pensées de la petite fille sont interrompues par le mouvement de l'un des Blancs qui sort et revient avec un gros livre sur lequel est inscrit en lettres d'or EXAMEN DE CONSCIENCE. Monsieur père réveille le garçon d'une petite tape amicale, et ils

1. Comptine sicilienne : … sept femmes contre une piécette / une piécette c'est trop peu / sept femmes contre un abricot…

s'éloignent ensemble vers un coin de la salle où le mur forme niche avec une dalle de pierre encastrée pour que l'on s'y asseye.

Là, le duc Ucrìa di Fontanasalsa se penche à l'oreille du condamné et l'invite à se confesser. De sa jeune bouche édentée, le garçon sort quelques mots embrouillés. Monsieur père le presse affectueusement, insiste. L'autre finit par sourire. On dirait maintenant un père et son fils discutant tranquillement d'affaires de famille.

Marianna les observe avec horreur : qu'est-ce qu'il cherche, ce jeune perroquet perché à côté de son père comme s'il le connaissait depuis toujours, comme s'il avait toujours serré ses mains impatientes, comme s'il en savait la silhouette par cœur, comme s'il avait eu dès la naissance ses odeurs dans les narines, comme s'il avait eu mille fois la taille saisie par ses deux bras robustes qui la faisaient sauter d'un carrosse, d'une chaise à porteurs, du berceau, des escaliers, avec la fougue que seul un père naturel peut avoir envers sa propre fille. Qu'est-ce qu'il cherche ?

Un violent désir de meurtre lui monte à la glotte, lui envahit le palais, lui brûle la langue. Elle va lui lancer un plateau à la figure, lui enfoncer un couteau dans la poitrine, lui arracher tous les cheveux qu'il a sur la tête. Ce n'est pas à lui qu'appartient monsieur père, mais à elle, la pauvre muette qui n'a que monsieur père comme tout bien au monde.

Les pensées homicides s'envolent dans un brusque déplacement d'air. La porte s'est largement ouverte, et un homme au ventre en forme de melon apparaît sur le seuil. Il est vêtu comme un bouffon, moitié rouge et moitié jaune : jeune et corpulent, il a les jambes courtes, les épaules robustes, des bras de lutteur et de petits yeux torves. Il croque des graines de courge dont il recrache joyeusement les cosses en l'air.

À sa vue, le garçon pâlit. Les sourires que lui a arrachés monsieur père meurent sur son visage, ses lèvres se mettent à trembler et ses yeux à suinter. Le bouffon s'approche de lui tout en continuant à cracher ses graines de courge. Quand il le voit glisser à terre comme un chiffon mouillé, il fait signe à deux servants qui le soulèvent par les aisselles et le traînent vers la sortie.

L'air est secoué de sombres vibrations comme le battement des ailes gigantesques d'un oiseau jamais vu. Marianna regarde autour d'elle. D'un pas solennel, la confrérie des Blancs se dirige vers la porte d'entrée. La porte s'ouvre en grand et le battement d'ailes devient si puissant qu'il étourdit la petite fille. Ce sont les tambours du vice-roi et, avec eux, la foule qui hurle, agite les bras, jouit.

La Piazza Marina, tout à l'heure vide, est maintenant pleine de monde : une houle de têtes, de cous tendus, de bouches ouvertes, d'étendards dressés, de chevaux piaffant, toute une confusion de corps qui s'entassent, se pressent et envahissent la place rectangulaire.

4.

Les fenêtres débordent de têtes curieuses, les balcons sont une bousculade de corps gesticulants, on se penche pour mieux voir. Les ministres de Justice, la Garde royale et son étendard or et violet, les grenadiers munis de baïonnettes sont là et, immobiles, contiennent avec peine l'impatience de la foule. Que va-t-il se passer ? La petite fille le devine mais n'ose pas se le formuler. Toutes ces têtes vociférantes semblent heurter la porte de son silence pour y pénétrer.

Marianna détache son regard de la multitude, le tourne vers le garçon édenté. Elle le voit immobile, plastronnant : il ne tremble plus, il ne s'écroule plus. Ses yeux pétillent d'orgueil : toute cette agitation pour lui ! Ces gens en habit de cérémonie, ces chevaux, ces carrosses, c'est lui qu'ils attendent. Ces étendards, ces uniformes à boutons scintillants, ces chapeaux à plumes, ces ors, ces pourpres, tout cela pour lui, c'est un miracle !

Deux gardes le détachent brutalement de l'extatique contemplation de son triomphe. Ils nouent à la cordelette avec laquelle ils lui ont lié les mains une autre corde plus longue et robuste qu'ils assurent à la queue d'une mule. Et ils le traînent, ainsi attaché, vers le centre de la place.

Au fond, sur le Steri, se déploie une splendide bannière rouge sang. C'est de là, du palais Chiaramonte, que sortent maintenant les Grands Pères de l'Inquisition, deux par deux, précédés et suivis d'une nuée d'enfants de chœur.

Au centre de la place, une estrade de deux ou trois mètres de haut, exactement comme celles sur lesquelles on joue les histoires de Nofriu et Travaglino, de Nardo et Tiberio. À ceci près qu'à la place de la toile noire s'élève une sombre construction de bois, une espèce de L renversé, à laquelle pend une corde avec un nœud coulant.

Marianna est poussée par monsieur père qui suit le prisonnier qui lui-même suit la mule. La procession s'est ébranlée, et plus rien ni personne ne peut l'arrêter : les chevaux de la Garde royale en tête, la confrérie des Blancs encapuchonnés, les ministres de Justice, les archidiacres, les prêtres, les frères déchaussés, les tambours, les trompettes, un long cortège qui trace difficilement sa route dans la foule excitée.

La potence est là, à quelques pas, et pourtant, le temps qu'ils mettent à s'en approcher en tournant spécieusement en rond autour de la place semble l'éloigner de façon considérable.

Enfin, le pied de Marianna heurte un gradin de bois. Ils y sont. Monsieur père, précédé du bourreau et suivi des autres Frères de la Bonne Mort, monte l'escalier avec le condamné.

Le garçon a de nouveau ce sourire égaré sur son visage blême. C'est monsieur père qui le charme, le fascine avec ses phrases consolatrices, le pousse vers le paradis en lui décrivant les délices d'un séjour fait de repos, d'oisiveté, de bombances et de sommeils colossaux. Comme un enfant étourdi par les paroles d'une mère plutôt que d'un père, il a l'air de ne plus songer qu'à voler vers un au-delà sans prisons, ni punaises, ni maladies, ni souffrances, tout repos et ambroisie. La petite fille écarquille des prunelles endolories ; un désir l'a maintenant saisie : être lui, ne fût-ce qu'une heure, être ce garçon édenté aux yeux suintants, pour pouvoir écouter la voix de son père, boire le miel de ce son trop tôt perdu, juste une fois, même si elle doit en mourir ensuite, pendue à cette corde qui se balance au soleil.

Le bourreau continue à croquer des graines de courge qu'il recrache en l'air d'un air de défi. Exactement comme le petit théâtre de Casotto : là, Nardo va lever la tête et le bourreau lui donnera une volée de coups de bâton. Nardo agitera les bras, tombera sous l'estrade et puis ressuscitera pour recevoir d'autres coups de bâton, d'autres insultes.

Et, absolument comme au théâtre, la foule rit, bavarde et mange en attendant les coups de bâton. Les marchands d'eau et de *zammù*[1] viennent jusque sous l'estrade tendre leurs boissons en bousculant les vendeurs de *vasteddi e meusa*[2], de poulpes bouillis et de figues de Barbarie. Chacun vante sa marchandise en jouant des coudes.

Un marchand de bonbons arrive devant la petite fille et, comme devinant sa surdité, lui met sous le nez avec des gestes éloquents l'éventaire portable accroché à son cou par un lacet graisseux. Elle jette un regard de biais sur les petits cylindres métalliques. Il suffirait de tendre la main, d'en saisir un, de presser du doigt pour détacher l'anneau et faire glisser le mince cylindre au goût de vanille. Mais elle ne veut pas se distraire ; son attention se porte ailleurs, sur ces gradins de bois noirci où monsieur père continue de parler à voix douce et basse au condamné comme s'il était la chair de sa chair.

Les derniers gradins sont atteints. Le duc Ucrìa ébauche maintenant une révérence aux autorités installées en face de l'estrade : les sénateurs, les princes, les magistrats. Puis il s'agenouille, pensif, le chapelet entre les doigts. La foule se calme un moment. Même les marchands ambulants cessent de s'agiter et restent là, figés, avec leurs éventaires, leurs sangles, leurs marchandises exposées, bouche ouverte et le nez en l'air.

---

1. Sorte d'eau-de-vie à l'anis.
2. Petits pains fourrés aux abats frits.

Quand la prière est finie, monsieur père tend le crucifix à baiser au condamné. Et c'est comme si, à la place du Christ en croix, c'était lui-même, nu, torturé, avec ses belles chairs d'ivoire et la couronne d'épines sur la tête, qui s'offrait à la bouche stupide de ce garçon effrayé pour le rassurer, l'apaiser et l'envoyer calme et content dans l'autre monde. Avec elle, il n'a jamais été aussi tendre, aussi charnel, aussi proche, se dit Marianna, il ne lui a jamais donné son corps à embrasser, il ne s'est jamais tenu comme ça, si près, comme s'il voulait la couver en la caressant de mots tendres et rassurants.

Le regard de la petite fille se reporte sur le condamné, et elle le voit ployer douloureusement les genoux. Les discours charmeurs du duc Ucrìa sont balayés par le contact froid et visqueux de la corde que le bourreau lui passe autour du cou. Mais il parvient tout de même à rester plus ou moins debout tandis que son nez se met à couler. Et il tente de se libérer pour essuyer la morve qui dégouline sur ses lèvres, sur son menton. Mais sa main reste liée derrière son dos. Deux, trois fois, son épaule se lève, son bras se tord, comme si, à ce moment-là, s'essuyer le nez était la seule chose importante.

L'air vibre des battements d'un gros tambour. À un signe du magistrat, le bourreau donne un coup de pied à la petite caisse sur laquelle il avait contraint le condamné à monter. Le corps a un sursaut, s'étire, retombe sur lui-même, se met à tourner.

Mais quelque chose ne marche pas. Le pendu, au lieu de pendre comme un sac, continue à se tordre dans les airs, le cou gonflé, roulant des yeux exorbités.

Devant l'échec de son œuvre, le bourreau se hisse sur la fourche à la force des bras, saute sur le dos du pendu, et, durant quelques secondes, ils se balancent tous les deux pendus à la corde comme deux grenouilles prises d'amour tandis que la foule retient son souffle.

Et maintenant, il est vraiment mort ; on le voit à la consistance de poupée de chiffon qu'a prise le corps pendu. Le bourreau se laisse glisser avec désinvolture le long du mât et saute agilement sur l'estrade. Les gens lancent leurs chapeaux en l'air. Un très jeune brigand qui avait tué une dizaine de personnes vient d'être exécuté. Ceci, la petite fille le saura demain. Pour l'heure, elle se demande ce que pouvait bien avoir fait un enfant à peine plus grand qu'elle et à l'expression aussi stupide et apeurée.

Monsieur père, exténué, se penche sur sa fille. Il lui touche la bouche comme s'il attendait un miracle. Il lui saisit le menton et, menaçant, suppliant, la regarde dans les yeux. « Tu dois parler, disent ses lèvres, tu dois ouvrir cette maudite bouche de poisson ! »

La petite fille essaie de décoller ses lèvres l'une de l'autre, mais elle n'y arrive pas. Son corps est pris d'un tremblement irrépressible. Ses mains, encore agrippées à la robe paternelle, sont raides, pétrifiées.

Le garçon qu'elle voulait tuer est mort. Et elle se demande s'il ne se pourrait pas qu'elle l'ait tué en ayant désiré sa mort comme un bonheur interdit.

5.

Ses frères et sœurs posent devant elle. Un groupe coloré, piaffant : Signoretto qui ressemble tellement à monsieur père avec ses cheveux fins, ses jambes bien galbées, son visage heureux et confiant ; Fiammetta dans sa petite robe de nonne, les cheveux enfermés dans la coiffe de dentelle ; Carlo, avec ses yeux noirs brillants et des culottes courtes serrant ses grosses cuisses ; Geraldo qui vient de perdre ses dents de lait et sourit comme un petit vieux ; Agata à la peau claire et transparente pleine de piqûres de moustique.

Comme si c'étaient eux qui la peignaient, tous les cinq observent leur sœur muette courbée sur sa palette. Ils la scrutent tandis que, penchée sur les couleurs, elle plonge le pinceau dans l'huile puis revient à la toile et d'un coup recouvre le blanc d'un jaune très tendre et couche sur le jaune quelques traits d'un bleu limpide et gai.

Carlo dit quelque chose qui les fait éclater de rire. Par gestes, Marianna les prie de rester encore un peu tranquilles. Le dessin au fusain est là, sur la toile, avec les têtes, les cous, les bras, les visages, les pieds. La couleur a du mal à prendre corps, elle a tendance à se diluer, à couler vers le bas. Alors ils se figent, patients encore quelques instants. Puis Geraldo rompt l'harmonie en pinçant Fiammetta qui réagit par une ruade. Et ce sont des coups de coude, des bousculades, des claques. Jusqu'à ce que Signoretto y mette bon ordre à grandes taloches : il est l'aîné, il en a le droit.

Marianna se remet à tremper le pinceau dans le blanc, dans le rose, tandis que ses yeux passent de la toile au groupe. Il y a quelque chose d'immatériel dans son portrait, quelque chose de trop lisse, d'irréel. On dirait presque un de ces portraits « officiels » que se font faire les amies de madame mère, tout raides et plastronnants et où ne reste qu'un lointain souvenir de l'original.

Il faut qu'elle pense davantage à leurs caractères, se dit-elle, si elle ne veut pas les manquer. Signoretto qui s'est mis à rivaliser avec son père, ses façons autoritaires, ses grands rires sonores. Et madame mère le protège : quand ils s'affrontent, le père et le fils, elle les observe à la dérobée, presque amusée. Mais sur la tête de son fils, l'indulgence de ses regards se pose avec une telle intensité qu'elle est évidente pour tout le monde.

Monsieur père, au contraire, s'en irrite : non seulement cet enfant lui ressemble de façon surprenante, mais il contrefait ses gestes mieux que lui, avec plus d'élégance, plus d'intensité. Comme s'il avait sous les yeux un miroir qui l'adule et en même temps lui rappelle qu'il sera bientôt remplacé sans douleur. D'autant qu'il s'agit de l'aîné et qu'il porte le même nom que lui.

Avec sa sœur muette, Signoretto est le plus souvent protecteur, un peu jaloux des attentions que lui porte monsieur père, parfois méprisant à l'égard de son infirmité, d'autres fois au contraire l'utilisant pour faire montre de sa grande générosité ; mais on ne sait jamais où commence la vérité et où finit la comédie.

À côté de lui, Fiammetta dans son costume de nonne, ses sourcils droits, ses yeux trop rapprochés, ses dents qui se chevauchent. Elle n'est pas aussi belle qu'Agata, c'est pourquoi on l'a destinée au couvent. Même si elle trouvait un mari, on ne pourrait évidemment pas négocier aussi favorablement que s'il s'agissait d'une beauté authentique. Sur le petit visage torve et enflammé se lit déjà le défi contre un avenir de prisonnière que, par ailleurs, elle accepte crânement en portant cette tunique qui efface toutes les formes de son corps féminin.

Carlo et Geraldo, quinze ans l'un et onze l'autre, sont si semblables que l'on dirait des jumeaux. Mais l'un finira au couvent et l'autre sera dragon. Souvent habillés l'un en abbé et l'autre en soldat miniature, Carlo en robe et Geraldo en uniforme, à peine se trouvent-ils dans le jardin qu'ils s'amusent à échanger leurs vêtements puis à se rouler par terre pour abîmer la robe crème et le bel uniforme à brandebourgs dorés.

Carlo a tendance à grossir. Il est gourmand de gâteaux et de plats épicés. Mais il est aussi avec elle le plus affectueux des frères et il vient souvent la chercher simplement pour lui tenir la main.

Agata, la plus petite, est la plus belle. Pour elle, on est déjà en train de contracter un mariage qui, sans rien ôter à la maison, sauf une dot de trente mille écus, donnera l'occasion à la famille d'étendre son influence, de s'adjoindre une parentèle utile et de s'assurer d'une descendance aisée.

Quand Marianna lève à nouveau les yeux sur ses frères, elle s'aperçoit qu'ils sont partis. Ils ont profité de sa concentration sur la toile pour filer à l'anglaise, comptant sur le fait qu'elle ne les entendait ni ricaner ni courir. En tournant la tête, elle a juste le temps d'apercevoir un bout de la petite jupe d'Agata qui disparaît derrière la maison entre les piquants des agaves.

Comment va-t-elle continuer le tableau maintenant ? Il va lui falloir pêcher dans sa mémoire, car elle sait qu'ils ne reviendront jamais se grouper devant elle comme ils l'ont fait aujourd'hui après qu'elle eut tant insisté et attendu.

Le vide laissé par leurs corps est tout de suite comblé par le palmier nain, les bosquets de jasmin et les oliviers qui s'étagent en pente douce jusqu'à la mer. Pourquoi ne pas représenter ce paysage tranquille et toujours égal à lui-même plutôt que ces frères constamment agités ? Plus profond et plus mystérieux, il pose aimablement depuis des siècles et semble accepter de se prêter à n'importe quel jeu.

La main adolescente de Marianna se tend vers une autre toile qu'elle installe sur le chevalet à la place de la première ; elle trempe le pinceau dans le vert souple et gras. Mais par où commencer ? par le vert tout neuf et brillant du palmier nain ou par le vert fourmillant de bleu du plan des oliviers ou le vert strié de jaune des pentes de Monte Catalfano ?

Elle pourrait aussi peindre la *casena*, telle que l'a bâtie le grand-père Mariano Ucrìa avec ses formes carrées et trapues, ses fenêtres plus adaptées à une tour qu'à une maison de campagne. Un jour, la *casena* sera transformée en villa, elle le sait, et elle l'habitera aussi l'hiver, car ses racines plongent dans cette terre qu'elle aime plus que les pavés de Palerme.

Tandis que, le pinceau dégoulinant sur la toile, elle hésite, elle se sent tirée par la manche. Elle se retourne. C'est Agata qui lui tend un feuillet.

« Le *puparu*[1] arrive, viens ! » Elle voit que l'écriture est de Signoretto. En effet, cela sonne plus comme un ordre que comme une invitation.

Elle se lève, essuie le pinceau ruisselant de vert sur un chiffon humide, se nettoie les mains en les frottant

1. Le marionnettiste.

contre son tablier de coton rayé et suit sa sœur vers la cour d'honneur.

Carlo, Geraldo, Fiammetta et Signoretto entourent déjà Tutui. Le marionnettiste a attaché son âne au figuier et achève de monter son petit théâtre. Quatre axes verticaux croisés par trois perches horizontales. Tout autour, deux ou trois mètres de toile noire.

Apparaissent peu à peu aux fenêtres les servantes, la cuisinière Innocenza, don Raffaele Cuffa et même madame mère vers qui le *puparu* se tourne immédiatement pour lui adresser un grand salut respectueux.

La duchesse lui lance une pièce de dix *tarì*[1], il la ramasse vivement, la glisse dans sa chemise, exécute une autre révérence théâtrale, puis va chercher ses marionnettes dans une besace accrochée au flanc de l'âne.

Marianna a déjà vu ces bastonnades, ces personnages qui s'écroulent derrière la scène pour resurgir aussitôt, malicieux et arrogants. Chaque année en cette saison, Tutui apparaît à la *casena* de Bagheria pour amuser les enfants. Chaque année la duchesse lui lance une pièce de dix *tarì*, et le marionnettiste se confond en saluts plongés et coups de chapeau si exagérés qu'on les dirait sarcastiques.

Entre-temps, on ne sait comment et par qui avertis, arrivent des dizaines de *picciriddi*, les petites gens des campagnes voisines. S'essuyant les mains et arrangeant

1. Plus petite monnaie sicilienne.

leurs coiffures, les servantes descendent dans la cour. Apparaissent aussi le vacher don Ciccio Calò avec ses filles jumelles Lina et Lena, le jardinier Peppe Geraci avec sa femme Maria et ses cinq enfants, ainsi que le laquais don Peppino Cannarota.

Voici Nardo qui donne une volée de coups à Tiberio, boum et boum. Les enfants n'ont pas encore cessé de jouer que le spectacle est déjà commencé. Mais quelques instants plus tard, ils sont tous là, assis par terre le nez en l'air, les yeux rivés à la scène.

Marianna reste debout, un peu à l'écart. Les enfants lui font peur, elle est trop souvent la cible de leurs plaisanteries. Ils viennent lui sauter dessus en catimini pour jouir de ses réactions, parient entre eux à qui réussira à faire exploser un pétard sans qu'elle s'en aperçoive.

Et soudain, du fond de cette toile noire, surgit un objet nouveau, imprévu : une potence. On n'a jamais vu un gibet au petit théâtre de Tutui, et, à son apparition, les *picciriddi* retiennent leur souffle, en voilà une nouveauté excitante !

Un gendarme, l'épée au côté, après avoir poursuivi le célèbre Nardo de long en large devant la toile noire, l'attrape par le cou et lui passe la tête dans le nœud coulant. Un tambour apparaît sur la droite, et Nardo est hissé sur un petit banc. Et puis, c'est cela, d'un coup de pied le gendarme envoie valser le petit banc, et Nardo retombe sur lui-même tandis que la corde se met à tourner.

Marianna est secouée de tremblements. Quelque chose s'agite dans sa mémoire comme un poisson au bout de la ligne, quelque chose qui ne veut pas remonter et résiste, troublant les eaux calmes de sa conscience. Sa main se lève comme pour chercher la coule raide de monsieur père mais ne rencontre que les poils rêches de la queue de l'âne.

Nardo pend dans le vide, il pend avec toute la légèreté de son corps d'enfant chassieux et édenté, le regard fixe dans une stupeur sans issue, et on dirait qu'il soulève encore spasmodiquement l'épaule afin de libérer sa main pour essuyer son nez qui coule.

Raide et lourde, Marianna tombe en arrière et sa tête cogne la terre nue et dure de la cour. Tout le monde se retourne. Agata court vers elle, suivie de Carlo qui éclate en sanglots en se penchant sur sa sœur. La femme de Cannarota l'évente avec son tablier tandis qu'une servante s'élance pour appeler la duchesse. Le *puparu* sort de sous la toile noire, la marionnette tête en bas à la main, tandis que là-haut Nardo continue de pendre à la potence.

6.

Une heure plus tard, Marianna se réveille dans la chambre de ses parents, un linge mouillé pesant sur son front. Le vinaigre coule entre ses cils et lui brûle les yeux. Madame mère est penchée sur elle : avant même de soulever les paupières, elle l'a reconnue à sa puissante odeur de tabac au miel.

La fille regarde sa mère de bas en haut : la bouche ronde légèrement ombrée d'un duvet blond, les narines noircies d'innombrables prises de tabac, les grands yeux doux et sombres ; est-elle belle ou pas, elle ne saurait le dire ; certes, quelque chose en elle l'indispose, mais quoi ? Peut-être cette façon de céder à la moindre instance, cet immuable calme, cette façon de s'enfoncer, indifférente à tout, dans les fumées douceâtres du tabac.

Elle a toujours soupçonné que madame mère, dans ce lointain passé où elle était toute jeune et inventive, a choisi de faire la morte pour ne pas devoir mourir. De là doit venir sa particulière aptitude à accepter tout ennui avec la plus grande complaisance et le minimum d'effort.

Avant de mourir, la grand-mère Giuseppina lui parlait parfois de sa mère en écrivant sur le cahier à fleurs de lys : « Elle était si belle qu'ils la voulaient tous, ta mère, mais elle, elle ne voulait personne. "Tête de chèvre" comme son entêtée de mère, Giulia, qui était de Grenade. Elle ne voulait pas épouser son cousin, elle ne voulait pas de ton père Signoretto. Et tout le monde lui disait : mais c'est un beau garçon, et c'est vrai qu'il est beau et ce n'est pas parce que c'est mon fils, mais on se lave les prunelles rien que de le regarder. Elle s'est mariée en faisant une tête, ta mère, qu'on aurait dit qu'elle était à un enterrement, et puis, au bout d'un mois de mariage, elle est tombée amoureuse de son mari et elle l'aimait tant qu'elle s'est mise à fumer… La nuit elle ne dormait plus, c'est pour ça qu'elle prenait du laudanum… »

Quand la duchesse Maria voit que sa fille a repris conscience, elle se dirige vers l'écritoire, attrape une feuille de papier et écrit quelque chose dessus. Elle fait sécher l'encre avec la cendre et tend la feuille à la petite fille.

« Comment ça va, *figghiuzza* ? »

Marianna tousse, recrache le vinaigre qui a coulé entre ses dents et se redresse. En riant, madame mère la débarrasse du chiffon mouillé. Puis elle retourne au bureau, gribouille encore quelque chose et revient vers le lit avec la feuille. « Maintenant que tu as treize ans, j'en profite pour te dire que tu dois te marier et que nous avons trouvé un oncle pour toi, pour que tu ne te fasses pas nonne comme c'est le destin de ta sœur Fiammetta. »

La petite fille relit les phrases jetées hâtivement par sa mère, qui, d'une écriture claudicante aux lignes ondoyantes, ignore les doubles consonnes et mêle le dialecte à l'italien. Un mari ? Mais pourquoi ? Elle croyait qu'à cause de son infirmité le mariage lui était interdit. Et puis, elle a tout juste treize ans.

Madame mère attend une réponse. Elle lui sourit tendrement, mais c'est une tendresse un peu affectée. Cette fille sourde-muette l'accable d'un souci insupportable, d'une gêne qui la paralyse. Elle ne sait comment la prendre, comment se faire entendre d'elle. Elle n'aime déjà pas beaucoup écrire, mais déchiffrer l'écriture des autres est une vraie torture pour elle. L'abnégation maternelle la ramène pourtant docilement vers l'écritoire où elle attrape une autre feuille, prend la plume d'oie et l'encrier et porte le tout à sa fille étendue sur le lit.

« À la muette, un mari ? » écrit Marianna appuyée sur un coude et qui, dans sa confusion, tache d'encre le drap du lit. « Monsieur père a tout fait pour te faire parler en t'emmenant même avec lui à la Vicaria pour que la terreur te serve à quelque chose mais tu ne parles pas parce que tu es une tête folle, tu n'as pas de volonté… ta sœur Fiammetta se marie avec le Christ, Agata est promise au fils du prince de Torre Mosca, tu as le devoir d'accepter le fiancé que nous t'indiquons parce que nous t'aimons et c'est pourquoi nous ne te laissons pas sortir de la famille et nous te donnons à l'oncle Pietro Ucrìa di Campo Spagnolo, baron de la Scannatura, de Bosco Grande et de Fiume Mendola, comte de la Sala di Paruta, marquis de Sollazi et de Taya. Et qui en plus d'être mon frère est aussi cousin de ton père et t'aime bien et il n'y a qu'avec lui que tu trouveras le repos de l'âme. »

Les sourcils froncés, sans plus s'arrêter aux fautes d'orthographe de sa mère ni aux expressions dialectales jetées là à pleines brassées, Marianna lit. Elle relit surtout les dernières lignes : *lo zitu*, le fiancé, serait donc l'oncle Pietro ? cet homme triste, maussade, toujours habillé de rouge et que dans la famille on appelle « le Homard » ?

« Je ne me marie pas », écrit-elle rageusement derrière la feuille encore humide des mots de sa mère.

La duchesse Maria retourne patiemment à l'écritoire, le front couvert de gouttelettes de sueur : quelle fatigue, cette fille muette, elle ne veut pas comprendre qu'elle n'est qu'un fardeau.

« Personne ne voudrait de toi, ma Mariannina. Et pour le couvent, il faut une dot, tu le sais bien. Nous préparons déjà l'argent pour Fiammetta, ça coûte cher. L'oncle Pietro te prend sans rien parce qu'il t'aime bien et toutes ses terres seront à toi, tu comprends ? »

Madame mère a posé la plume et lui parle maintenant de tout près comme si elle pouvait l'entendre, en caressant distraitement les cheveux mouillés de vinaigre.

Enfin, elle arrache la plume des mains de sa fille qui allait écrire quelque chose et trace, rapidement, avec orgueil, ces mots :

« Au comptant et tout de suite, quinze mille écus. »

7.

Une quantité de briques de tuf répandues à travers la cour. Des sacs de plâtre, des montagnes de sable. Marianna marche de long en large sous le soleil, la jupe roulée à la taille pour ne pas mouiller ses ourlets.

Les fines bottines délacées, les cheveux fixés sur sa nuque avec les épingles d'argent offertes par son mari. Autour d'elle, un grand désordre de pièces de bois, de truelles, bêches, pelles, brouettes, haches et marteaux.

Le mal de dos est devenu quasi insupportable ; ses yeux cherchent une place où elle se reposerait quelques minutes à l'ombre. Une grosse pierre près de l'écurie, pourquoi pas, même si tout autour on dérape dans la boue. Marianna se laisse glisser sur la pierre en se tenant le dos avec les mains. Elle regarde son ventre, la déformation se remarque à peine, pourtant c'est déjà le cinquième mois et la troisième grossesse.

La voici devant elle, la superbe villa. Plus trace de *casena*. À sa place, un corps central de trois étages, un escalier qui se déroule en un élégant mouvement serpentin. Du corps central partent des ailes à colonnes qui s'évasent puis se referment jusqu'à effectuer un cercle presque complet. Les fenêtres alternent selon un rythme régulier : une, deux, trois, une ; une, deux, trois, une, presque une danse, une tarasconne. Certaines sont réelles, d'autres sont peintes afin de maintenir le tempo de la fugue. Sur l'une de ces fenêtres, elle fera représenter un store et peut-être une silhouette de femme, elle-même pourquoi pas, regardant derrière la vitre.

Monsieur l'oncle mari voulait laisser la *casena* telle qu'elle avait été construite par le grand-père Mariano, telle que, pendant si longtemps, les cousins se l'étaient partagée en bonne intelligence. Mais elle avait tant insisté qu'elle avait fini par le convaincre d'en faire une villa où l'on puisse aussi passer l'hiver, pourvue de chambres pour les enfants, les domestiques, les amis de passage. Entre-temps, monsieur père avait pris un autre pavillon de chasse du côté de Santa Flavia.

Sur le chantier, l'oncle mari se montre peu. Les briques, la poussière, la chaux lui portent sur les nerfs. Il préfère rester à Palerme dans la maison de la via Alloro, tandis qu'elle, à Bagheria, se débrouille avec les ouvriers et les peintres. Même l'architecte ne vient pas volontiers et laisse toute la responsabilité au contremaître et à la jeune duchesse.

Elle a déjà englouti tant d'argent, cette villa. Rien que l'architecte a déjà voulu seize cents onces. Les briques de grès se cassent tout le temps, et il faut chaque semaine en faire venir de nouvelles. En tombant d'un échafaudage, le contremaître s'est cassé le bras, et les travaux ont dû s'interrompre pendant deux mois.

Et puis, alors qu'il ne manquait plus que le carrelage, la variole s'était déclarée à Bagheria : trois maçons étaient tombés malades, et de nouveau les travaux s'étaient interrompus pendant des mois. Monsieur l'oncle mari était allé se réfugier à Torre Scannatura avec leurs filles Giuseppa et Felice. Elle, elle était restée là malgré les pressantes injonctions du duc : « Partez ou le mal vous prendra... Vous avez le devoir de penser à l'enfant que vous portez en votre sein. »

Mais elle avait résisté : elle voulait rester et n'avait réclamé que la seule présence d'Innocenza. Tous les autres pouvaient partir pour les collines de Scannatura.

Monsieur son mari s'en était offusqué mais sans trop insister. Après quatre années de mariage, il avait renoncé à l'obéissance de sa femme ; il respectait ses volontés, pourvu qu'elles ne le dérangent pas trop personnellement, qu'elles ne heurtent pas sa conception de l'éducation des enfants et n'aillent pas à l'encontre de ses droits de mari.

Il ne prétendait pas, comme le mari d'Agata, intervenir sur chaque décision journalière. Silencieux, solitaire, la tête enfoncée dans les épaules comme une vieille tortue, l'air constamment sévère et mécontent, l'oncle mari était au fond plus tolérant que beaucoup d'autres maris qu'elle connaissait.

Elle ne l'avait jamais vu sourire, sauf une fois où elle avait enlevé sa chaussure pour glisser son pied nu dans l'eau d'une fontaine. Et puis, jamais plus. Dès la première nuit, cet homme froid et timide avait pris l'habitude de dormir au bord du lit en lui tournant le dos. Et puis un matin, alors qu'elle était encore enfouie dans le sommeil, il s'était jeté sur elle et l'avait violentée.

Le corps de l'épouse de treize ans avait réagi à coups de pied et d'ongles. Le lendemain matin très tôt, Marianna s'était enfuie à Palerme chez ses parents. Et là, madame mère lui avait écrit qu'elle avait très mal fait de quitter son poste de femme mariée, qu'elle se comportait comme une « seiche pleine d'encre » couvrant d'opprobre toute la famille. « Qui se marie sans repentir achète Palerme pour cent onces » et « Qui se marie par amour s'installe pour toujours dans la douleur » et « À trop courir, femmes et poules se gâtent » et « La bonne épouse fait le bon époux », ils l'avaient assaillie de reproches et proverbes. Avec sa mère, la tante professe Teresa s'y était mise et lui avait écrit qu'en quittant le toit conjugal elle avait commis « un péché mortel ».

Sans parler de la vieille tante Agata qui lui avait arraché son alliance et la lui avait fait mettre de force entre les dents. Et jusqu'à monsieur père, enfin, qui l'avait réprimandée avant de la ramener à Bagheria dans sa calèche personnelle et l'avait remise à son mari en le priant de ne pas trop sévir contre elle, eu égard à son jeune âge et à sa mutilation. « Ferme les yeux et pense à autre chose », avait écrit la tante professe en lui enfouissant le billet dans la poche où elle l'avait trouvé plus tard à la maison : « Prie le Seigneur et il te récompensera. »

Le matin, monsieur l'oncle mari se levait tôt, autour de cinq heures. Il s'habillait rapidement tandis qu'elle dormait et partait pour ses terres en compagnie de don Raffaele Cuffa. Il rentrait vers une heure et demie. Il mangeait avec elle. Puis il dormait une heure et ressortait ou bien s'enfermait dans la bibliothèque avec ses livres d'héraldique.

Avec elle, il était courtois mais froid. Des jours durant, il semblait oublier qu'il avait une femme. De temps en temps, il se rendait à Palerme et y restait une semaine. Puis il rentrait à l'improviste, et Marianna surprenait un regard sombre et lourd sur sa poitrine. Instinctivement, elle couvrait son décolleté.

Parfois, quand sa jeune épouse se coiffait, assise à côté de la fenêtre, le duc Pietro l'épiait de loin. Mais dès qu'il se savait vu, il s'enfuyait. D'autre part, ils restaient rarement seuls tous les deux dans la journée, car il y avait toujours une servante pour tourner dans les pièces, allumer une lampe, refaire un lit, ranger le linge dans les armoires, frotter une poignée de porte, installer les serviettes de toilette fraîchement repassées dans le *cantaranu* près de la cuvette.

Un moustique, aussi gros qu'une grosse mouche, se pose sur le bras nu de Marianna qui, intriguée, le regarde un instant avant de le chasser. D'où peut venir un moustique aussi énorme ? Le puisard à côté de l'écurie, elle l'a fait assécher depuis déjà six mois, le canal qui conduit l'eau aux citronniers a été nettoyé l'an dernier, les deux mares le long du chemin qui descend vers l'oliveraie ont été comblées de terre depuis quelques semaines. Il doit y avoir encore de l'eau stagnante quelque part, mais où ?

Entre-temps, les ombres se sont allongées. Laissant la cour à demi dans l'ombre, le soleil a glissé derrière la maison du vacher Ciccio Calò. Un autre moustique vient se poser sur le cou baigné de sueur de Marianna qui a un geste d'impatience : il faudra jeter de la chaux vive dans les écuries ; c'est peut-être justement l'eau de l'abreuvoir qui est responsable, celle qui sert aussi aux vaches de Messine à chasser ces pompeurs de sang. Il y a des périodes de l'année où aucun grillage, aucun voile, aucune essence ne peuvent éloigner les moustiques. Autrefois, leur préférée, celle qui les attirait tous, c'était Agata. Maintenant qu'elle est mariée et qu'elle est allée vivre à Palerme, il semble que ces insectes aient une prédilection pour les bras blancs, nus, le cou fin de Marianna. Cette nuit dans sa chambre, elle devra faire brûler des feuilles de verveine.

Les travaux de la villa touchent maintenant presque à leur fin. Il ne manque plus que les finitions de l'intérieur. Pour les fresques, elle a fait appel à l'Intermassimi, qui s'est présenté avec un rouleau sous le bras, un tricorne taché sur la tête et de larges bottes dans lesquelles flottaient deux petites jambes sèches et courtes.

Il est descendu de cheval et l'a saluée avec un sourire composé, à la fois séduisant et arrogant. Il a déroulé la feuille sous ses yeux en l'aplatissant de ses deux petites mains grasses qui l'ont mise mal à l'aise.

Les dessins sont hardis et imaginatifs, rigoureux dans les formes, respectueux des traditions, mais comme habités d'une pensée souterraine, malicieuse et fulgurante. Marianna avait admiré les têtes de chimères qui n'avaient pas forme de lion, comme le veut le mythe, mais portaient une tête de femme. En les observant une seconde fois, elle s'était aperçue qu'elles lui ressemblaient étrangement et en avait été un peu saisie ; comment avait-il pu la représenter dans ces bêtes mythologiques, ne l'ayant vue qu'une seule fois, le jour de son mariage, alors qu'elle n'avait que treize ans à peine ?

Sous ces têtes blondes aux grands yeux bleus s'allonge un corps de lion couvert de boucles bizarres, avec un dos rehaussé de crêtes, plumes, crinières. Les pattes sont hérissées d'ongles en bec de perroquet, la queue longue forme des anneaux, des spirales qui s'élancent en avant et se retournent avec leur pointe bifide, exactement comme ces chiens qui terrorisent tant madame mère. Certains portent à l'arrière, au milieu du dos, une petite tête de chèvre qui surgit, ocellée et impertinente. D'autres, non. Mais toutes regardent à travers leurs longs cils avec un air de surprise étonnée.

Saisi d'admiration, le peintre, nullement embarrassé par son mutisme, la foudroyait de regards. Il s'était tout de suite mis à lui parler des yeux sans même tendre la main vers les feuillets qu'elle gardait liés à sa taille avec l'encre et l'étui à plumes.

Les pupilles brillantes disaient que le court et velu peintre de Reggio di Calabria était prêt à pétrir de ses petites mains noires et dodues le corps laiteux de la jeune duchesse comme une pâte mise là à lever pour lui.

Elle, elle l'avait regardé avec dédain. Elle n'aimait pas cette façon effrontée, arrogante, de se proposer. Et puis, qui était-il ? Un simple peintre, un individu obscur qui avait vu le jour dans quelque masure calabraise, issu de parents peut-être vachers ou bergers.

Quitte ensuite à se moquer d'elle-même, dans la nuit de sa chambre à coucher. Elle savait que ce mépris social était feint, qu'il cachait un trouble jamais éprouvé, une peur subite qui lui étreignait la gorge. Personne jusqu'alors n'avait eu en sa présence un désir aussi clairement déclaré pour son corps, la chose lui semblait inouïe mais, en même temps, l'intriguait.

Le lendemain, elle avait fait dire au peintre qu'elle était absente et, le jour suivant, elle lui avait rédigé un billet pour lui ordonner de commencer tout de même les travaux ; elle mettait à sa disposition deux jeunes garçons pour mélanger les couleurs et nettoyer les pinceaux. Quant à elle, elle resterait enfermée à lire dans la bibliothèque.

Et ainsi en avait-il été. Mais, par deux fois, elle était sortie sur le palier pour le regarder, tandis que, juché sur l'échafaudage, il griffonnait au fusain sur les murs blancs. Elle aimait observer le mouvement de ces petites mains poilues et potelées. Les dessins étaient sûrs et élégants, ils révélaient un métier si profond et délicat qu'il ne pouvait que susciter l'admiration.

De ces mains maculées de peinture il se frottait le nez, le tachant de jaune et de vert, empoignait son petit pain fourré et le portait à sa bouche en faisant couler des filaments d'abats frits et des miettes de pain.

8.

Personne ne s'attendait à ce que le troisième enfant, ou plutôt la troisième fille, naisse aussi vite, presque un mois d'avance et les pieds les premiers, tel un petit veau maladroit. La sage-femme avait tellement transpiré qu'elle avait les cheveux plaqués sur le crâne comme si elle avait reçu un seau d'eau sur la tête.

Marianna avait suivi les gestes de ses mains comme si elle ne les avait jamais vus. Une plongée dans la cuvette d'eau puis dans le saindoux, un signe de croix sur la poitrine et une nouvelle plongée dans l'eau de la cuvette. Pendant ce temps, Innocenza passait des linges mouillés d'essence de bergamote sur la bouche et sur le ventre tendu de la parturiente.

Niesci niesci cosa fitenti
ca la cumanna Diu 'nniputenti[1].

1. Sors, sors, chose morveuse, Dieu tout-puissant te le commande.

Marianna connaissait les formules et les lisait sur les lèvres de la sage-femme. Elle savait qu'elle était sur le point d'être atteinte par ses pensées mais ne faisait rien pour les écarter. Peut-être allégeraient-elles la douleur, se disait-elle, et elle avait fermé les yeux pour se concentrer.

« Qu'est-ce qu'il fait, ce morveux ?... Qu'est-ce qu'il a à ne pas venir ? il s'est mal placé, cet idiot... qu'est-ce qu'il fait, il se retourne ? ses jambes se présentent par-devant et ses bras sont écartés, on dirait qu'il danse... eh bien, danse, danse, imbécile... mais pourquoi tu ne sors pas, limaçon ?... si tu ne sors pas, je vais te corriger, moi... et après, comment est-ce que je demanderai à la duchesse les quarante pièces promises ?... ahhhh mais c'est une petite fille, ça ! hélas, hélas, rien que des femelles qui sortent de ce pauvre ventre, quel malheur ! muette comme elle est, elle n'a pas de chance... Sors, sors, très puante femelle... et si je te promettais un agneau en sucre, tu sortirais ? non, elle ne veut pas naître... et si je te promettais un plein seau de baisers, tu sortirais ?... moi, si elle ne sort pas, celle-là, j'y risque mon gagne-pain... tout le monde saura que Titina la sage-femme n'a pas su y faire, qu'elle n'a pas pu la faire sortir et qu'elle a fait mourir et la mère et la fille... santa madonna, aide-moi... même si tu n'as jamais engendré, Sainte Vierge, aide-moi... mais qu'est-ce que tu t'y connais, toi, en accouchement et en travail... fais-moi naître cette femelle et je t'allumerai un cierge gros comme une colonne, je te le jure sur Dieu, même si je dois y mettre tout l'argent que me donnera la brave duchesse… »

Si même la sage-femme en était à la donner pour morte, il était peut-être temps de se préparer à partir avec la petite fille enfermée dans le ventre. Il faut tout de suite réciter une prière quelconque, demander pardon au Seigneur pour mes péchés, se disait Marianna.

Mais voilà que, juste quand elle s'apprêtait à mourir, la petite fille était sortie, noire comme l'encre, étouffée. Et la sage-femme l'avait attrapée par les pieds en la secouant comme un lapin à fricasser. Jusqu'à ce que la petite fasse une grimace de vieille guenon et se mette à pleurer en ouvrant grand sa bouche édentée.

Innocenza avait alors tendu les ciseaux à la sage-femme qui avait sectionné net le cordon ombilical puis l'avait brûlé avec une bougie. L'odeur de chair était montée aux narines palpitantes de Marianna : il n'était plus question de mort, cette fumée âcre la ramenait à la vie, et, soudain, elle s'était sentie épuisée et contente.

Innocenza continuait à s'agiter : elle nettoyait le lit, bandait d'un linge propre le ventre de l'accouchée, mettait du sel sur le nombril du nourrisson, du sucre sur le petit ventre encore souillé de sang et de l'huile sur la bouche. Enfin, après l'avoir rincé à l'eau de rose, elle avait enveloppé le nouveau-né dans les langes, l'entourant des pieds à la tête comme une momie.

« Et maintenant, qui va le lui dire, au duc, que c'est encore une fille ?... On a dû lui jeter un sort à cette pauvre duchesse... Si c'était des vilains, ils lui donneraient une cuillerée d'œuf de cane : une le premier jour, deux le deuxième et, le troisième jour, la petite fille indésirable s'en irait dans l'autre monde... Mais voilà, ce sont des seigneurs, et les femelles, ils se les gardent, même quand il y en a trop... »

Marianna ne parvenait pas à détacher son regard de la sage-femme qui, tout en lui essuyant la sueur, l'oignait avec le *conzu*, qui est un petit morceau de toile brûlée imprégné d'huile, de blanc d'œuf et de sucre. Elle connaissait déjà tout cela : chaque fois qu'elle avait accouché, elle avait vu les mêmes choses, seulement cette fois elle les voyait avec les yeux brûlants et nostalgiques de quelqu'un qui sait qu'il n'a plus à mourir. Et elle éprouvait un plaisir tout neuf à suivre les gestes sûrs et mesurés des deux femmes qui s'occupaient de son corps avec une telle diligence.

D'un ongle long et pointu, la sage-femme coupait maintenant cette membrane qui retient encore la langue des nouveau-nés, pour que la petite fille ne bégaye pas en grandissant ; comme l'enfant pleurait, elle lui avait fourré dans la bouche, selon la tradition, un doigt enduit de miel.

La dernière chose qu'avait vue Marianna avant de sombrer dans le sommeil, c'était les mains calleuses de la sage-femme élevant le placenta vers la fenêtre pour montrer qu'il était entier, qu'elle ne l'avait pas déchiré, qu'elle n'en avait pas laissé des morceaux dans le ventre de la parturiente.

Quand elle avait ouvert les yeux après douze heures d'inconscience, Marianna s'était trouvée devant ses deux autres filles, Giuseppa et Felice, en grande toilette, couvertes de nœuds, de dentelles et de corail. Felice déjà debout, Giuseppa dans les bras de la nounou. Toutes trois la regardaient d'un air gauche et ébahi, quasiment comme si elle venait de sortir du cercueil au beau milieu des funérailles. Derrière elles se tenait même le père, monsieur l'oncle mari, qui, dans son meilleur habit rouge, ébauchait quelque chose qui ressemblait à un sourire.

Le bras de Marianna s'était immédiatement tendu pour chercher la petite fille à côté d'elle et, ne l'y trouvant pas, elle avait été prise d'un doute : si elle était morte pendant qu'elle dormait ? Mais le demi-sourire de son mari et l'air cérémonieux de la nounou endimanchée l'avaient rassurée.

Qu'il s'agissait d'une petite fille, elle l'avait su dès le premier mois de grossesse : son ventre grossissait en largeur et non en pointe comme lorsqu'on attend un garçon. C'est ce que lui avait enseigné sa grand-mère Giuseppa, et, en effet, chaque fois son ventre avait pris une douce forme de melon et chaque fois elle avait accouché d'une fille. De plus, elle l'avait rêvé : une petite tête blonde qui s'appuyait contre sa poitrine et la regardait d'un air ennuyé. La seule chose bizarre était que l'enfant portait sur le dos une petite tête de chèvre aux boucles emmêlées. Qu'en aurait-elle fait, d'un monstre pareil ?

En fait, malgré le mois d'avance, elle était née parfaite, juste un peu plus menue, mais belle et claire, sans tous ces poils dont Giuseppa était couverte à la naissance et sans la tête en forme de poire violacée de Felice.

Elle avait tout de suite été une enfant calme, tranquille, qui prenait son lait quand on le lui donnait, sans jamais rien réclamer. Elle ne pleurait pas et dormait huit heures d'affilée dans la position dans laquelle on la plaçait dans son berceau. Si Innocenza n'était pas venue, montre à la main, réveiller la duchesse pour la tétée, mère et fille auraient continué à dormir sans tenir aucun compte de ce que disaient les sages-femmes, les nourrices, les nounous et toutes les mères : les nouveau-nés doivent être allaités toutes les trois heures, sinon ils sont capables de mourir de faim et de jeter la famille dans l'infamie.

Elle avait accouché de deux filles sans difficulté. C'était maintenant la troisième fois, et elle avait refait une fille. Monsieur l'oncle mari n'était pas content, même s'il lui avait gentiment épargné les reproches. Marianna savait qu'elle allait devoir essayer encore, jusqu'à ce qu'elle accouche d'un garçon. Elle craignait de se voir lancer un de ces billets lapidaires dont elle avait déjà une collection, du genre : « Et pour le petit mâle, quand vous déciderez-vous ? »

Elle sait que certains maris avaient cessé d'adresser la parole à leur femme après la seconde fille. Mais l'oncle Pietro était trop léger pour être capable d'une telle détermination. Et puis, il lui écrivait déjà si peu.

Voilà donc Manina, née durant les derniers travaux de la villa, la fille de ses dix-sept ans. Elle a pris le nom de la vieille tante Manina, sœur nubile du grand-père Mariano. L'arbre généalogique accroché dans la salle rose est plein de Manina : l'une née en 1420 et morte de la peste en 1440 ; une autre née en 1615 et morte en 1680, carmélite déchaussée ; une autre encore née en 1650 et morte deux ans après, et la dernière, née en 1651, la plus âgée de la famille Ucrìa.

De la grand-mère Scebarràs, elle a pris les poignets fins, le cou allongé. De son père, le duc Pietro, elle a pris un certain air mélancolique et sévère, bien qu'elle ait tout de même les joyeuses couleurs et la beauté délicate de la branche Ucrìa di Fontanasalsa.

Felice et Giuseppa jouent de bon cœur avec leur petite sœur, elles lui mettent dans la main des petits poupons de sucre en prétendant qu'elle les mange, avec le résultat de barbouiller le berceau et les langes. Parfois, Marianna a l'impression que leur affection est si bruyante et gesticulante qu'elle peut être dangereuse pour le bébé. C'est pourquoi elle ne les quitte pas des yeux quand elles sont près du berceau.

Depuis que Manina est née, elles ont même cessé d'aller jouer chez Lina et Lena, les filles du vacher Ciccio Calò qui habite près des écuries. Les deux jeunes filles ne se sont pas mariées. Après la mort de leur mère, elles se sont entièrement vouées à leur père, aux vaches et à la maison. Elles sont devenues grandes et robustes, se distinguent à peine l'une de l'autre et s'habillent de la même façon, avec des jupes rouges délavées, des corselets de velours lilas et de petits tabliers bleus toujours maculés de sang. Depuis qu'Innocenza a décidé qu'elle ne tuerait plus les poules, elles ont hérité de la tâche de les étrangler et de les couper en morceaux, ce dont elles se chargent avec grande vivacité et détermination.

Les mauvaises langues disent que Lina et Lena couchent avec leur propre père dans le lit même où autrefois il dormait avec leur mère, qu'elles sont déjà tombées enceintes deux fois et qu'elles ont avorté à l'aide de persil. Mais ce sont des commérages que Raffaele Cuffa lui a marqués un jour au dos des feuilles de comptes de la maison et auxquels elle n'a pas voulu prêter attention.

Quand elles étendent la lessive, les filles Calò chantent merveilleusement. Cela aussi, elle l'a appris de façon détournée, par une vieille servante qui vient laver le linge à la maison. Et Marianna s'était surprise un matin, appuyée à la balustrade peinte de la longue terrasse au-dessus des écuries, à regarder les jeunes filles étendre le linge sur les fils. Comment elles se penchaient ensemble sur la grande panière, comment elles se hissaient avec élégance sur la pointe des pieds, comment elles prenaient un drap, l'entortillaient en se plaçant l'une d'un côté, l'autre de l'autre comme si elles jouaient à tirer la corde. Elle les voyait ouvrir la bouche mais ne pouvait pas savoir si elles chantaient. Et le désir poignant d'entendre leurs voix que l'on disait si belles l'avait laissée frustrée.

Leur père, le vacher, les appelle en sifflant comme il le fait pour ses vaches de Messine. Et elles accourent, sautant à pas brusques et décidés, en personnes habituées aux gros travaux et qui ont des muscles forts et vifs. Lorsque leur père est absent, Lina et Lena appellent, en sifflant elles aussi, le cheval bai Miguelito, l'enfourchent et font un tour dans l'oliveraie, agrippées l'une au dos de l'autre, sans s'inquiéter des branches qui se brisent aux flancs du cheval, des ronces traînantes qui s'accrochent à leurs longs cheveux.

Felice et Giuseppa vont les voir dans la maison obscure à côté de l'écurie, parmi les images saintes et les jarres pleines de lait destiné à la ricotta. Elles se font raconter des histoires de morts assassinés, de loups-garous, qu'elles vont ensuite répéter à leur oncle père qui chaque fois s'indigne et leur interdit d'y retourner. Mais, sitôt qu'il part pour Palerme, les deux petites filles se précipitent chez les jumelles où elles mangent du pain et de la ricotta au milieu d'un nuage de taons. Et monsieur l'oncle mari est si distrait qu'il ne s'aperçoit même pas de l'odeur qui les imprègne quand elles rentrent à la maison en cachette, après être restées blotties des heures dans la paille à écouter des histoires à vous faire dresser les cheveux sur la tête.

La nuit, à cause de la terreur que leur ont infligée ces histoires, les deux petites filles viennent souvent se glisser dans le lit de leur mère. Parfois, elles se réveillent en larmes et baignées de sueur. « Tes filles sont des crétines, si elles ont peur, pourquoi y retournent-elles ? » C'est la logique de monsieur l'oncle mari, et on ne peut pas lui donner tort. Sauf que la logique ne suffit pas à expliquer le plaisir de fréquenter les morts malgré la peur et l'horreur. Ou peut-être à cause de cela, justement.

En pensant à ses deux filles aînées toujours en fuite, Marianna sort de son berceau la dernière-née. Elle enfouit son nez dans la petite robe de dentelle qui lui descend plus bas que les pieds et flaire cette odeur unique entre toutes de borax, d'urine, de lait acide, d'eau de laitue, qu'ont tous les nourrissons, et nul ne sait pourquoi c'est l'odeur la plus délicieuse du monde. Elle serre contre sa joue le petit corps de la dernière-née et se demande si elle parlera. Pour Felice et Giuseppa aussi elle avait eu peur qu'elles ne parlent pas. Elle avait épié leur souffle avec anxiété, pressant leurs petites gorges sous ses doigts pour sentir passer le son des premiers mots. Et chaque fois, elle s'était rassurée en voyant leurs bouches qui s'ouvraient et se fermaient suivant le rythme des phrases.

Hier soir, monsieur l'oncle mari est entré dans la chambre, il s'est assis sur le lit. L'air pensif et ennuyé, il l'a regardée allaiter. Puis il a rédigé un billet timide : « Comment va la *picciridda* ? » puis « Votre sein va-t-il mieux ? ». Enfin il a ajouté : « Le petit mâle viendra, laissons faire le temps. Ne vous découragez pas, il viendra. »

9.

Comme le souhaitait monsieur l'oncle mari, le petit mâle est arrivé, il s'appelle Mariano. Il est né exactement deux ans après la naissance de Manina. Blond comme sa sœur, il est plus joli qu'elle mais n'a pas le même caractère : il pleure facilement et, si l'on ne s'occupe pas continuellement de lui, il explose. Le fait est que chacun se le pose dans la paume de la main comme un joyau précieux, et, à quelques mois, il a déjà compris que ses volontés seront de toute façon satisfaites.

Cette fois, monsieur l'oncle mari a souri ouvertement, il a offert à madame son épouse un collier de perles aux grains rosés, gros comme des pois chiches. Il lui a également fait une donation de mille écus, parce que c'est « ce que font les rois avec les reines lorsqu'elles accouchent d'un enfant mâle ».

La maison s'est remplie de parents jamais vus, de fleurs et de pâtisseries. La tante professe Teresa a amené avec elle une bande de petites filles de nobles familles, futures nonnes, chacune porteuse d'un cadeau pour l'accouchée : qui une petite cuiller d'argent, qui un porte-épingles en forme de cœur, qui un coussin brodé ou des mules rebrodées d'étoiles.

Monsieur le frère Signoretto est resté assis une heure près de la fenêtre en buvant du chocolat chaud, un sourire figé sur les lèvres. Avec lui étaient venus aussi Agata et son mari don Diego, avec leurs enfants en costume d'apparat.

Même Carlo est arrivé de son couvent de San Martino delle Scale et lui a apporté en cadeau une Bible copiée à la main par un moine du siècle dernier, émaillée de miniatures aux fines couleurs.

Mortifiées d'être oubliées, Giuseppa et Felice font mine d'ignorer le bébé. Elles ont repris l'habitude d'aller chez Lina et Lena où elles ont attrapé des poux. Innocenza a dû leur étriller la tête au pétrole puis au vinaigre, mais, si les cadavres de poux adultes sont effectivement tombés, ceux qui se trouvaient dans les œufs étaient restés vivants et sont sortis réinfester les chevelures en se multipliant rapidement. Il a donc été décidé de les raser, et maintenant elles se promènent le crâne nu comme deux condamnées, avec un air humilié qui fait rire Innocenza.

Enfin, monsieur père s'est fixé à la villa pour « pouvoir surveiller la couleur des yeux du *picciriddu* ». Il dit que les pupilles des nouveau-nés sont trompeuses, qu'on ne sait pas si c'est du lard ou du cochon et, à chaque instant, il le prend dans ses bras et l'élève devant lui comme si c'était son fils.

Madame mère n'est venue qu'une fois, et le déplacement l'a tellement fatiguée qu'elle s'est mise au lit pour trois jours. Le voyage de Palerme à Bagheria lui a semblé « éternel », les fondrières « abyssales », le soleil « brutal » et la poussière « absurde ».

Elle a trouvé que Mariano était « trop joli pour être un garçon, et qu'est-ce que nous allons faire avec une joliesse pareille ? » a-t-elle écrit sur un feuillet bleu pâle parfumé à la violette. Puis elle lui a découvert les pieds et les lui a délicatement mordillés. « Nous en ferons un danseur. » Contrairement à son habitude, elle a écrit beaucoup et volontiers. Elle a ri, elle a mangé, elle s'est abstenue de priser durant quelques heures, puis elle s'est retirée dans la chambre d'amis avec monsieur père, et ils ont dormi jusqu'à onze heures le lendemain matin.

Tout le personnel de la villa a voulu le prendre dans les bras, cet enfant tant désiré : le vacher Ciccio Calò l'a tenu tendrement entre ses deux mains calleuses et striées de noir. Lina et Lena l'ont embrassé sur la bouche et sur les pieds avec une douceur inattendue. Il y avait aussi Raffaele Cuffa qui endossait pour l'occasion une redingote neuve damassée d'arabesques aux couleurs des Ucrìa et sa femme Severina qui ne sort jamais de chez elle parce qu'elle souffre de maux de tête qui l'aveuglent quasiment ; don Peppino Geraci, le jardinier, accompagné de sa femme Maria et de ses cinq enfants, tous roux de cils et de cheveux, muets de timidité ; Peppino Cannarota, le laquais, avec son grand fils qui est jardinier à Casa Palagonia.

Ils se sont passé le nouveau-né de main en main comme si c'était l'Enfant Jésus, souriant béatement, s'empêtrant dans la longue traîne de la robe de dentelle, flairant avec bonheur les parfums qui émanaient de ce petit corps princier.

Pendant ce temps, Manina rampait dans la chambre, et seule Innocenza s'occupait d'elle en se jetant à quatre pattes sous les tables, tandis que les invités entraient, sortaient, piétinant les précieux tapis d'Erice, crachant dans les vases de Caltagirone, plongeant à pleines mains sur le plateau couvert de nougats de Catane que Marianna gardait près de son lit.

Un matin, monsieur père était arrivé avec une surprise, un complet nécessaire d'écriture pour sa fille muette : un réticule de mailles d'argent contenant un flacon avec bouchon dévissable pour l'encre, un étui de verre pour les plumes, un sachet de peau pour la cendre ainsi qu'un carnet lié à un ruban fixé au réticule par une chaînette. Mais le plus surprenant était une tablette portable, pliable, d'un bois très léger, à suspendre à la ceinture par deux petites chaînes d'or. « En honneur de Maria Luisa de Savoie Orléans, la plus jeune et la plus intelligente reine d'Espagne, pour qu'elle te serve d'exemple, amen. » C'est par ces mots que monsieur père avait voulu inaugurer le nouveau nécessaire d'écriture.

À la demande insistante de sa fille, il s'était installé pour rédiger brièvement l'histoire de cette reine morte en 1714 et jamais oubliée.

« Une jeune fille pas très belle peut-être, mais très vive. Fille de Victor Amédée, notre roi depuis 1713, et de la princesse Anne d'Orléans, petite-fille de Louis XIV, elle était devenue la femme de Philippe V à seize ans. Son mari fut vite envoyé combattre en Italie et elle, sur proposition de son grand-oncle Louis de France, fut nommée régente. On grognait : comment, une jeune fille de seize ans à la tête de l'État ? Et il apparut en fait que ce choix avait été plus que judicieux. La petite Maria Luisa avait le sens de la politique. Elle passait des heures au Conseil, écoutant tout et tout le monde, intervenant par des observations justes et brèves. Quand un orateur s'étendait trop et inutilement, la reine sortait sa broderie de sous la table et ne s'occupait plus que de son ouvrage. Si bien qu'au bout d'un moment ils comprirent le signal et, lorsqu'ils la voyaient tendre la main vers sa broderie, ils abrégeaient. C'est ainsi qu'elle rendit les séances du Conseil d'État beaucoup plus rapides et concrètes.

« Elle entretenait une correspondance avec son grand-oncle le Roi-Soleil et écoutait ses conseils de bonne grâce, mais quand il fallait dire non, elle le disait et avec quelle détermination ! Les anciens étaient bouche bée devant cette intelligence politique. Le peuple l'adorait.

« Lorsque l'on apprit la défaite de l'armée espagnole, la jeune Maria Luisa vendit tous ses bijoux pour donner l'exemple et se rendit en personne aussi bien chez les plus riches que chez les plus pauvres recueillir de l'argent pour remettre l'armée sur pied. Elle eut un premier fils, le prince des Asturies. Elle disait que, s'il n'avait dépendu que d'elle, elle serait allée au front à cheval avec son enfant dans les bras. Et tout le monde savait qu'elle en aurait été capable.

« Quand arriva la nouvelle des victoires de Brihuega et Villaviciosa, sa joie fut telle qu'elle descendit dans la rue se mêler aux gens pour sauter et danser avec eux.

« Elle eut un autre fils qui mourut au bout d'une semaine à peine. Alors, elle fut frappée d'une infection des glandes du cou dont elle ne se plaignit jamais et dont elle tenta de cacher l'enflure par une fraise de dentelle. Elle fit un autre fils, Ferdinando Pietro Gabriele qui, heureusement, vécut. Mais le mal s'aggravait. Les médecins dirent qu'il s'agissait de phtisie. À ce moment-là, le Grand Dauphin, père de Philippe, mourut et, tout de suite après, la sœur de Maria Luisa, Maria Adélaïde, de la variole, avec son mari et son fils aîné.

« Deux ans plus tard, elle comprit que l'heure avait sonné pour elle aussi. Elle se confessa, communia, dit adieu à ses enfants, à son mari, avec une sérénité qui émerveilla tout le monde et expira à l'âge de vingt-quatre ans, sans avoir prononcé une seule plainte. »

Toute la caravane familiale s'est enfuie le jour où l'un des fils de Peppino Geraci s'était trouvé atteint de la variole. Encore la variole à Bagheria ! C'était déjà la seconde fois depuis que Marianna avait entrepris de transformer la *casena* en villa. Durant la première épidémie, beaucoup de gens étaient morts, dont la mère de Ciccio Calò et le petit des Cuffa qui était fils unique. C'est depuis lors que Severina, sa mère, souffre de douleurs à la tête si ravageuses qu'il lui faut avoir constamment les tempes serrées dans un linge imbibé de vinaigre des sept voleurs et que, partout où elle va, elle apporte cette odeur âcre et acide.

Dans la seconde épidémie sont morts deux des quatre enfants restants de Peppino Geraci. La fiancée du fils de Peppino Cannarota, une belle fille de Bagheria, servante à Casa Palagonia, est morte ; sont morts deux cuisiniers de Casa Butera, et aussi la vieille princesse Spedalotto qui s'était installée depuis peu dans sa nouvelle villa non loin de la leur.

Même la tante Manina, qui était arrivée tout enveloppée de châles de laine et soutenue par deux laquais et qui avait tenu le petit Mariano dans ses bras squelettiques, est morte. Mais on ne sait pas si c'est de la variole. Le fait est qu'elle s'est éteinte, là, à la villa Ucrìa et que personne ne s'en est aperçu. On ne l'a trouvée que deux jours après : posée sur le lit comme un petit oiseau aux plumes ébouriffées, la tête légère,

légère, au point que monsieur père avait écrit qu'elle « pesait autant qu'une noix vide ».

La tante Manina avait été « très courtisée » dans sa jeunesse, « les traits menus, elle avait un corps de sirène et ses yeux étaient si brillants et ses cheveux si lumineux que l'arrière-grand-père Signoretto avait dû renoncer à la faire entrer au couvent pour ne pas mécontenter ses prétendants. Le prince de Cutò la voulait pour épouse, le duc d'Altavilla, baron de San Giacomo, aussi, ainsi que le comte Patanè, baron de San Martino. Mais elle, elle avait voulu rester nubile dans la maison de son père. Pour échapper au mariage, elle s'était prétendue malade pendant des années », racontait monsieur père. « Si bien qu'elle finit par être malade pour de bon, mais personne ne savait de quoi. Elle toussait en se pliant en deux, elle perdait ses cheveux, devenait de plus en plus maigre, de plus en plus légère. »

Malgré ses maladies, la tante Manina avait tenu presque quatre-vingts ans, et tous la voulaient à leurs fêtes car elle était une observatrice aiguë et savait imiter les gens, vieux et jeunes, hommes et femmes, et faire rire les amis et les parents.

Même Marianna, qui pourtant n'entendait pas ce qu'elle disait, riait. Il lui suffisait de la regarder, petite et agile, la façon qu'elle avait de bouger ses mains de prestidigitatrice, de prendre l'expression contrite de celui-ci, balourde de cet autre, ou encore vaniteuse d'un troisième, pour être conquise.

Elle était connue pour sa mauvaise langue, la tante Manina, et, de terreur qu'elle ne médise par-derrière, chacun cherchait à s'en faire une amie. Mais elle ne se laissait pas séduire par les courbettes : quand elle voyait quelqu'un de drôle, elle l'épinglait. Ce n'étaient pas les commérages en soi qui l'attiraient, mais les excès des divers caractères de l'avare, du vaniteux, du faible, de l'étourdi. Parfois, ses traits étaient si pointus qu'ils finissaient par devenir proverbiaux. Comme quand elle avait dit du prince de Raù qu'il « méprisait l'argent mais traitait les pièces de monnaie comme ses petites sœurs ». Ou quand elle avait dit que le prince Des Puches attendait que sa femme accouche – le prince était connu pour sa basse stature – « en marchant nerveusement de long en large sous le lit ». Ou encore quand elle avait dit du petit marquis Palagonia que c'était une tête de porc qui fait du lard. Et ainsi de suite, pour le plus grand plaisir de tous.

À propos de Mariano, elle avait bredouillé que c'était « une souris ayant l'air d'un lion déguisé en souris ». Et, le regard pétillant, elle avait regardé tout autour d'elle. Elle était désormais comme une actrice en scène et pour rien au monde n'aurait renoncé à son public.

« Quand je serai morte, j'irai en enfer », avait-elle dit une fois. Et elle avait ajouté : « Mais qu'est-ce que l'enfer ? C'est Palerme sans ses pâtisseries. De toute façon, je n'aime pas les gâteaux. » Et, après un instant :

« Quoi qu'il en soit, j'y serai mieux que dans cette salle de bal qu'est le paradis, où les saintes font tapisserie. »

Elle est morte seule, sans déranger personne. Et personne n'a pleuré. Mais ses bons mots continuent à circuler, forts et épicés comme des anchois en saumure.

10.

Le duc Pietro n'a jamais discuté une virgule de ce que sa femme décidait peu à peu pour la villa. Il s'est juste entêté pour que l'on construise dans le jardin une petite « coffee house », comme il dit, en ferronnerie, avec un toit en coupole, un carrelage bleu et blanc par terre et la vue sur la mer.

Et ainsi en a-t-il été fait, ou plutôt en sera-t-il fait, car le fer est prêt mais il manque les forgerons pour le monter. À ce moment-là, il se construit des dizaines de villas à Bagheria, et les artisans, les maçons sont difficiles à trouver. L'oncle mari dit souvent que la *casena* était plus commode, surtout pour la chasse. Mais comme il ne va jamais à la chasse, on ne sait pas pourquoi il dit cela. Il a horreur du gibier. Il a horreur des fusils bien qu'il en ait une collection. Ses goûts le portent aux livres d'héraldique, au whist et aux promenades dans la campagne parmi les citronniers qu'il greffe personnellement.

Il sait tout sur les ancêtres, les origines de la famille Ucrìa di Campo Spagnolo et di Fontanasalsa, sur les préséances, les échelons, les décorations. Dans son bureau est accroché un grand tableau qui représente le martyre de saint Signoretto. En dessous, gravé dans le cuivre, on lit : « Bienheureux Signoretto Ucrìa di Fontanasalsa et Campo Spagnolo, né à Pise en 1269. » Et, en petit, l'histoire de la vie du bienheureux, comment il est arrivé à Palerme et s'est adonné à des œuvres pieuses, « fréquentant les hôpitaux et secourant les très nombreux pauvres qui infestaient la ville ». Comment, ensuite, il s'est retiré vers l'âge de trente ans dans « un lieu très désert en bordure de mer ». Mais qu'est-ce que ça peut bien être ce « lieu très désert en bordure de mer » ? Se pourrait-il qu'il se soit retrouvé sur les côtes africaines ?

Dans ce désert « en bordure de mer », Signoretto fut « martyrisé » par les Sarrasins, mais on ne comprend pas pourquoi il fut martyrisé, la plaque ne le dit pas. Uniquement parce qu'il était bienheureux ? Mais non, idiote, c'est ensuite qu'il est devenu bienheureux.

Un bras du bienheureux, dit la légende, se trouve en possession des frères dominicains qui le vénèrent comme une relique. Monsieur l'oncle mari, en effet, a tout fait pour récupérer cette relique de famille, mais jusqu'ici il n'y est pas parvenu. Les dominicains disent l'avoir cédée à un couvent de carmélites, les carmélites disent l'avoir offerte aux clarisses, et les clarisses affirment qu'elles ne l'ont jamais vue.

Le tableau représente une marine sombre : une barque amarrée, vide, avec une voile roulée, dans les bruns. Au premier plan, un rai de lumière qui tombe de la gauche comme si quelqu'un, se tenant juste à côté du cadre, portait une torche allumée. Un vieil homme – mais n'avait-il pas trente ans ? – est frappé à coups de poing par deux robustes jeunes gens torse nu. En haut à droite, trois anges en plein vol élèvent une couronne d'épines. Pour le duc Pietro, l'histoire de la famille, aussi mythique et fantaisiste qu'elle soit, est plus crédible que celles que racontent les prêtres. Pour lui, Dieu « est loin et n'en a rien à foutre » ; le Christ, « si c'était vraiment le fils de Dieu, le moins que l'on puisse dire c'est qu'il était fou ». Quant à la Madone, « si elle avait été une vraie dame, elle ne se serait pas comportée avec autant de légèreté en conduisant ce pauvre *picciriddu* parmi les loups pour le laisser se promener toute la sainte journée en lui laissant croire qu'il était invincible, alors qu'on voit bien comment il a fini ».

D'après monsieur l'oncle mari, le premier des Ucrìa n'était rien moins qu'un roi du VIIe siècle avant Jésus-Christ et, plus précisément, un roi de Lydie. De cette terre inaccessible, toujours d'après lui, les Ucrìa seraient passés à Rome où ils seraient devenus sénateurs de la République. Enfin, ils se seraient faits chrétiens sous Constantin.

Quand Marianna lui écrit, pour s'amuser, que ces Ucrìa étaient de vraies girouettes qui se mettaient toujours du côté des plus forts, il se renfrogne et ne la regarde plus pendant quelques jours. Avec les morts de la famille, on ne plaisante pas.

En revanche, si elle lui demande quelque explication sur les grands tableaux qui sont empilés dans le salon jaune en attendant de retourner sur les murs une fois la maison terminée, il prend la plume en hâte pour évoquer tel évêque Ucrìa qui se battit contre les Turcs ou tel autre sénateur Ucrìa qui prononça le fameux discours pour défendre le droit d'aînesse.

Peu importe qu'elle réponde. Il est rare qu'il lise ce que lui écrit sa femme dont il admire pourtant l'écriture nette et rapide. Le fait qu'elle hante continuellement la bibliothèque le déconcerte, mais il n'ose s'y opposer ; il sait que pour Marianna la lecture est une nécessité, et d'ailleurs, muette comme elle est, elle a ses raisons. Lui, il évite les livres car ils sont « menteurs ». L'imagination est une liberté légèrement nauséabonde. La réalité est faite, pour le duc Pietro, d'une série de règles immuables et éternelles auxquelles nul individu sensé ne peut éviter de se référer.

Ce n'est que lorsqu'il y a une visite à rendre à une accouchée, comme il est d'usage à Palerme, ou à assister à une cérémonie officielle qu'il exige de sa femme qu'elle se mette en grande toilette, qu'elle pique l'épingle de diamant de la grand-mère Ucrìa di Scannatura sur sa poitrine et qu'elle le suive en ville.

Quand il décide de rester à Bagheria, il fait en sorte qu'il y ait toujours du monde à la table de la villa Ucrìa.

Tantôt il invite Raffaele Cuffa qui lui sert d'administrateur, de gardien et de secrétaire, mais toujours sans sa femme, tantôt il fait venir l'avocat Mangiapesce de Palerme, ou encore il envoie la chaise à porteurs chez la tante professe Teresa aux clarisses ou expédie une invitation à cheval à l'un des cousins Alliata di Valguarnera.

Monsieur l'oncle mari apprécie par-dessus tout l'avocat Mangiapesce parce qu'il lui permet de se tenir coi. Nul besoin de le prier pour qu'il entretienne la conversation, ce jeune « avocassier », comme l'appelle le duc Pietro. C'est quelqu'un qui adore disserter sur de subtiles questions de droit, et puis il est très ferré sur les derniers événements politiques de la ville et il ne perd rien des cancans des grandes familles palermitaines.

Quand la tante Teresa est là, cependant, il est plus difficile pour l'avocat de faire la conversation car elle lui ôte les mots de la bouche, et, en effet, pour ce qui concerne les cancans, la tante en sait plus long que l'avocat.

De tous ses parents, la tante Teresa, sœur de monsieur père, est la préférée de monsieur l'oncle mari. Avec elle, il lui arrive de parler, et même avec passion. Ils échangent des nouvelles de la famille. Ils échangent des cadeaux : reliques, chapelets bénits, vieux objets de famille. La tante apporte du couvent des petits ballots de ricotta battue au sucre et au fenouil qui sont un délice. Le duc Pietro en mange jusqu'à dix à la fois en fronçant le nez comme une taupe gourmande.

Marianna le regarde mastiquer et se dit que, dans une certaine mesure, le cerveau de monsieur l'oncle mari ressemble à sa bouche : il écrase, décompose, émince, pile, pétrit, engloutit. Mais de ce qu'il avale, il ne retient presque rien. C'est pourquoi il est toujours si maigre. Il déploie une telle énergie à broyer les idées que, de celles-ci, il ne lui reste au corps que les vapeurs. Sitôt la nourriture engouffrée, il est pris de l'urgence d'éliminer les déchets qui lui semblent indignes de séjourner dans le corps d'un gentilhomme.

Pour beaucoup d'aristocrates de son âge, qui ont vécu et mûri au siècle dernier, la pensée systématique a quelque chose d'ignoble et de vulgaire. La confrontation avec d'autres intelligences, d'autres idées, est considérée *a priori* comme une reddition. Le peuple pense en groupe ou en foule, l'aristocrate est seul, et c'est sur cette solitude que se fondent sa gloire et son courage.

Marianna sait que, s'il la respecte comme épouse, il ne la considère pas comme son égale. Pour lui, sa femme est une petite fille d'un siècle nouveau, incompréhensible, avec quelque chose de trivial dans son goût immodéré du changement, du faire, du construire.

L'action est aberrante, dangereuse, inutile et fausse, disent ses yeux tristes en la regardant circuler affairée dans la cour encore encombrée de briques et de sacs de chaux. L'action est choix, et le choix est nécessité. Donner forme à l'inconnu, le rendre familier, connu, signifie trahir la liberté du hasard, le principe divin de l'oisiveté que seul peut se permettre un vrai noble, à l'imitation du Père céleste.

Même si elle n'a jamais entendu sa voix, Marianna sait ce qui brûle dans cette gorge farouche : un amour orgueilleux et vigilant pour les infinies possibilités du rêve, de la volonté sans but, du désir non réalisé. La voix rendue stridente par l'ennui et pourtant pleinement contrôlée de quelqu'un qui ne se laisse jamais aller. Ce doit être ça, elle le sent aux souffles aigres et chauds qui l'atteignent quand il est près d'elle.

Entre autres choses, le duc Pietro trouve absurde cet entêtement forcené de sa femme à rester à Bagheria même pendant la froide saison, alors qu'ils disposent d'une maison grande et accueillante à Palerme. Il est agacé, aussi, de devoir renoncer à ses soirées au Cercle des nobles, où il peut jouer au whist pendant des heures en buvant de l'eau anisée et en écoutant avec ennui le bavardage inepte de ses contemporains. Mais, pour elle, la maison de la via Alloro est trop sombre et encombrée de tableaux d'ancêtres, trop fréquentée de visiteurs indésirables.

Et puis, le voyage de Bagheria à Palerme par cette route pleine de trous et de poussière la désespère. Trop de fois, en passant par Acqua dei Corsari, elle s'est trouvée devant les piques du gouverneur surmontées de têtes de bandits embrochées aux fins d'avertir les citadins. Têtes desséchées par le soleil, mangées par les mouches, souvent accompagnées de lambeaux de bras et de jambes au sang noir collé à la peau.

Inutile de détourner la tête, de fermer les yeux. Un petit vent tourbillonnant se met à balayer les pensées. Elle sait que bientôt ils passeront entre les deux colonnes de Porta Felice, s'engageront sur le Cassaro Morto et entreront brusquement dans le grand rectangle de la Piazza Marina, entre le palais de la Zecca et l'église de Santa Maria della Catena. Sur la droite apparaîtra la Vicaria, et le vent dans la tête deviendra tempête, les doigts se contracteront sur la robe de monsieur père jusqu'à déchirer le mantelet de velours qu'elle porte sur les épaules.

C'est pourquoi elle déteste aller à Palerme et préfère rester à Bagheria ; sauf occasions exceptionnelles d'enterrements, baptêmes ou naissances qui, hélas ! les uns et les autres se succèdent à grande fréquence chez des parents tous très prolifiques, elle a décidé d'installer ses quartiers d'hiver à la villa Ucrìa. Même si le froid l'oblige à ne vivre que dans quelques pièces et entourée de petits poêles à braises.

Tout le monde est désormais au courant, et on vient lui rendre visite là-bas quand les routes ne sont pas devenues impraticables par la crue de l'Eleuterio, qui inonde souvent la campagne entre Ficarazzi et Bagheria.

Monsieur père est enfin venu et est resté avec elle toute une semaine. Tous les deux seuls, comme elle l'avait toujours souhaité, sans la présence des enfants, ni des frères, cousins et autres parents. Depuis que madame mère est morte, brusquement, sans s'aliter, il vient souvent la voir seul. Il s'assied dans le salon jaune sous le portrait de la grand-mère Giuseppa et il fume ou dort. Il a toujours beaucoup dormi, monsieur père, mais avec l'âge cela empire ; s'il n'accomplit pas ses dix heures par nuit, il ne se sent pas bien. Et comme il est rare qu'il arrive à dormir tant d'heures d'affilée, il finit par s'assoupir dans la journée, dodelinant dans les fauteuils, sur les divans.

Quand il se réveille, il convie la famille à une partie de piquet. Souriant, joyeux malgré les rhumatismes qui lui déforment les mains et lui voûtent le dos, il ne se fâche jamais pour quoi que ce soit et il est toujours prêt à s'amuser et à amuser les autres. Il n'a pas la prestesse de la tante Manina, il est plus lent, mais il possède le même grand sens de l'humour et, s'il n'était si paresseux, il serait lui aussi un excellent imitateur.

Parfois, il saisit le carnet que Marianna tient lié à la ceinture, en arrache une feuille et écrit impétueusement : « Tu es une *babbasuna*, une illuminée, ma fille, mais en vieillissant je m'aperçois que ce sont les *babbasuni* que je préfère. » « Ton mari, monsieur l'oncle cousin, est un couillon, mais il t'aime. » « Ça m'ennuie de mourir parce que je te quitterai, mais je ne suis pas mécontent d'aller voir si ça vaut le coup de connaître Notre Seigneur. »

Ce qui étonnera toujours Marianna, c'est à quel point l'oncle Pietro est différent de sa sœur, madame mère, et de son cousin, monsieur père. Autant madame mère est opulente et paresseuse, autant lui est sec et athlétique, toujours prêt à bouger, ne serait-ce que pour arpenter ses vignes de long en large. Autant elle est disponible et conciliante, autant lui est épineux et buté. Et que dire de son cousin, monsieur père, si serein quand lui est si sombre, si bien disposé envers les autres alors que le duc Pietro est hostile et soupçonneux à l'égard de chacun. En somme, c'est comme si monsieur l'oncle mari était issu d'une semence étrangère malencontreusement tombée sur le terrain familial et avait poussé de travers, raide et irascible.

La dernière fois, ils sont restés seuls, Marianna et monsieur père, ils ont joué au piquet, mangé des fruits confits et bu du vin de Malaga parfumé. Le duc Pietro était parti pour Torre Scannatura à l'occasion des vendanges.

Et comme ça, entre un verre et une partie, monsieur père lui avait rapporté tous les derniers cancans de Palerme : la maîtresse du vice-roi dont on disait qu'elle dormait dans des draps noirs pour mettre en valeur la grande blancheur de sa peau, le dernier galion arrivé de Barcelone avec un chargement de vases de nuit en verre transparent que tout le monde offrait à ses amis, la mode de la jupe « à l'Adrienne » lancée à la cour de Paris qui déferlait sur Palerme comme une avalanche irrépressible et qui mettait tous les couturiers sur les dents. Il lui avait même confessé son amour pour une dentellière nommée Ester qui travaillait dans une maison qu'il possédait à Papireto. « Je lui ai fait cadeau d'une chambre, celle où elle travaille qui donne sur la route... si tu voyais comme elle est contente. »

Pourtant, cet homme qui est son père et qui l'aime tendrement lui a fait éprouver la plus grande terreur de sa vie. Mais il n'en sait rien. Il l'a fait pour l'aider : un grand médecin de l'école de Salerne lui avait conseillé de guérir la surdité de sa fille qui semblait être la conséquence d'une grande peur par une autre peur plus grande encore. *Timor fecit vitium, timor recuperabit salutem.* Ce n'est donc pas sa faute si l'expérience a échoué.

La dernière fois qu'il est venu la voir, monsieur père apportait un cadeau : une petite fille de douze ans, fille d'un condamné à mort qu'il avait personnellement accompagné au gibet. « La mère a été emportée par la variole, le père a été pendu et il me l'a confiée au moment de mourir. Les Frères Blancs voulaient l'enfermer dans un orphelinat religieux, mais j'ai pensé qu'elle serait mieux ici avec toi. Je te l'offre, mais aime-la bien, elle est seule au monde. Il paraît qu'elle a un frère mais on ne sait pas où il se cache, il est peut-être mort. Le père m'a dit que depuis qu'il a mis le petit en nourrice chez une paysanne, il ne l'a pas revu. Tu promets que tu t'en occuperas bien ? »

C'est ainsi que Filomena, dite Fila, est entrée dans la maison. Elle a été habillée, chaussée, nourrie, mais elle ne se sent pas encore en confiance : elle parle peu ou pas du tout, se cache derrière les portes et ne sait pas tenir une assiette en main sans la faire tomber. Dès qu'elle le peut, elle s'enfuit à l'étable et s'assied sur la paille à côté des vaches. Et quand elle revient, elle sent le fumier à dix pas.

Inutile de la gronder. Dans ce regard terrorisé et toujours sur le qui-vive, Marianna reconnaît quelque chose de ses humeurs enfantines et la laisse faire, suscitant les colères d'Innocenza, de Raffaele Cuffa et même de monsieur l'oncle mari qui ne supporte que difficilement la nouvelle venue, et uniquement par respect envers son cousin et beau-frère et envers son épouse muette.

11.

Marianna se réveille en sursaut avec une sensation de froid intense. Ses yeux percent l'obscurité pour voir si le dos de son mari est toujours à sa place sous les draps mais, malgré ses efforts, elle ne distingue pas le renflement habituel. L'oreiller lui semble intact et le drap tiré. Elle va pour allumer la bougie, mais s'aperçoit que la chambre est inondée d'une lueur liquide et bleutée. La lune est basse à l'horizon et inonde de gouttes de lait les eaux noires de la mer.

Monsieur l'oncle mari est sans doute resté dormir à Palerme comme il le fait maintenant de plus en plus fréquemment. Elle n'est pas inquiète de cela, elle en est même soulagée. Demain, elle pourra enfin lui demander d'installer son lit dans une autre chambre ; dans son bureau, peut-être, sous le tableau du bienheureux Signoretto, entre les livres d'héraldique et d'histoire. De plus, depuis quelque temps, il s'est mis à s'agiter dans le lit comme une tarentule, et elle est continuellement réveillée par de brusques tremblements de terre.

À ces moments-là, elle a envie de se lever et de sortir, mais, pour ne pas le réveiller, elle s'en abstient.

Si elle dormait seule, elle n'aurait pas à se demander si elle peut ou non allumer la bougie, si elle peut lire ou descendre à la cuisine se chercher un verre d'eau.

Depuis que madame mère est morte, suivie en quelques semaines par Lina et Lena, d'une soudaine attaque de fièvre quarte, Marianna est souvent troublée de cauchemars et de réveils lourds et tumultueux.

Entre veille et sommeil, lui apparaissent des détails de madame mère auxquels elle n'avait jamais prêté attention, comme si elle la voyait pour la première fois : les deux pieds gonflés et blancs qui se balançaient au bord du lit, les deux orteils comme des champignons qu'elle remuait comme si elle jouait d'une épinette imaginaire avec ses pieds. La bouche, aux lèvres charnues qu'elle ouvrait indolemment pour recevoir la cuillère pleine de bouillon. Le doigt qu'elle plongeait dans la bassine d'eau chaude pour en éprouver la température avant de le porter à sa bouche, comme si cette eau était destinée à être bue et non pas à lui laver la figure. Et d'un coup, la voilà qui se levait et qui nouait sa ceinture de soie derrière son dos en rougissant de l'effort.

À table, après avoir mangé une orange, elle prenait un pépin, le fendait entre ses dents, le crachait sur son assiette, en prenait un autre pour le fendre aussi, jusqu'à ce que son assiette soit transformée en petit cimetière de pépins blancs, qui, éventrés, devenaient verts.

Elle s'en était allée sans déranger, ainsi qu'elle avait agi durant toute sa courte vie, si effrayée à l'idée d'être de trop qu'elle se mettait toute seule dans son coin. Trop indolente pour prendre une quelconque décision, elle laissait faire les autres, mais sans amertume. Son poste de prédilection était la fenêtre, avec un compotier de fruits confits à côté d'elle, une tasse de chocolat chaud de temps en temps, un verre de laudanum pour se sentir détendue, une prise de tabac pour le plaisir du nez.

Le monde, au fond, pouvait lui apparaître comme un beau spectacle, pourvu qu'on ne lui demande pas d'y participer. Elle applaudissait généreusement aux entreprises d'autrui. Elle riait volontiers, et même s'enthousiasmait, mais c'était comme si tout lui était déjà arrivé il y a longtemps et n'était que la répétition d'une histoire déjà connue.

Marianna n'arrivait pas à imaginer qu'elle ait été la jeune fille svelte et vive que décrivait grand-mère Giuseppa. Elle l'avait toujours vue semblable à elle-même : le visage large à la peau délicate, les yeux à peine un peu trop saillants, les sourcils sombres et fournis, les cheveux clairs et bouclés, les épaules rondes, le cou taurin, les flancs arrondis, les jambes courtes par rapport à son buste, les bras alourdis de bourrelets de graisse. Elle avait une délicieuse façon de rire, timide et effrontée à la fois, comme si elle hésitait entre s'abandonner au divertissement ou s'en empêcher pour économiser son énergie. Quand elle secouait la tête, elle faisait sauter ses boucles blondes sur son front et ses oreilles.

Dieu sait pourquoi elle lui revient si souvent en mémoire depuis qu'elle est morte. Et ce ne sont pas des souvenirs mais des apparitions soudaines, comme si elle était là, avec son corps déformé par tant de grossesses et de fausses couches, à accomplir ces petits gestes quotidiens qui, lorsqu'elle vivait, semblaient exécutés par une moribonde et, maintenant qu'elle n'est plus là, sont empreints du goût amer et cru de la vie.

Le sommeil s'est maintenant enfui pour de bon. Impossible de se remettre à dormir. Elle se dresse sur le lit, s'apprête à enfiler ses pieds dans ses pantoufles mais s'arrête à mi-course et agite les doigts comme si elle devait jouer d'une épinette imaginaire. Voilà ce que lui suggère madame mère. Qu'elle aille au diable, pourquoi ne la laisse-t-elle pas tranquille ?

Cette nuit, ses jambes l'emportent vers l'escalier de service menant aux toits. Elle aime sentir la fraîcheur des marches à travers ses mules de raphia. Dix marches, une halte, dix marches, une autre halte. Marianna se remet à monter, légère : le bas de sa grande robe de chambre de satin effleure le dos de ses pieds nus.

D'un côté, les portes des greniers, de l'autre, celles des chambres de certains domestiques. Elle n'a pas pris la bougie ; son nez suffit à la guider à travers les couloirs, escaliers, boyaux, galeries, débarras, cagibis, brusques montées et marches traîtresses. La guident les odeurs de poussière, de crottes de souris, de vieille cire, de raisin mis à sécher, de bois pourri, de vases de nuit, d'eau de rose et de cendres.

La porte basse qui donne sur les toits est fermée. Marianna essaie de tourner la poignée, mais on dirait qu'elle est coincée, elle ne bouge pas d'un pouce. Elle y colle son épaule et tente de pousser en tenant la poignée en main. Ainsi la porte cède-t-elle d'un coup, et Marianna, projetée en avant, reste sur le seuil, craignant d'avoir fait un fracas terrible.

Au bout d'un moment, elle se décide à poser un pied sur les tuiles. La lumière lunaire lui frappe le visage comme un plein seau d'argent, le vent tiède lui ébouriffe les cheveux.

La campagne alentour est noyée de lumière. Capo Zafferano scintille au fond de la plaine des oliviers couverte de milliers d'écailles métalliques. Les jasmins et les fleurs d'oranger exhalent leurs parfums comme des spirales de vapeur s'épandant entre les tuiles.

Au loin, à l'horizon, la mer noire et immobile est coupée d'une large bande blanche brasillante. Plus près, au creux de la vallée concave, se devinent les silhouettes des oliviers, des caroubiers, des amandiers et citronniers assoupis. « *Ecco pel bosco un cavallier venire/il cui semblante è d'uom gagliardo et fiero/candido corne nieve il suo vestire,/un bianco pavoncello ha per cimiero...* »[1], ce sont des vers de l'Arioste qui lui remontent doucement en mémoire. Mais pourquoi justement ceux-ci et pourquoi maintenant ?

Il lui semble distinguer au loin la figure plaisante de monsieur père. Le seul « chevalier blanc comme neige » qui se soit proposé à son amour. Jusqu'à ce qu'elle ait six ans, le « chevalier » l'avait envoûtée avec son « panache de blanches plumes », puis, quand elle s'était mise à le suivre, il s'en était allé séduire d'autres cœurs, d'autres regards troublés.

Peut-être s'était-il lassé d'attendre que sa fille parle, peut-être l'avait-elle déçu avec son mutisme obstiné, inconscient. Le fait est que quand elle avait eu treize ans il en avait déjà par-dessus la tête et l'avait cédée, en un élan de générosité chevaleresque, au malheureux cousin Pietro qui risquait de mourir sans femme et sans enfants. Entre malheureux, ils se comprendront, avait sans doute été le raisonnement paternel. Et il avait haussé les épaules comme seul il sait le faire, avec une joyeuse insouciance.

Mais, qu'est-ce que cette odeur de suif brûlé ? Marianna regarde tout autour d'elle mais n'aperçoit aucune lumière. Qui peut veiller à cette heure ? En équilibre instable sur les tuiles elle avance de quelques

1. « Voici venir un chevalier par le bois/son allure est d'un homme fier et puissant/blanc comme neige est son vêtement/il porte en cimier une colombe blanche immaculée... »

pas, se penche sur le petit mur qui entoure les toits et sur lequel se dressent les statues mythologiques : un Janus, un Neptune, une Vénus et quatre énormes angelots armés d'arcs et de flèches.

La lumière vient d'une fenêtre des combles. Si elle se penche un peu plus, elle entrevoit un morceau de la pièce. C'est Innocenza qui a allumé la bougie près de son lit. Étrange qu'elle soit encore tout habillée, comme si elle venait seulement d'entrer dans sa chambre.

Marianna l'observe tandis qu'elle délace ses chaussures montantes. À l'irritation des gestes, elle devine ce que la femme pense : « Odieux ces lacets qui doivent s'enfiler dans les œillets ; mais la duchesse Marianna se les fait faire sur mesure et après elle nous les donne… alors, est-ce qu'on crache sur une paire de chaussures en chamois de Vienne à trente *tarì* ? »

Innocenza s'approche maintenant de la fenêtre et regarde au-dehors. Marianna a un mouvement d'inquiétude : et si elle la surprenait là, à épier sur les toits ? Mais Innocenza fixe son regard vers le bas, émerveillée elle aussi par cette extraordinaire clarté lunaire qui baigne le jardin, le rend phosphorescent, allume au loin la mer.

Elle la voit pencher un peu la tête comme pour écouter un bruit inattendu. Sans doute le bai Miguelito qui tape ses sabots sur le dallage de l'écurie. Et de nouveau Marianna est atteinte, presque agressée, par les pensées d'Innocenza : « Il doit avoir faim, Miguelito, il doit avoir faim, ce cheval… Don Calò vole sur le foin, tout le monde le sait, mais qui va aller dire ça au duc ? Ce n'est pas moi qui ferais l'espionne… qu'ils s'arrangent ! »

Pieds nus, dans son corset rose auréolé de sueur aux aisselles, sa chemise délacée et sa large jupe marron qui lui tombe sur les hanches, Innocenza se dirige vers le milieu de la pièce. Là, elle s'agenouille et soulève délicatement une planche. Ses mains impatientes fouillent dans un trou et en tirent un petit sac de cuir noué d'une cordelette noire.

Elle l'emporte vers son lit. Elle défait le nœud avec précision, plonge la main dans le petit sac, ferme les yeux en tâtant quelque chose de précieux. Puis, lentement, elle extrait de la bourse de grosses pièces d'argent et les dépose une par une sur le drap avec des gestes de jardinier manipulant des fleurs à peine écloses.

« Demain, cinq heures, de nouveau les mains dans le charbon, les bouffées de fumée dans la figure avant d'arriver à allumer ce maudit feu sous la marmite, et puis il y a les poissons à vider et ces pauvres lapins, quand elle sent leur tête pendre sur ses doigts, elle pense à tout le mal qu'elle s'est donné pour les nourrir, les faire grandir, et puis clac, un coup sur la tête et leurs yeux deviennent opaques, mais ils n'arrêtent jamais de regarder comme pour dire : mais pourquoi ? Demain matin ce sera le tour de la poule, mais quel malheur qu'elles soient mortes les deux filles de

Calò elles s'y prenaient si bien pour tuer les poules... sûr qu'elles étaient vierges, même si Severina a dit qu'elle les avait vues un matin dans l'étable et que pendant que l'une trayait la vache l'autre trayait le père, c'est ce qu'elle disait, mais va savoir si c'est vrai, Severina, depuis que son fils est mort, elle n'a plus sa tête et elle voit des choses bizarres partout... en tout cas, qu'elles aient perdu leurs règles d'abord l'une ensuite l'autre pendant quelques mois, c'est vrai, c'est Maria qui lui a dit et on peut lui faire confiance... elle contrôlait tous les linges mis à sécher chaque mois et elle tenait les comptes... et si elles avaient été engrossées par quelqu'un d'autre ? Pourquoi justement le père ? Pourtant d'autres aussi le disaient, même don Peppino Geraci qui les avait vus un matin tous les trois ensemble au lit quand il était allé chercher le lait très tôt... et puis elles ont avorté... pauvres petites... elles sont sûrement allées chez la Pupara[1], on l'appelle comme ça parce qu'elle fait et défait les *picciriddi*... on ne sait pas exactement comment elle s'y prend... elle connaît les racines, les herbes... pendant trois jours tu chies, tu te tords, tu vomis et le troisième jour tu sors le fœtus, mort... même les baronnes y vont chez la Pupara... elles lui laissent jusqu'à trois onces pour un avortement réussi... mais ça réussit toujours, elle est forte la Pupara... »

1. La marionnettiste.

Marianna recule, gorgée de la pensée d'autrui, sur ce toit qui de désert qu'il était s'est peuplé de spectres affairés. Mais il n'est pas facile de se libérer de la voix d'Innocenza, cette voix silencieuse qui continue à la solliciter en même temps que l'odeur douceâtre du suif brûlé. « Et puis, il faudra déchiffrer ces petits billets dessinés par cette folle de duchesse qui change d'idée toutes les cinq minutes sur ce qu'elle veut manger et prétend se faire comprendre avec ces dessins abracadabrants : un rat enfilé sur une broche veut dire poulet rôti ; une grenouille dans une poêle : canard frit ; une patate dans l'eau, aubergines au four. Et puis cette effrontée de Giuseppa descendra pour mettre le nez et les doigts dans les sauces, emporter des morceaux de tarte pas cuite dans la bibliothèque en chantant continuellement comme une gourde... elle voudrait bien la gifler mais même sa mère ne le fait pas, qui est mère il faut voir comme !... mais où a-t-elle la tête ? Il y a encore tant à faire : le duc ne lui a-t-il pas commandé pour demain, que c'est l'anniversaire de Marina, un esturgeon en papillote ? Il faut le faire mariner toute la nuit dans le vin... il veut aussi un mille-feuille, chaque feuille doit être travaillée à la force des poignets et puis mise à reposer... il doit être une heure du matin et c'est depuis cinq heures du matin qu'elle s'active à la cuisine... tout ça pour ces malheureuses quatre pièces d'argent que chaque mois elle doit péniblement réclamer et reréclamer parce qu'ils oublient tous qu'ils doivent la payer... ils ont des terres et des palais, ces ducs, mais ils n'ont jamais d'argent, maudit soit celui qui les a inventés !... La duchesse quelquefois lui refile cinq quarts d'once ou alors deux carlins mais qu'est-ce qu'elle en a à faire de cette ferraille... c'est autre chose qu'il lui faut pour sa bourse qui a toujours faim et ouvre sa grande bouche comme un poisson qui cherche l'air... elle ne les range même pas sous le plancher, ces stupides carlins... rien à voir avec un écu d'or frappé de la tête flambant neuve de Charles III ? Ou un beau doublon d'or à l'effigie de ce brave Philippe V ?... Don Raffaele compte et recompte, avant de les lui donner, ces maudites pièces, une fois il voulait lui en refiler une qui était usée... quel couillon ! Comme si elle ne les reconnaissait pas les yeux fermés, mieux qu'une femme ne reconnaît l'oiseau de son mari. »

Marianna, désespérée, secoue la tête. Elle n'arrive pas à se débarrasser des pensées d'Innocenza qui semblent maintenant sortir de son propre cerveau ivre de clarté lunaire. En proie à une intolérance rageuse, elle s'écarte du petit mur, tandis que la voix de la cuisinière continue à grommeler dans sa tête : « Avec tout cet argent, qu'est-ce que tu fais ? prends-toi un mari, tu pourrais même te l'acheter... un mari, moi ? pour finir comme mes sœurs, l'une qui attrape des coups de pied dès qu'elle ouvre la bouche et l'autre qui est restée seule comme une bourrique parce qu'il est parti avec une fille qui a vingt ans de moins en la laissant sans maison, sans argent… avec six enfants à nourrir ?… Les joies du lit ? on en parle dans les chansons, dans les livres de la duchesse… mais même elle, avec toutes ses toilettes de damas et de soie, avec ces carrosses, ces bijoux, a-t-elle jamais connu les joies du lit ? Cette pauvre muette, toujours collée aux livres et aux papiers… elle me fait de la peine, à moi… »

Cela semble incroyable, mais c'est comme ça, la cuisinière Innocenza Bordon, fille d'un mercenaire des lointaines terres de Vénétie, analphabète, les mains tout entaillées, sans un amour au monde si ce n'est elle-même, éprouve de la pitié pour une grande duchesse qui descend directement d'Adam par voie paternelle…

Marianna, incapable de se soustraire au bavardage intérieur d'Innocenza, est de nouveau appuyée au mur et accepte les impudences de sa cuisinière comme la seule chose vraie de cette nuit moelleuse et irréelle. Elle ne peut s'empêcher de la regarder tandis que, de ses mains expertes au travail en cuisine, elle soulève deux par deux les gros écus d'argent et les porte par paires dans le petit sac comme pour les mettre à dormir en couple. Ses doigts en connaissent le poids avec une telle précision que, même les yeux fermés, elle saurait dire s'il en manque ne serait-ce qu'un petit morceau.

Avec un soupir, Innocenza noue maintenant la cordelette au col du petit sac. Elle le repose dans son trou au centre de la pièce. Elle replace la planche d'abord avec les mains puis avec le pied après s'être levée. Puis elle revient à son lit et, en quelques gestes vifs, se libère de sa jupe, de sa chemise, de son corsage, tandis que sa tête se secoue comme une tarentule et que volent les épingles à cheveux et les peignes d'écaille qui, autrefois, appartenaient à sa maîtresse.

Marianna ferme les yeux et recule. Elle ne veut pas poser le regard sur la nudité de la cuisinière. À son tour, elle secoue la tête pour se libérer de ces pensées inopportunes, aussi poisseuses que le jus des caroubes. Il lui est déjà arrivé d'être atteinte par les ruminations intérieures de ceux qui se trouvaient à côté d'elle, mais jamais aussi longuement. Peut-être cela empire-t-il ? Quand elle était petite, elle cueillait des phrases, des brins de pensées épars, mais c'étaient toujours des découvertes fortuites, imprévues. Quand elle voulait vraiment comprendre ce qu'était en train de penser monsieur père, par exemple, elle n'y arrivait jamais.

Depuis quelque temps, elle plonge dans les gens, attirée par un certain bruissement entraînant de leurs pensées, promettant Dieu sait quelles surprises. Mais après, elle se trouve engloutie, perdue en eux sans savoir comment en sortir. Comme elle voudrait n'être jamais montée sur ce toit, n'avoir jamais épié la chambre d'Innocenza, n'avoir jamais inspiré cet air clair, empoisonné.

12.

« Papa fait scandale avec ses dernières volontés. » « Il enlève à l'aîné pour donner aux filles. » « Des choses pareilles ne sont jamais arrivées. » « Pauvre Signoretto. » « Il va se battre avec Geraldo. » « La tante chanoinesse n'est pas d'accord. » « À toi qui y tenais, il t'a laissé sa part de la villa Ucrìa de Bagheria, pourquoi pleures-tu, imbécile ? » « L'avocat Mangiapesce dit que le Droit interdit un testament de ce genre. » « Tout sera annulé, en vertu de la loi sur le droit d'aînesse. »

Marianna brasse les billets que ses sœurs et ses tantes lui ont vivement lancés sur une assiette. Les mots se brouillent sous ses yeux. Ses mains se mouillent de larmes. Comment pourrait-elle discuter domaines et maisons quand le visage pâle et doux de son père est encore dans ses yeux ?

À les voir gesticuler, il s'en dit des vertes et des pas mûres. Et les mets délicieux d'Innocenza sont impuissants à leur faire pencher la tête vers leur assiette. L'idée que, tandis qu'elle était sur les toits à regarder la campagne inondée de rayons lunaires, son père mourait dans son lit à Palerme lui ôte l'appétit. Comment, elle qui entend même le bavardage intérieur des gens, n'a-t-elle pas entendu la respiration étouffée du mourant ? Pourtant si, il y avait eu quelque chose, il lui avait semblé voir son corps aimé parmi les palmiers nains, elle avait pensé au « chevalier de neige ». Mais elle ne l'avait pas interprété comme un pressentiment funèbre. C'est sur la séduction qu'elle s'était interrogée, sans penser qu'elle côtoyait alors la dernière des séductions, la plus profonde.

Et voilà que le repas d'anniversaire pour lequel le duc Pietro avait commandé à Innocenza de l'esturgeon en papillote et un mille-feuille est devenu un repas de deuil. Mais de deuil, il n'y en a guère, il y a surtout scandale à cause du testament inhabituel de monsieur père. Un testament dont on ne sait pas comment il a déjà été ouvert, avant même que le corps soit enseveli.

Ils sont tous déconcertés, mais surtout Geraldo qui a pris la libéralité de son père envers ses sœurs comme une offense personnelle. Alors qu'il ne s'agit en fait que de petits legs. Le plus gros va, de toute façon, à Signoretto, et les mâles cadets jouiront aussi de cet héritage inattendu. Mais le bouleversement des habitudes les a tous surpris, et, même si au fond ils ne sont pas mécontents d'avoir quelque chose à eux, ils se sentent le devoir de protester.

Signoretto, en grand seigneur qu'il est, n'intervient pas, bien que le préjudice le plus grand soit pour lui. C'est la tante chanoinesse Agata, sœur du grand-père

Mariano, qui défend ses intérêts. Elle est là qui tend le cou et les mains dans un paroxysme d'indignation.

Monsieur l'oncle mari est le seul à ne pas prendre part à ces querelles. Lui, il n'a rien à voir avec le patrimoine de son beau-frère, et peu lui importe à qui il ira. Le sien lui suffit. De toute façon, il sait déjà que la villa Ucrìa de Bagheria à laquelle sa femme tient tant leur reviendra entièrement ; c'est pourquoi il sert le vin et pense à autre chose, tandis que ses yeux se posent avec quelque ironie sur les visages furieux et empourprés de ses neveux.

Assis en face de Marianna, Signoretto est le seul qui se sente en devoir de montrer une douloureuse componction pour la disparition de leur père. Lorsque quelqu'un lui adresse la parole, il adopte une expression grave qui a quelque chose de comique si l'on imagine le soin avec lequel elle a été composée.

Les titres lui sont tous tombés dessus à la fois : duc d'Ucrìa, comte de Fontanasalsa, baron de Bosco Grande, de Pesceddi, de Lemmola, marquis de Cuticchio et de Dogana Vecchia.

Il n'a pas encore trouvé femme. Madame mère lui en avait choisi une, mais il n'en a pas voulu. Et puis, elle est morte du jour au lendemain, d'une attaque au cœur, et personne ne s'est plus occupé de poursuivre les comptes compliqués avec la famille Uzzo di Agliano.

Monsieur père, quand son fils, toujours célibataire, avait eu vingt-cinq ans, s'était démené, dans un élan de responsabilité paternelle, pour lui trouver une autre épouse : la princesse Trigona de Sant'Elia. Mais celle-là non plus ne lui avait pas convenu, et monsieur père était trop faible pour le contraindre à l'obéissance.

D'ailleurs, plus que de faiblesse il s'agissait de doute. Monsieur père ne croyait pas du tout à son autorité, même si d'instinct il était très volontaire. Toutes ses décisions étaient minées par l'incertitude, une fatigue profonde qui le portait plus au sourire qu'au courroux, plus à la conciliation qu'à la rigidité.

C'est ainsi que Signoretto, à un âge où tous les jeunes gens des familles nobles palermitaines sont mariés et pères à leur tour, est encore célibataire.

Depuis quelque temps, il se passionne pour la politique : il dit qu'il veut devenir sénateur, mais pas, comme les autres, par solution de facilité ; son intention est d'augmenter l'exportation du blé de l'île et pour ce faire de réduire les prix et d'ouvrir des routes vers l'intérieur qui faciliteraient le transport ; d'acheter pour le compte du Sénat des bateaux à mettre à la disposition des cultivateurs. En tout cas, c'est ce qu'il dit, et beaucoup de jeunes gens lui font confiance.

« Les sénateurs ne vont au Sénat que chaque fois qu'un pape meurt, a écrit un jour Carlo en cachette de Signoretto, et quand ils y vont, ce n'est que pour discuter de questions de préséance et manger des glaces à la pistache en échangeant les derniers cancans de la ville. Ils ont troqué une fois pour toutes leur droit de veto contre la garantie qu'on les laissera tranquilles dans leurs fiefs. »

Mais Signoretto est ambitieux, il dit qu'il ira à la cour des Savoie, à Turin, où d'autres jeunes Palermitains ont fait fortune grâce à leur élégance, leur ténacité et leur intelligence prompte à couper les cheveux en quatre. C'est pourquoi il est récemment allé à Paris, a appris convenablement le français et étudie les classiques avec acharnement.

La personne qui l'aime et le protège le plus est Agata, la sœur du grand-père Mariano, doyenne chez les carmélites. Couverte de châles à longues franges dorées négligemment jetés sur sa robe, elle fait collection de biographies : généraux, chefs d'État, rois, princes, évêques et papes.

Les centres d'intérêt qu'ils ont en commun devraient les rapprocher, elle et le duc Pietro, mais il n'en va pas ainsi. La vérité est que lui soutient que la famille Ucrìa a des origines remontant au VIIe siècle avant Jésus-Christ, tandis qu'elle jure qu'elle apparaît dans les annales historiques en l'an 188 avant le Christ avec Quinto Ucrìa Tuberone, devenu consul à tout juste seize ans. À cause de ce conflit, ils ne se parlent plus depuis des années.

Fiammetta en revanche, depuis qu'elle est entrée dans les ordres, a perdu cet air rétréci et résigné qu'elle avait quand elle était petite. Elle a développé sa poitrine, rosi sa peau, allumé ses yeux. De tant pétrir, couper, peler et battre, ses mains sont devenues puissantes. Elle s'est aperçue que le « pain et l'eau » qui faisaient loi à la Casa ne lui convenaient pas, aussi s'ingénie-t-elle, dans les casseroles de cuivre, à cuisiner des plats délicieux.

À côté d'elle, trône Carlo qui ressemble de plus en plus à madame mère : lent, paresseux, énigmatique, les bras dodus, le menton qui tend à doubler, à tripler, les yeux myopes et doux, la soutane tendue sur le torse massif. Il excelle maintenant à déchiffrer les anciens manuscrits religieux. Récemment, il a été invité au couvent de San Calogero de Messine afin d'arracher leur secret à certains livres du XIIIe siècle que personne ne comprenait plus. Et il les a recopiés mot à mot, en y mettant peut-être quelque chose de son cru, en tout cas ils l'ont comblé de cadeaux et de remerciements.

Et puis Geraldo, qui « étudie le commandement militaire », comme disait la tante Manina. Raffiné, froid, cérémonieux. Il porte des uniformes qui semblent encore chauds du fer à repasser, courtise les femmes par qui il est très recherché. Il refuse de se marier, car il ne dispose ni de titres ni de grandes propriétés. Il y aurait bien un parti que la tante Agata encourage vivement : une certaine Domenica Rispoli, richissime fille d'intendants qui ont fait leur fortune sur la sottise d'un indolent propriétaire terrien, mais il ne veut pas en entendre parler. Il dit qu'il ne mêlera pas son sang à celui d'une « cul-terreuse », fût-elle « belle comme Hélène de Troie ». Il vient d'apprendre que son père lui a laissé une terre à Cuticchio dont, s'il sait s'y prendre, il pourra tirer de quoi avoir un carrosse et une maison en ville. Mais il aspire à quelque chose de plus fastueux. Un carrosse, même les commerçants de la Piazza San Domenico en ont un.

Assise au bord de sa chaise comme une petite fille, les bras couverts de piqûres de moustique, Agata reste la très belle Agata, donnée en mariage à douze ans au prince Diego di Torre Mosca. Autrefois, elles se comprenaient rien qu'en se regardant, se dit Marianna. Aujourd'hui, elles sont devenues comme deux étrangères.

Elle s'est rendue parfois chez les Torre Mosca dans leur palais de la via Maqueda. Elle a admiré leurs tapisseries, leurs meubles vénitiens, les immenses glaces encadrées de bois doré. Mais, chaque fois, elle trouvait sa sœur égarée, occupée de pensées obscures et lointaines.

Après le premier enfant, elle a commencé à se recroqueviller. Cette peau si blanche, si prisée par les moustiques pour son parfum, s'est desséchée, flétrie avant l'âge. Ses traits se sont déformés, dilatés, et ses yeux se sont enfoncés comme s'il lui était pénible de regarder ce qui l'entoure.

En bêchant le potager et en pétrissant le pain au couvent, Fiammetta, qui était considérée comme le laideron de la famille, est devenue presque belle. Agata, qui à quinze ans « faisait tourner la tête des anges », comme l'écrivait monsieur père, a pris un air de madone parcheminée, de ces madones que l'on voit à la tête des lits, peintes par des mains naïves et qui semblent sur le point de tomber en miettes tant elles sont usées.

Elle a eu six enfants dont deux sont morts. Au troisième, une maladie du sang a failli l'emporter. Elle en est sortie, mais pas complètement. Maintenant, elle souffre de plaies aux seins. Chaque fois qu'elle allaite, elle se tord de douleur et finit par donner à son enfant plus de sang que de lait.

Son mari lui a amené des nourrices à domicile, mais elle s'obstine à vouloir s'acquitter de sa tâche. Opiniâtre dans son sacrifice maternel jusqu'à se réduire à l'état de larve continuellement dévorée de fièvres puerpérales, les yeux enfoncés dans les orbites, protégés par de tendres et blonds sourcils, elle n'accepte ni conseils ni aide de personne.

On lit une volonté quasi héroïque dans le pli des lèvres de cette jeune mère, son front coupé par un sillon, son menton raidi, son sourire forcé, ses dents privées de leur émail, précocement jaunies et ébréchées.

De temps à autre, son mari lui saisit la main et la lui embrasse en la regardant de bas en haut. Qui sait quel est le secret de leur mariage, se demande Marianna. Chaque mariage a ses secrets que l'on ne raconte même pas à une sœur. Le sien est marqué par le silence et la froideur, de plus en plus rarement rompus, heureusement, par des brutalités nocturnes. Et celui d'Agata ?

Malgré les déformations et les ravages dus aux maternités rapprochées et supportées comme des martyres, don Diego, son époux, a l'air amoureux d'elle. Et elle ? À sa façon de recevoir ces caresses, ces baisers, on dirait qu'elle s'efforce de juguler une intolérance qui confine au dégoût.

Les yeux de don Diego sont limpides, grands et célestes. Mais, sous un apparent empressement, on peut percevoir quelque chose qui a du mal à se faire jour ; peut-être la jalousie, ou l'anxiété d'une jouissance imparfaite. Le fait est qu'à certains moments ces yeux candides lancent des éclairs de satisfaction face au flétrissement précoce de l'épouse, et sa main se tend avec une joie suspecte alliant plaisir et pitié.

Mais voici que les observations de Marianna sont interrompues par un coup qui manque de la faire tomber de son siège. Geraldo s'est brusquement levé en flanquant sa chaise contre le mur, il a jeté sa serviette par terre en se dirigeant vers la porte, heurtant au passage sa sœur sourde-muette.

Monsieur l'oncle mari se précipite vers elle pour voir si elle souffre. Marianna lui sourit pour le rassurer. Et s'étonne de se trouver de son côté, contre ses frères, pour une fois complices, amis.

Quant à elle, la villa de Bagheria, qu'elle s'est construite sur mesure, où elle pense finir ses jours, lui suffit. Certes, même si les terres de Scannatura de son mari sont d'un bon rendement, elle serait contente d'hériter d'une des terres de sa famille paternelle pour disposer de quelque argent dont elle n'aurait à rendre compte à personne. Car elle doit en référer au duc Pietro de chaque sou qu'elle dépense, et elle n'a souvent pas de quoi acheter le papier où écrire.

Rien que la petite noiseraie de Pesceddi ou l'oliveraie de Bagheria lui suffiraient. Elle en disposerait à sa façon, aurait une rentrée non contrôlée par qui que ce soit et dont elle ne rendrait aucun compte... Sans l'avoir vu venir, la voilà elle aussi dans la logique du partage, elle aussi à calculer, désirer, prétendre, revendiquer. Heureusement qu'elle ne dispose pas d'une voix qui puisse s'imposer dans cette stupide joute entre ses frères, sinon, qui sait ce qu'elle pourrait dire ! D'ailleurs, personne ne s'adresse à elle. Ils sont trop pris par le son de leurs propres mots qui sans doute acquièrent, avec la montée de la rixe, de vibrantes sonorités de trompettes. Qu'elle n'a jamais entendues mais qu'elle imagine comme une trépidation métallique qui fait danser les pieds.

Ils se comportent souvent comme si elle n'existait absolument pas. Le silence l'a ferrée comme l'aurait fait l'un des chiens de madame mère et l'a entraînée au loin. Et là, parmi ses propres parents, elle est comme un spectre que l'on voit sans le voir.

Elle sait que la querelle maintenant porte justement sur la villa de Bagheria, mais personne ne la sollicite. Monsieur père possédait une partie de ce qui avait été la *casena* du grand-père et la moitié des oliviers et des citronniers qui poussent autour de la villa. Avec une désinvolture qui paraît choquante, il a tout laissé à sa fille muette. Mais certains veulent saisir ce trop scandaleux testament. Monsieur son mari s'est éloigné, et le billet qu'il lui a laissé sur les genoux parle d'« on ne sait quel procès, de toute façon les avocats poussent à Palerme comme des champignons ».

L'idée que monsieur père est maintenant raide mort dans son lit de la via Alloro tandis qu'elle est là, en train de manger au milieu de ses frères qui s'affrontent, lui semble soudain du plus haut comique. Et elle éclate d'un rire solitaire, muet, qui se transforme vite en une cascade silencieuse, une pluie folle qui la secoue comme une tempête.

Seul Carlo s'aperçoit de sa désolation. Mais il est trop engagé dans la bataille pour se lever. Il se contente de fixer sur elle un regard bon mais stupéfait aussi, car les sanglots sans écho sont comme des éclairs sans tonnerre, quelque chose de tronqué et de disgracieux.

13.

Le salon jaune a été en partie débarrassé pour faire de la place à une gigantesque crèche. Les maîtres menuisiers ont travaillé deux jours durant à élever une montagne qui n'a rien à envier à Monte Catalfano. Au loin, on voit un volcan aux pentes blanches. Au centre, un panache de fumée fait de plumes cousues ensemble. Sous la vallée des oliviers, la mer faite de soies superposées, des arbrisseaux de terre cuite avec leurs feuilles de tissu.

Felice et Giuseppa sont assises sur le tapis, occupées à entourer de buissons de papier moucheté vert un petit lac en miroir. Debout, appuyée contre le mur, Manina les observe. Mariano s'applique à manger un biscuit en se barbouillant les joues et les lèvres. À côté de lui, Fila devrait être en train de disposer les figurines de bergers sur le pré de feutrine vert bouteille, mais, perdue dans la contemplation enchantée de cette magnifique crèche, elle a oublié. À l'étable, Innocenza effectue les dernières retouches sur la mangeoire dont sortent des touffes de vraie paille.

Signoretto, le dernier-né, dort dans les bras de Marianna qui l'a enveloppé dans son châle espagnol et le berce doucement, balançant son buste d'avant en arrière.

Le lac est maintenant fini, mais au lieu de refléter le bleu du papier collé derrière l'étable, il reflète les yeux moqueurs d'une chimère qui pointe la tête dans le feuillage du plafond.

Innocenza pose délicatement sur la paille fraîche l'Enfant Jésus à la lourde auréole de céramique. Près de lui, la tête et les épaules de la Madone agenouillée sont couvertes d'un voile turquoise. Saint Joseph porte des culottes de peau de chèvre et un chapeau à large bord couleur noisette. Le gros bœuf bossu ressemble à un crapaud et l'âne aux immenses oreilles roses à un lapin.

Mariano, qui vient d'avoir sept ans, se dirige vers la corbeille enrubannée dans laquelle se trouvent encore quelques santons et, d'une main poissée de sucre, en tire un roi mage au turban orné de pierres précieuses. Giuseppa lui saute immédiatement dessus et lui arrache le santon des mains. Lui perd l'équilibre, tombe par terre, mais ne se décourage pas et retourne plonger les mains dans la corbeille pour en tirer un autre roi mage au costume d'or étincelant.

Cette fois, c'est Felice qui se précipite sur son frère pour lui ôter des mains la précieuse figurine. Mais il résiste. Ils tombent tous les deux à la renverse sur le tapis, lui mordant et ruant. Giuseppa se précipite au secours de sa sœur, et, à deux, elles ont le dessus et bourrent Mariano de coups.

Marianna se lève avec le bébé dans les bras et s'élance vers les trois enfants, mais Innocenza l'a précédée et les empoigne par les bras et les cheveux. Le petit roi mage gît, brisé, à terre.

Tout abattue, Manina les observe. Elle va vers son frère, l'embrasse, baise sa joue mouillée de larmes. Puis, tout de suite, elle saisit les mains de ses sœurs et les attire à elle pour les embrasser.

Cette enfant a un don de médiatrice, se dit Marianna, plus que manger, plus que le jeu, elle aime l'harmonie. Maintenant, pour faire oublier la bagarre à ses sœurs, elle gonfle les joues et souffle sur la crèche de manière à faire voleter le voile de la Vierge, soulever la petite robe du Jésus et écarter la longue barbe de saint Joseph.

Felice et Giuseppa éclatent de rire. Et Mariano, qui serre encore dans sa main la moitié d'un santon, rit aussi. Même Innocenza rit de ce vent qui vient souffler dans les palmiers de tissu et ébouriffe les cheveux des bergers.

Giuseppa a une idée : pourquoi ne pas habiller Manina en ange ? Les boucles blondes, elle les a déjà, son visage doux et rond aux grands yeux d'orante en fait une créature du paradis. Il ne lui manque que les ailes et une longue robe couleur ciel.

Cette idée en tête, elle déroule, aidée de Felice, une feuille de papier doré. Elle entreprend de la découper en longueur et en largeur, tandis que Mariano, qui voudrait faire ce qu'elles font mais ne sait pas, est repoussé.

Manina, quand elle comprend que de faire l'ange empêchera un peu son frère et ses sœurs de se disputer, se laisse faire : ils vont l'envelopper dans une mantille de leur mère, lui coudre des ailes sur le corselet, lui barbouiller la figure de rouge et de blanc. Pourvu qu'elle parvienne à force de pitreries à les faire rire, elle acceptera tout.

Marianna sent l'odeur des couleurs : la piquante térébenthine, l'huile. Une soudaine nostalgie lui serre la gorge. Une toile blanche, un fusain et ses doigts habiles restitueraient un morceau de la crèche, un angle de fenêtre, le carrelage baigné de soleil, les deux têtes penchées de Giuseppa et Felice, le corps patient de Manina avec une aile déjà collée au dos et l'autre encore par terre, le buste imposant d'Innocenza mystérieusement penché entre les arbres de céramique, les yeux de Fila dans lesquels se reflète l'éclat d'une gigantesque comète d'argent.

Mais Signoretto se réveille et sort du châle de sa mère une petite tête chauve qui la regarde amoureusement. Ainsi pelé, édenté, il ressemble à un *spiritu nfullettu*, un esprit follet, au cœur bondissant. « L'esprit follet n'a pas de paix », écrivait la grand-mère Giuseppa sur le cahier aux lys d'or, et « il rit d'avoir ri ».

Une mère avec ses enfants. Sur cette grande toile, elle saurait même s'y représenter. Elle commencerait par les chimères, elle passerait aux cheveux de jais de Fila, puis aux mains calleuses d'Innocenza et aux boucles jaune canari de Manina, aux yeux couleur de nuit de Mariano, aux petites jupes rose et violette de Giuseppa et Felice.

La mère serait représentée assise sur un coussin, comme elle l'est en ce moment, et les lignes du châle se croiseraient avec celles de la robe et s'ouvriraient à hauteur d'aisselle pour dévoiler la tête nue du fils nouveau-né.

Mais pourquoi a-t-elle cette expression stupéfaite et douloureuse, la mère de ces enfants, sur ce tableau qui fixe une heureuse scène familiale ? Quelle est cette stupeur égarée ?

La peinture imaginée glace la main de Marianna comme une tentative coupable de s'opposer à la volonté de Dieu. Si ce n'est lui, qui les pousse si anxieusement en avant, les fait rouler sur eux-mêmes, les fait grandir, puis vieillir, puis mourir le temps de dire amen ?

La main qui peint a des instincts voleurs, elle dérobe au ciel pour offrir à la mémoire des hommes, elle feint l'éternité et de cette fiction s'émerveille, presque comme si elle avait créé un ordre plus stable et intimement plus vrai. Mais n'est-ce pas un sacrilège, n'est-ce pas un impardonnable abus au regard de la confiance divine ?

Pourtant, d'autres mains ont arrêté le temps avec une sublime arrogance, nous rendant le passé familier. Lequel, sur les toiles, ne meurt pas mais se répète à l'infini comme le chant du coucou, avec une profonde mélancolie. Le temps, se dit Marianna, est le secret que Dieu cache aux hommes. Et, de ce secret, l'on se nourrit chaque jour misérablement.

Une ombre se glisse entre son tableau imaginaire et le soleil qui inonde joyeusement le sol. Marianna lève les yeux vers la fenêtre. C'est monsieur l'oncle mari qui les observe à travers la vitre. Ses petits yeux pénétrants semblent habités de satisfaction : devant lui, réunie sur le tapis de la pièce la plus lumineuse de la villa, la famille tout entière, sa descendance. Maintenant que les garçons sont deux, ses regards sont devenus victorieux et protecteurs.

Le regard de l'oncle mari rencontre celui de sa jeune nièce et épouse. Il y a de la gratitude dans l'ébauche de sourire du mari, et elle en éprouve une sorte d'archaïque et pathétique contentement.

Va-t-il ouvrir la porte-fenêtre, monsieur l'oncle mari ? Va-t-il se joindre à eux près de la crèche ? D'après ce qu'elle connaît de lui il va préférer, après s'être rassuré, s'éloigner tout seul en évitant la tiédeur de la pièce chauffée. En effet, elle le voit leur tourner le dos, enfoncer ses mains dans ses poches et se diriger à grands pas vers la *coffee house*. Là, protégé par les vitres et les plantes grimpantes, il se fera servir un café très sucré et contemplera le paysage qu'il connaît par cœur : à droite, la pointe dressée du Pizzo della Tigna, en face les petits bois d'acacias de Monte Solunto, le flanc arrière sombre et nu de Monte Catalfano et à côté, houleuse, la mer qui aujourd'hui est verte comme une prairie de printemps.

14.

La chambre est dans la pénombre. De l'eau frémit dans une bouilloire sur un brasero posé à même le sol. Marianna est enfoncée dans le fauteuil bas, les jambes allongées sur le carrelage, la tête abandonnée sur le coussin. Elle dort.

À côté d'elle, le petit lit de bois décoré de nœuds bleus qui a déjà accueilli Manina et Mariano. Les rubans sont agités par un filet d'air qui pénètre par la fenêtre entrouverte.

Innocenza entre doucement en poussant la porte du pied. Elle porte un plateau avec du punch brûlant et quelques gâteaux au miel. Elle pose le plateau sur une chaise près de la duchesse et s'apprête à s'éloigner quand elle se reprend et va chercher une couverture sur le lit pour protéger du froid la mère endormie. Elle ne l'a jamais vue aussi mal en point, sa maîtresse Marianna, maigre, livide, avec des cernes noirs et quelque chose d'huileux et de désordonné dans sa personne qui ne lui ressemble pas. Alors qu'à l'ordinaire tout le monde la prend pour une jeunesse de vingt ans, la voilà qui en paraît maintenant dix de plus. Si au moins elle ne se fatiguait pas tant à lire ! Un livre ouvert gît à terre.

Innocenza étend la couverture sur ses jambes puis se penche sur le petit lit et observe le dernier-né, Signoretto, qui aspire l'air en sifflant. « Cet enfant ne passera pas la nuit », se dit-elle, et ce jugement sans appel réveille Marianna qui se redresse en sursaut.

Elle rêvait qu'elle volait, elle avait les yeux et le nez dans le vent : les pattes du cheval couraient dans les nuages, et elle se rendait compte qu'elle chevauchait le bai Miguelito devant son père qui tenait les rênes et poussait le cheval au galop dans les masses cotonneuses. En bas, au creux de la vallée, on découvrait la villa Ucrìa dans toute sa beauté, l'élégant corps de bâtiment principal couleur ambre, l'arc des deux ailes ornées de fenêtres, les statues, pareilles à des danseuses en équilibre sur la corniche du toit.

Elle ouvre les yeux sur la large et débonnaire figure d'Innocenza qui touche presque la sienne. Elle a un brusque recul. Son premier mouvement est de la repousser ; pourquoi la surveille-t-elle comme ça ? Mais Innocenza sourit avec une tendresse si inquiète que Marianna n'a pas le courage de la chasser. Elle se redresse, renoue son col, s'arrange les cheveux avec les doigts.

La cuisinière se penche à nouveau sur l'enfant perdu dans le lit, de deux doigts elle écarte les rubans de soie, scrute le petit visage ratatiné qui ouvre désespérément la bouche pour chercher l'air.

Marianna se demande par quelle funeste alchimie les pensées d'Innocenza lui parviennent aussi claires et limpides que si elle les entendait. Elle ne veut pas de ce poids, il lui est pénible. Cependant, elle aime respirer les odeurs de cette jupe grise qui sent l'oignon frit, la teinture de romarin, le vinaigre, le saindoux, le basilic. C'est l'odeur de la vie qui s'insinue avec insolence dans les odeurs de vomi, de sueur et d'huile camphrée émanant du petit lit enrubanné.

Elle lui fait signe de s'asseoir à côté d'elle. Tranquillement, Innocenza obéit relevant sa large jupe à plis. Elle s'installe sur le carrelage et allonge les jambes sur le tapis.

Marianna tend la main vers le petit verre de punch. En réalité, c'est un grand verre d'eau fraîche dont elle aurait eu besoin, mais Innocenza a pensé que la boisson chaude pourrait l'aider à affronter le froid glacial de la nuit, et elle ne veut pas la décevoir en lui réclamant autre chose. Elle se brûle donc le palais en avalant d'un trait le liquide bouillant et douceâtre. Mais, au lieu de se sentir réchauffée, elle se met à trembler de froid.

Innocenza lui saisit la main avec empressement et la lui frotte pour la réchauffer. Marianna se raidit : elle ne peut s'empêcher de penser au petit sac d'argent, aux gestes sensuels de ces doigts qui couchaient les pièces pour les faire dormir deux par deux.

Pour ne pas la vexer par un refus, Marianna se lève et se dirige vers le lit. Là, derrière le paravent aux cygnes brodés, elle s'accroupit sur le vase de nuit et laisse tomber quelques gouttes d'urine. Puis elle prend le vase et le tend à la cuisinière comme un cadeau.

Innocenza le saisit par l'anse, le recouvre du coin de son tablier et descend l'escalier pour aller le vider dans le puits noir. Elle marche avec précaution, le dos raide, comme si elle tenait quelque chose de précieux.

On dirait maintenant que le bébé ne respire plus du tout. Marianna scrute les lèvres violettes, se penche sur lui avec inquiétude, pose son doigt sur les narines. Un peu d'air en sort à intervalles rapprochés, précipités.

La mère pose sa tête sur la poitrine de son fils, elle écoute les battements à peine perceptibles d'un cœur trop faible. L'odeur du lait régurgité et de l'huile camphrée pénètre avec force ses narines. Le médecin a interdit de le laver, et le pauvre petit corps gît enveloppé dans des linges qui s'imprègnent de plus en plus de ses puanteurs de moribond.

Il s'en sortira, peut-être, les autres aussi ont été malades : Manina a eu deux fois le « mal d'oreilles » avec beaucoup de fièvre pendant plusieurs jours, Mariano a failli mourir d'érysipèle. Mais aucun n'a jamais dégagé cette odeur de chair en putréfaction émanant, là, du corps de Signoretto qui vient juste d'avoir quatre ans.

Elle revoit les premiers mois de sa vie, ses deux petites mains de grenouille agrippées à son sein. Il était né avant terme, comme Manina ; mais Manina était venue au monde avec un mois d'avance, tandis que lui, c'est deux mois qu'il avait voulu sauter. Il avait eu du mal à grandir mais semblait en bonne santé, c'est du moins ce que disait le docteur Cannamela, et qu'en quelques mois il aurait rattrapé ses frère et sœurs.

Au sein, elle sentait qu'il ne savait pas téter, il tirait par à-coups, ingurgitait le lait puis le recrachait. Et pourtant, il avait été le plus précoce à la reconnaître, à se tourner vers elle avec des sourires excités et enthousiastes.

Personne au monde ne pouvait le garder dans les bras sauf elle. Et aucune nourrice, aucune nounou, aucune bonne ne pouvait le calmer : il ne cessait de hurler jusqu'à ce qu'il se retrouve sur la poitrine de sa mère.

Un enfant joyeux et intelligent qui semblait avoir compris d'instinct la surdité de sa mère et avait inventé sur-le-champ un langage pour se faire comprendre d'elle et uniquement d'elle. Il lui parlait en jouant des jambes, en mimant, en riant, en la couvrant de baisers poisseux. Il lui collait une grande bouche édentée sur le visage, passait sa langue sur ses paupières closes, lui pinçait le lobe des oreilles entre ses gencives, mais sans lui faire mal, comme un bébé chien qui connaît sa force et sait la tempérer pour jouer.

Il avait grandi plus vite que les autres. Il était devenu long, long, avec deux pieds immenses qu'Innocenza, admirative, prenait dans ses mains : « Celui-là, nous en ferons un paladin », avait-elle dit un jour, et monsieur l'oncle mari s'était empressé de le transcrire sur une feuille pour faire rire sa femme.

Jamais gros, ça non, en le serrant dans ses bras elle sentait sous ses doigts les petites côtes légères comme des croissants de lune : quand se décidera-t-il à se mettre un peu de chair sur le dos, cet enfant ? se demandait-elle et elle baisait son nombril saillant, toujours un peu rouge et gonflé comme si l'on venait de le lui sectionner une demi-heure avant.

Il dégageait une odeur de lait caillé que même le bain dans le baquet plein d'eau et de savon ne parvenait pas à chasser complètement. Elle le reconnaissait les yeux fermés, ce dernier enfant de ses trente ans. Et elle ne cachait pas de le préférer, pour cet amour immodéré dont il la faisait objet et par lequel elle se laissait ravir.

Parfois, le matin tôt, elle se réveillait avec une sensation de chaleur sur son épaule nue et découvrait que c'était lui qui, entré furtivement dans son lit, collait sa bouche édentée sur sa chair et tirait comme sur une tétine.

Elle l'attrapait par le cou et l'enlaçait en riant, dans la chaleur des couvertures, dans le noir. Et lui, riant aux éclats, s'agrippait à elle en l'embrassant, flairant ses odeurs nocturnes, pressant sa tête contre son sein.

À table, elle le faisait asseoir à côté d'elle en dépit des billets péremptoires de monsieur l'oncle mari : « Les enfants doivent rester avec les autres enfants dans la nursery qui est faite pour cela. »

Mais elle savait l'attendrir avec l'argument de la maigreur : « Sans moi, il ne mange pas, monsieur mon oncle mari. » « Et ne m'appelez pas monsieur mon oncle. » « Le petit est trop fluet. » « Et moi, je vais le rendre encore plus fluet si vous ne l'envoyez pas dans ses appartements. » « Si vous le chassez, je pars moi aussi. » Un va-et-vient de billets aigres-doux qui faisaient rire Fila et les filles de cuisine après elle.

Marianna avait fini par obtenir que le matin, seulement à midi, l'enfant s'asseye à côté d'elle de manière à ce qu'elle puisse le nourrir à la becquée de fougasses fourrées de hachis de poulet, de pâtes aux œufs et au fromage, de sabayon à la mousse d'orange, toutes choses qui, comme dit Innocenza, « font sang ».

Il ne grossissait pas, Signoretto, mais il s'allongeait, il grandissait, se fabriquait un cou de cigogne et deux petits bras de singe que ses frères ridiculisaient ouvertement. À deux ans il était plus grand que le fils d'Agata qui en avait trois. Mais, en poids, il ne grandissait pas, il tirait vers le haut comme une plante qui cherche l'air. Ni ses cheveux ni ses dents ne sortaient.

Sa tête avait l'air d'une boule, et Marianna la lui couvrait de bonnets brodés, froncés et bouffants.

À l'âge auquel tous les enfants commencent à parler, lui, il ne savait que rire. Il chantait, hurlait, crachait, mais il ne parlait pas. Et monsieur l'oncle mari avait commencé à rédiger des billets menaçants : « Je ne veux pas que mon fils soit muet comme vous » et, immédiatement après : « Il faut désunir, c'est ce que dit le pharmacien, ainsi que le docteur Cannamela. »

Marianna avait eu une telle peur qu'ils le lui enlèvent qu'elle avait été prise de fièvres. Et, tandis qu'elle délirait, le duc Pietro arpentait la maison, exaspéré, en proie à une totale indécision : devait-il profiter de l'inconscience de sa femme pour lui enlever son fils et le mettre au couvent de la tante professe Teresa où ils lui apprendraient à parler ou bien avoir pitié et le laisser près de sa mère qui lui était si frénétiquement attachée ?

Tandis qu'il se torturait, la fièvre de Marianna était tombée. Et elle lui avait fait promettre de lui laisser son fils, au moins encore un an. En échange, elle prendrait un précepteur à la maison et elle l'obligerait à apprendre l'alphabet. Il avait quatre ans maintenant, et ce refus de parole l'inquiétait elle aussi.

Ainsi en avait-il été. Et monsieur l'oncle mari s'était calmé : le petit garçon allait bien, il était gai, il mangeait, il grandissait ; comment pouvait-on l'arracher des bras de sa mère ? Mais quant à parler, rien.

Jusqu'à ce qu'un jour, à l'approche de l'échéance d'un an établie par le père, il tombe malade. Il était devenu gris à force de vomir.

Le docteur Cannamela déclara qu'il s'agissait d'un délire dû à une « inflammation au cerveau ». Il lui fit tirer un petit bol de sang par le chirurgien Pozzolungo, lequel à son tour le mit à la diète dans une pièce isolée où seules sa mère et Innocenza pouvaient entrer. En effet, le chirurgien avait diagnostiqué qu'il ne s'agissait pas d'une inflammation au cerveau mais d'une forme inusitée de variole.

La cuisinière a déjà eu la variole, elle en est sortie à moitié morte, mais elle en est sortie. Marianna, elle, ne l'a jamais eue, mais elle n'en a pas peur. N'est-elle pas restée seule à la villa quand tout le monde à Bagheria était pris par les fièvres et les vomissements, et elle n'a pas été contaminée. Elle se lavait sans arrêt les mains au vinaigre, mangeait des citrons au sel et gardait sur sa bouche un mouchoir noué derrière sa tête comme un brigand.

Mais, depuis que Signoretto est malade, elle ne prend même pas les précautions habituelles. Elle dort emmitouflée sur le fauteuil à côté du petit lit de bois dans lequel son fils halète, elle en recueille chaque respiration. La nuit, elle se réveille en sursaut et approche sa main de la bouche de l'enfant pour voir s'il respire encore.

Quand elle le voit téter l'air de cette façon déchirante, les lèvres livides, les petites mains agrippées au bord du lit, elle se dit que le meilleur moyen de l'aider serait de le faire mourir. Le chirurgien dit qu'il devrait déjà être parti. Mais elle le maintient en vie par la chaleur de sa présence, par ses baisers, lui donnant à chaque instant une goulée de son air.

15.

Monsieur père a une façon toute personnelle de monter sur le bai en s'accrochant à la crinière couleur café et en s'adressant au cheval sur un mode persuasif. Ce qu'il lui raconte, Marianna ne l'a jamais su, mais cela ressemble beaucoup aux discours sibyllins et affectueux qu'il glissait dans l'oreille du condamné à mort au gibet de la Piazza Marina.

Une fois en selle, il lui fait signe d'approcher, se penche sur l'encolure de l'animal, hisse sa fille et l'assied devant lui à califourchon sur la crinière. Il n'a nul besoin de cravacher ni d'éperonner le bai Miguelito qui part dès que monsieur père adopte une certaine position, jambes bien serrées contre les flancs et buste incliné en avant.

Ils empruntent ainsi la descente qui va de la villa à la place de la fontaine San Nicola où les bergers étendent les peaux des chèvres écorchées pour qu'elles sèchent. Il y stagne toujours une odeur de chair en putréfaction et de tanin. Puis, père et fille passent devant les grilles de la villa Trabia et, laissant sur leur gauche les deux monstres borgnes de pierre rose, coupent le chemin qui longe la villa Palagonia. Par la route poussiéreuse et bordée à perte de vue de ronces et figuiers de Barbarie, ils se dirigent vers Aspra et Mongerbino.

Monsieur père se penche en avant, le bai Miguelito prend le galop, et, par-delà des noueux caroubiers, par-delà les fermes isolées, les oliviers, les mûriers, les vignes et le fleuve, ils s'élancent.

Quand la vapeur humide de la mer commence à monter fraîche et salée aux narines, le bai lève ses antérieurs et, en un instant, d'une puissante poussée des flancs, se soulève de terre. L'air se fait plus léger, plus pur ; des mouettes étonnées viennent à leur rencontre. Monsieur père pousse le cheval, la petite fille se cramponne à la crinière pour garder son équilibre sur le cou de Miguelito, aussi doux et flexible que celui d'une girafe.

Le vent s'infiltre dans ses cheveux, lui coupe le souffle, un nuage avance mollement vers eux, et d'un bond le bai y pénètre ; hennissant et traînant les pattes, il se met à nager dans l'écume flottante. Pendant un moment Marianna ne voit plus rien qu'une brume poisseuse qui lui bouche les yeux. Puis voici qu'ils ressortent, dans l'azur limpide d'un ciel accueillant.

Nul doute que cette fois monsieur père l'emmène avec lui au paradis, se dit Marianna, et elle regarde avec satisfaction les arbres noirs en bas devenir de plus en plus minuscules. Au loin, les champs se décomposent en géométries bleutées, carrés et triangles qui se superposent en désordre.

Ce n'est cependant pas vers le ciel que se dirige le bai mais vers le sommet d'une montagne. Marianna en reconnaît la cime plate et aride, la forme grise de forteresse. C'est Monte Pellegrino. Ils y arrivent en un éclair. Ils vont se poser sur ces roches brûlées pour se reposer un peu avant de poursuivre vers Dieu sait quels sommets de félicité.

Mais, sous eux, une grande foule s'est amassée et, au cœur de cette foule, quelque chose de sombre : un gibet, un homme, une corde qui pend. Le bai Miguelito effectue des cercles concentriques. L'air devient plus chaud, les oiseaux gardent leurs distances. Elle le voit maintenant clairement : monsieur père va se poser, avec fille et cheval, devant la potence où un garçon aux yeux purulents est condamné à mourir.

Au moment où les sabots de Miguelito touchent terre, Marianna se réveille, la chemise de nuit trempée de sueur, la bouche sèche. Depuis que le petit Signoretto est mort, elle n'arrive plus à dormir la nuit. Toutes les deux heures, elle se réveille le souffle court, malgré la valériane et le laudanum qu'elle avale dans des tisanes d'aubépine, de fleurs d'oranger et de camomille.

D'un geste irrité, elle écarte les couvertures, sort ses pieds nus. Le petit tapis de peau de chèvre lui chatouille légèrement la voûte plantaire. Elle tend la main vers les allumettes, allume la bougie sur la table de nuit, met sa cape de velours chenille moiré et se dirige vers le couloir.

Sous la porte de la chambre de monsieur l'oncle mari, un rai de lumière. Il ne dort donc pas, lui non plus ? Ou bien s'est-il assoupi le livre à la main et la bougie allumée, comme cela lui arrive de plus en plus souvent ?

Plus loin, la porte de Mariano est entrouverte. De deux doigts, Marianna la pousse. Elle fait quelques pas en direction du lit. Elle découvre son fils qui dort la bouche grande ouverte. Et elle se demande s'il ne faudrait pas consulter de nouveau le docteur Cannamela. L'enfant a toujours été fragile de la gorge, sans arrêt enrhumé, le nez qui gonfle, se bouche et une toux irritante qui le secoue.

Elle l'a déjà montré à deux grands médecins. L'un a prescrit la saignée habituelle qui n'a fait que l'affaiblir, l'autre a dit qu'il fallait lui ouvrir le nez, ôter un polype qui le gêne et refermer. Mais monsieur l'oncle mari n'a pas voulu en entendre parler : « Ici, on n'ouvre et ferme que les portes, espèce de bâtard. »

Heureusement, en grandissant, le caractère de Mariano s'est amélioré : il ne fait plus tant de caprices, il ne se jette plus par terre quand on le contredit. Il commence à ressembler un peu à madame mère, sa grand-mère : paresseux, débonnaire, il s'enthousiasme facilement et se décourage aussi facilement. De temps en temps, il vient lui baiser la main et lui raconter une chose ou l'autre, couvrant les feuilles d'une calligraphie large et incertaine.

Parfois, Marianna sent le regard impitoyable de son fils sur ses mains précocement vieillies. Elle sait que, d'une certaine manière, il s'en réjouit comme d'une juste punition pour avoir, de manière impudique et incontrôlée, concentré tous ses soins sur le petit corps répugnant du frère cadet mort à quatre ans.

Le duc Pietro et la tante professe Teresa font tout ce qu'ils peuvent pour le convaincre de se comporter en duc. À la mort de son père, tellement plus âgé que sa mère, il héritera de tous les titres ainsi que des richesses de la branche morte des Scebarràs abandonnées à l'oncle Pietro. Lui, il se prend un peu au jeu, se rengorge, fait son arrogant, et puis ça l'embête, et il repart jouer à cache-cache avec ses sœurs sous les yeux scandalisés de son père. Mais il n'a que treize ans.

Marianna s'arrête devant la chambre de Giuseppa ; c'est la plus agitée de ses filles, elle refuse les leçons de musique, de broderie, d'espagnol et ne rêve que gâteaux et courses à cheval. Ce sont Lina et Lena, avant que la fièvre quarte ne les emporte, quand elles sifflaient le bai Miguelito et chevauchaient enlacées l'une à l'autre sous les oliviers, qui lui ont appris à monter. Monsieur l'oncle mari désapprouve : « Pour les dames, il existe des chaises à porteurs, des litières, des carrosses, je ne veux pas d'amazones ici. »

Mais, sitôt que son père part pour Palerme, Giuseppa prend Miguelito et descend jusqu'à la mer. Marianna le sait, mais elle ne l'a jamais dénoncée. Elle aussi, elle aurait aimé monter à cheval et galoper sur les sentiers poudreux, mais on ne le lui a jamais permis. Madame mère l'avait persuadée qu'une muette ne peut presque rien faire de ce dont elle a envie sans être attrapée « par les chiens à la longue queue fourchue ». Seul monsieur père, après qu'elle eut beaucoup insisté, l'avait, deux ou trois fois en cachette, prise en croupe sur Miguelito, qui à l'époque était encore un jeune et joyeux cheval.

Le duc Pietro est particulièrement sévère avec Giuseppa. Si la jeune fille refuse de se lever tôt le matin, il l'enferme dans sa chambre et l'y laisse toute la journée. Innocenza lui monte en cachette des petits plats cuisinés tout exprès pour elle. Chose que monsieur l'oncle mari ne soupçonne pas une seconde.

« Ta fille Giuseppa, à dix-huit ans, se comporte comme si elle en avait sept », écrit-il sur une feuille qu'il lui lance avec irritation. Que sa fille soit insatisfaite, Marianna s'en aperçoit aussi, mais elle ne saurait dire pourquoi. On dirait qu'elle éprouve du plaisir à se rouler dans ses draps trempés de larmes, dans un monceau de miettes de biscuits, le cheveu gras, décidée à refuser tout et n'importe quoi.

« Mal de croissance, écrit monsieur père, laissez-la tranquille. » Mais monsieur l'oncle mari ne la laisse pas tranquille du tout. « Ce sont des caprices. » Et tous les matins, il se met devant le lit et lui adresse d'interminables sermons qui provoquent régulièrement l'effet inverse. Il lui reproche surtout de ne pas vouloir se marier. « Être encore fille à dix-huit ans, c'est indécent. À dix-huit ans, votre mère avait déjà fait trois enfants. Et vous, vous êtes pucelle. Que voulez-vous que je fasse d'une pucelle ? Que voulez-vous que j'en fasse ? »

Marianna avance à tâtons : le couloir est long, et les chambres des enfants se succèdent comme les stations du chemin de croix. C'est ici que dormait Manina avant de se marier, selon la volonté de son père, à douze ans. Elle a toujours été la préférée de son père, la plus obéissante, la plus belle. Et, en renonçant à elle pour « la marier correctement, avec un homme juste et aisé », il a eu l'impression de faire un grand sacrifice.

Le lit avec son baldaquin à franges, les rideaux de velours ocre, le nécessaire complet de peignes, brosses et fers à friser en écaille et or, cadeau du grand-père Signoretto pour l'anniversaire de ses dix ans. Tout est resté en place, comme si la jeune fille vivait encore ici.

Marianna repense à toutes ces lettres indignées qu'elle a écrites à son mari pour le dissuader d'un mariage si précoce. Mais elle a été vaincue par les parents, les amis, les habitudes. Aujourd'hui, elle se demande si elle en a fait assez pour sa plus jeune fille. Elle a manqué de courage. Elle se serait certainement battue plus énergiquement s'il s'était agi de Signoretto. Pour Manina, après les premiers affrontements, elle avait abandonné, par fatigue, par ennui, peut-être par lâcheté.

Elle s'éloigne rapidement de la chambre de sa fille, pauvrement éclairée d'une petite lampe qui brûle sous un portrait de la Madone. À côté, dans une chambre qui donne sur l'escalier, il y a encore quelques années dormait Felice, la plus gaie de ses filles. Entrée au couvent à onze ans, elle s'est bâti chez les franciscaines un petit royaume qu'elle gouverne à sa fantaisie. Elle entre et sort quand elle veut, donne des déjeuners et des dîners à toute occasion. Souvent, son père lui envoie la chaise à porteurs, et elle vient passer un jour ou deux à Bagheria sans que personne lui reproche quoi que ce soit.

Elle aussi a laissé un vide. Ses filles, elles les a perdues trop tôt, se dit Marianna. Sauf Giuseppa qui rumine sa rage et se roule sur le lit sans même savoir pourquoi. Il y a quelque chose d'idiot à couver ses enfants comme des œufs avec l'attention ahurie d'une poule.

Sur les corps en mutation de ses enfants, elle a transféré son propre corps qu'elle a comme perdu en se mariant. Elle est entrée et sortie de ses robes tel un spectre, obéissant à un sentiment du devoir qui ne naissait d'aucun désir mais d'un antique et profond orgueil féminin. Dans la maternité, elle a mis sa chair, ses sens, les adaptant, les pliant, les contraignant. Ce n'est qu'avec le petit Signoretto qu'elle en avait fait trop, elle le sait, plus qu'un lien mère-fils leur amour était presque celui de deux amants. Et comme tel il ne pouvait durer. Lui, avec sa merveilleuse intelligence d'enfant, il l'avait compris avant elle et avait préféré s'en aller. Mais peut-on vivre sans son corps, ainsi qu'elle l'a fait pendant plus de trente ans, sans devenir la momie de soi-même ?

Ses pieds maintenant la conduisent ailleurs, elle descend l'escalier de pierre recouvert du tapis à fleurs : l'angle de l'entrée, les plantes grimpantes le long des murs, le couloir blême, la grande fenêtre sur la cour endormie, le salon jaune où l'on entrevoit le vernis clair de l'épinette, les deux statues romaines qui montent la garde à la porte-fenêtre, les chimères ocellées passant la tête à travers le feuillage du plafond, le salon rose avec son gros divan rembourré, le prie-Dieu de bois rougeâtre, la table de la salle à manger sur laquelle se détache la corbeille pleine de poires et de raisins de céramique. L'air est glacial. Un froid soudain et inhabituel est tombé sur Bagheria il y a quelques jours. On ne se souvient pas qu'il y ait eu un froid pareil depuis des années.

À peine un peu plus tiède, avec son odeur de friture et de tomate séchée, la cuisine l'accueille. Par la porte ouverte pénètre une lueur bleutée. Marianna se dirige vers le bahut. Elle en ouvre les portes d'un geste mécanique. L'odeur du pain enveloppé dans les linges lui envahit les narines. Il lui vient à l'esprit ce qu'elle a lu sur Démocrite dans Plutarque : pour ne pas assombrir par sa mort sa sœur qui devait se marier, le philosophe avait différé son agonie en flairant un pain tout juste sorti du four.

Du coin de l'œil, Marianna aperçoit quelque chose de noir qui serpente par terre. Elle se penche pour regarder. Depuis quelques années, elle n'y voit plus très bien de loin. Monsieur l'oncle mari lui a fait venir de Florence des verres pour myope, mais elle ne s'y habitue pas. Et puis, avec cet équipement sur le visage, elle se sent ridicule. Il paraît qu'à Madrid les jeunes gens portent des lunettes même sans raison, juste pour arborer les grandes montures d'écaille. Raison de plus pour ne pas les porter.

En regardant de près, elle réalise que ce sont des fourmis : un cortège laborieux composé de milliers de bestioles qui vont et viennent de la crédence à la porte. Elles traversent toute la cuisine, grimpent le long du mur jusqu'au saindoux qui remplit le récipient de faïence en forme de canard.

Mais où est le sucre ? Marianna cherche des yeux les boîtes de fer émaillé où, quand elle était petite, l'on conservait le précieux cristal. Et elle finit par les trouver, là, près de la persienne, alignées sur une planche. Que n'a pas su inventer le génie d'Innocenza pour tenir éloignées les fourmis ! La planche est en équilibre entre deux chaises, les pieds des chaises trempent dans de petites casseroles pleines d'eau, sur chaque boîte une assiette creuse contenant du vinaigre.

D'une corbeille posée par terre, Marianna sort un citron d'un ovale irrégulier, elle en respire l'odeur fraîche et acide, le coupe en deux avec un canif à manche de corne. Dans une moitié, elle taille une tranche charnue au blanc souple et spongieux. Elle y répand une pincée de sel et se la pose sur la langue.

C'est une habitude qu'elle a prise de la grand-mère Giuseppa qui, tous les matins, avant même de se laver la figure, mangeait un citron coupé en quartiers. Sa façon à elle de conserver des dents saines, une haleine fraîche.

D'un doigt glissé entre les gencives et la langue, Marianna se tâte les dents. Aucun doute, elles sont saines et robustes, bien que le chirurgien en ait enlevé deux l'année dernière et qu'elle ne mastique plus très bien d'un côté. Une est ébréchée et une autre ternie. C'est aux dents que se voient les enfants. On ne sait pas pourquoi, quand ils sont dans le ventre, il leur faut de l'os. Cette molaire, on pouvait peut-être la sauver, mais elle lui faisait mal, et l'on sait que le métier d'un chirurgien c'est d'ôter et non pas d'arranger. Il a eu tant de mal à lui arracher ces deux dents qu'il suait et tremblait comme s'il avait la fièvre. Tenaille en main, il tirait, tirait, mais la dent ne bougeait pas. Alors, il l'avait fait éclater avec un petit marteau et ce n'est qu'en lui écrasant la poitrine du genou et en soufflant comme un bœuf qu'il avait réussi à extraire les petits bouts.

Le citron à la main, Marianna va vers le buffet. Elle ouvre la porte en forçant de l'ongle et attrape la boîte de borax. Puis elle s'approche du cortège de fourmis avec une poignée de poudre blanche et en fait pleuvoir des petits ruisseaux sur le serpentin en mouvement. Immédiatement, les fourmis se mettent à s'agiter, cassent le cortège, grimpent les unes sur les autres et se réfugient dans les fentes du mur.

Les doigts couverts de borax, Marianna se dirige vers les volets fermés. Les écartant légèrement, elle laisse entrer la clarté de la lune. La cour, badigeonnée de chaux, resplendit. Les lauriers-roses forment des masses sombres qui font penser à des dos de tortues gigantesques endormies le nez à contre-vent pour se préserver du froid.

Le sommeil la fait larmoyer : ses pas la mènent d'eux-mêmes vers sa chambre à coucher. C'est presque le matin. Par les fenêtres entrouvertes passe une légère odeur de fumée. Quelqu'un, dans les bâtiments près de l'étable, a allumé le premier feu.

Le lit défait n'est plus une prison à fuir mais un refuge où s'abriter. Ses pieds sont gelés et ses doigts engourdis. De sa bouche sortent des nuages de vapeur. Marianna s'enfonce sous les couvertures et, sitôt la tête posée sur l'oreiller, plonge dans un sommeil profond et sans rêve.

Mais elle n'a pas encore fini d'en jouir qu'elle est réveillée par une main froide soulevant sa chemise de nuit. Elle s'assied en sursaut. Le visage de monsieur l'oncle mari est là, à un pouce du sien. Elle ne l'a jamais regardé de si près, il lui semble commettre un sacrilège. Pour recevoir ses caresses, elle a toujours fermé les yeux. Cette fois, elle l'observe et elle le voit qui, ennuyé, détourne les yeux.

Il a les cils blancs, monsieur l'oncle mari ; quand se sont-ils décolorés ? Comment se fait-il qu'elle ne s'en soit jamais aperçue ? Il lève une main longue et décharnée comme s'il voulait la frapper. Mais ce n'est que pour lui fermer les yeux. Le ventre armé se presse contre ses jambes.

Combien de fois a-t-elle cédé à cette étreinte de loup en baissant les paupières et en serrant les dents ! Une course sans échappatoire, les pattes du prédateur sur son cou, le souffle qui enfle, devient lourd, une pression sur les flancs, puis la reddition, le vide.

De toute évidence, il ne s'est jamais demandé si cet assaut lui était agréable ou pas. Lui, il est le corps qui prend, qui enfourche. Il ne connaît pas d'autre façon d'aborder le ventre féminin. Et elle, elle le laisse derrière le rideau tiré de ses paupières, comme un intrus.

Que l'on puisse éprouver du plaisir à une chose aussi mécanique et cruelle ne lui est jamais venu à l'esprit. Pourtant, parfois, en respirant le corps enfumé de tabac et somnolent de madame mère, elle avait décrypté l'odeur d'un secret bonheur sensuel totalement inconnu d'elle.

Là, pour la première fois, en regardant en face monsieur l'oncle mari, elle parvient à faire un signe de dénégation avec la tête. Et lui se bloque, le membre rigide, la bouche ouverte, si surpris de son refus qu'il reste là, raide, sans savoir quoi faire.

Marianna sort du lit, enfile sa cape et, tremblant de froid, se dirige sans s'en rendre compte vers la chambre de son mari. Là, assise au bord du lit elle regarde autour d'elle comme si c'était la première fois qu'elle voyait cette chambre si proche de la sienne et pourtant si lointaine. Comme elle est pauvre et froide ! Blancs les murs, blanc le lit recouvert d'une courtepointe déchirée, à terre une peau de chèvre aux poils sales, une petite table de bois d'olivier sur laquelle gisent la courte épée, deux bagues et une perruque aux boucles emmêlées.

En tendant la tête, elle peut apercevoir, derrière la portière entrouverte du « lieu », le vase de nuit blanc bordé d'or à moitié plein d'un liquide clair dans lequel flottent deux saucisses noirâtres.

Cette chambre semble vouloir lui dire quelque chose qu'elle n'a jamais voulu entendre : une pauvreté d'homme solitaire qui, dans l'ignorance de soi, a mis tout un orgueil terrifié. Au moment même où elle a trouvé la force de se refuser, elle éprouve une tendresse infinie pour lui et pour sa vie de vieillard brusque et abruti de timidité.

Revenant vers sa chambre à travers les plantes grasses, les chimères qui s'allongent sur les murs et au plafond, les vases de fleurs aux pétales gelés, elle le cherche des yeux, mais il n'est pas là. Et la porte qui mène au couloir est fermée. Elle se dirige alors vers la grande fenêtre qui donne sur le balcon et le trouve là, recroquevillé par terre, la tête dans les épaules, le regard tourné vers la campagne laiteuse.

Marianna s'accroupit à côté de lui. Devant eux, la vallée des oliviers est de plus en plus lumineuse. Au fond, entre le cap Solanto et Porticello, d'un bleu délavé qui se confond avec le ciel, la mer calme, sans vagues.

Dans le froid du matin, dans ce coin écarté, Marianna a presque envie de tendre la main vers le genou de son mari, mais le geste lui semble d'une tendresse qui n'appartient pas à leur mariage, quelque chose d'inconnu et de surprenant. Elle sent le corps de l'homme pétrifié à ses côtés, habité de bribes de pensées qui glissent comme des courants d'air dans cette tête blanche et privée de sagesse.

16.

Dans le miroir, les mains de Fila rapides et gauches s'activent à démêler la masse de cheveux de Marianna. La duchesse observe les doigts de la jeune servante qui serrent le peigne d'ivoire comme un soc de charrue. Chaque nœud une saccade, chaque obstacle une secousse. Il y a quelque chose de rageur et de cruel dans ces doigts qui s'enfoncent dans ses cheveux comme s'ils voulaient détruire des nids, arracher des mauvaises herbes.

Brusquement, la maîtresse arrache l'instrument des mains de la jeune fille, le casse en deux et le lance par la fenêtre. Stupéfaite, la servante la fixe. Elle n'a jamais vu madame aussi en colère. Il est vrai que depuis que son petit dernier est mort elle perd souvent patience, mais cette fois-ci, elle exagère : est-ce sa faute, si ses cheveux ne sont qu'un tas de broussailles ?

Madame observe son visage contracté dans le miroir, à côté de celui stupéfait de la domestique. Dans un gargouillis de fond du palais, une parole semble émerger de la cavité de sa mémoire atrophiée :

sa bouche s'ouvre, mais sa langue reste inerte entre ses dents, elle ne vibre pas, elle ne résonne pas. De la gorge rétractée sort enfin une stridulation aiguë qui fait peur à entendre. Fila a un frisson manifeste, et Marianna lui fait signe de sortir.

Là, seule, elle lève les yeux sur le miroir. Un visage nu, desséché, aux yeux désespérés, la fixe dans la vitre argentée. Est-il possible que ce soit elle, cette femme embuée par la désolation, au large front coupé en deux verticalement par un sillon comme un coup de sabre ? Où sont ces douces rondeurs qui avaient séduit le peintre Intermassimi ? Où sont le rebondi des joues, la caressante couleur des yeux, le sourire contagieux ?

Les pupilles sont devenues plus claires, d'un bleu délavé, fatiguées ; elles perdent peu à peu ce vif miroitement fait de candeur et de surprise, elles deviennent dures, vitreuses. Une mèche de cheveux blancs lui glisse sur le front. Il est arrivé que Fila la lui teigne, cette mèche, à l'extrait de camomille, mais elle s'est prise d'affection maintenant pour ce trait de chaux blanche sur la masse des cheveux blonds : une coquetterie, sur un visage noyé d'impuissance.

Son regard se reporte vers les portraits de ses enfants : petites aquarelles faites de vifs et légers coups de pinceau, esquisses quasi dérobées à leurs jeux et à leurs sommeils. Mariano avec son nez éternellement gonflé, sa si belle bouche sensuelle, ses yeux rêveurs ;

Manina à demi enfouie dans sa chevelure blonde aérienne, Felice, avec son air de rongeur, et Giuseppa qui serre les lèvres avec mépris. « C'est une peur qui l'a assourdie, et c'est une peur qui la guérira », avait-elle lu un jour dans une lettre de monsieur père à madame mère. Mais de quelle peur parlait-il ? Il y avait donc eu un choc, une barrière, un arrêt volontaire de sa pensée quand elle était petite ? Pour quelle raison ?

Le doux fantôme de son père se contente de lui sourire à travers le miroir avec sa bienheureuse expression coutumière. Il porte au doigt la bague d'argent aux deux dauphins qu'à sa mort Manina a réclamée pour elle.

Le passé est une collection d'objets usés et cassés, l'avenir est sur les visages de ces enfants qui rient, indifférents dans leurs cadres dorés. Mais eux aussi prennent le chemin de devenir du passé, comme les tantes chanoinesses, les nourrices, les intendants. Tous courent vers le paradis, et il est impossible de les arrêter, même un seul instant.

Seul Signoretto s'est arrêté. Le seul de ses fils qui ne court pas, qui ne se transforme pas de jour en jour. Il est là, dans un coin de son esprit à elle, toujours semblable à lui-même et réitère à l'infini ses sourires d'amour.

Elle avait voulu ne pas se faire dévorer par ses enfants comme sa sœur Agata, qui, à trente-cinq ans, avait l'air d'une vieillarde. Elle avait voulu les tenir à une certaine distance et se préparer à leur départ. Mais avec le dernier elle n'en a pas été capable, et elle a suscité par son amour excessif, impardonnable, la rancœur des autres. Elle n'a pas résisté à l'appel de cette sirène. Elle a joué avec cet amour jusqu'à la lie amère.

Une lueur pénètre le gris laiteux du miroir. Elle ne s'est pas aperçue que la nuit tombait, et Fila est sur le seuil avec un candélabre. Elle n'est pas sûre de devoir entrer. Marianna l'appelle d'un geste. Fila avance à petits pas titubants ; elle pose le candélabre sur la table, fait mine de se retirer. Marianna l'arrête du bras, d'un doigt elle lui soulève l'ourlet de la jupe et voit qu'elle ne porte pas de chaussures. Se sentant découverte, la jeune fille la fixe avec des yeux de rate prise au piège.

Mais la maîtresse sourit, elle n'a pas envie de la gronder ; elle sait bien que Fila a la passion de se promener pieds nus dans la maison. Elle lui a offert trois paires de chaussures, mais celle-ci, dès que possible, les enlève et se promène pieds nus en se fiant aux jupes longues qui ramassent la poussière et cachent bien les talons craquelés et calleux.

Marianna a un geste brusque et voit Fila rentrer la tête dans les épaules comme pour esquiver un coup. Pourtant, elle ne l'a jamais frappée, que craint-elle ? Quand elle porte la main à ses cheveux, la jeune fille rentre encore davantage la tête comme pour dire : je ne me dérobe pas au coup, je cherche juste à réduire la douleur. Marianna fait glisser ses doigts sur sa tête. Fila fixe sur elle un regard sauvage. La caresse semble l'inquiéter encore plus qu'une gifle. Peut-être craint-elle qu'elle ne l'attrape par les cheveux et qu'elle ne tire après les avoir tordus dans son poing, comme le fait parfois Innocenza quand elle perd patience.

Marianna esquisse un sourire, mais Fila est tellement sûre de la punition que tout ce qu'elle veut savoir c'est d'où viendra le coup. Découragée, Marianna la laisse s'enfuir en sautillant sur ses pieds nus. Elle lui apprendra à lire, se propose-t-elle en rassemblant ses cheveux et en les nouant en un gros chignon bosselé.

Mais la porte s'ouvre à nouveau pour laisser entrer Innocenza qui tire par la main une Fila réticente et renfrognée. La cuisinière a-t-elle, elle aussi, aperçu les pieds nus qui agacent tellement le duc Pietro, ou bien a-t-elle été simplement prise de soupçons devant la fuite précipitée de la jeune fille ?

Marianna a un petit rire muet qui démonte Innocenza et rassure la petite. Seule manière possible pour elle de montrer qu'elle n'est pas en colère, qu'elle n'a l'intention de punir personne. Jouer constamment le rôle du juge, du censeur, l'ennuie. D'autre part, elle ne veut pas provoquer Innocenza, qui, dans le désir de se faire comprendre, est en train de gesticuler, de se tordre dans tous les sens, de faire des grimaces et des gestes confus. Pour les éloigner, elle sort d'un tiroir du bureau deux *tarì* et les pose sur les paumes de leurs mains tendues.

Fila s'esquive après avoir ébauché une révérence raide et maladroite. Innocenza tourne et retourne la pièce entre ses doigts avec un air de connaisseuse. En la regardant, Marianna se sent menacée par une avalanche de pensées qui se portent dangereusement à sa rencontre. Pour une mystérieuse raison, de toutes les pensées des personnes qui l'entourent, ce sont surtout celles d'Innocenza qui ont le pouvoir de se rendre lisibles.

Heureusement, aujourd'hui Innocenza a hâte de retourner à la cuisine. Alors elle lui tend rapidement une feuille sur laquelle se reconnaît l'écriture gigantesque et chaotique de Cuffa : « Votre Seigneurie, que veut-elle pour manger ? »

Et Marianna écrit distraitement au verso de la feuille « Purée de pois chiches et poulpes », sans penser que monsieur le mari hait les pois chiches et ne supporte pas les poulpes. Elle plie le billet et le fourre dans une poche du tablier d'Innocenza pour qu'elle se le fasse déchiffrer par Raffaele Cuffa ou par Geraci. Puis elle la pousse vers la porte.

17.

« Aujourd'hui, autodafé Piazza Marina. Ma participation requise. Indispensable que s'y trouve aussi madame la duchesse épouse. Préconise robe pourpre, croix de Malte sur la poitrine. Et, pour une fois, aucune sauvageonnerie champêtre. »

Marianna lit le billet péremptoire que monsieur l'oncle mari a glissé sous la boîte de poudre. Autodafé, cela signifie bûcher, Piazza Marina et la foule des grandes occasions : les autorités, les gardes, les vendeurs d'eau et de *zammu*, de poulpes bouillis, de bonbons et de figues de Barbarie ; l'odeur de sueur, d'haleines fétides, de pieds crottés, et puis l'excitation qui monte, se fait charnelle, visible, et tous ces gens qui mangent et bavardent en attendant ce douloureux et délicieux coup de lame au ventre. Elle n'ira pas.

À l'instant, elle voit entrer monsieur l'oncle mari vêtu d'une chemise parfumée pleine de dentelles. Aux pieds, une paire de chaussures neuves au cuir si luisant qu'on le dirait laqué.

« Ne m'en veuillez pas, mais je ne pourrai pas venir avec vous à l'autodafé », note rapidement

Marianna, et elle lui tend le feuillet à l'encre encore humide.

« Et pourquoi cela ? »

« Cela m'agace les dents, comme du raisin vert. »

« On mène au bûcher deux hérétiques bien connus, sœur Palmira Malaga et frère Reginaldo Venezia. Il y aura tout Palerme et plus encore. Je ne peux me dispenser d'y être. Et vous non plus, madame. »

La dame en question est sur le point de rédiger une réponse, mais le duc Pietro a déjà pris la porte. Comment va-t-elle pouvoir se soustraire à cet ordre ? Quand monsieur l'oncle mari prend cet air occupé et pressé, il est impossible de le contredire ; il se bute comme une mule. Il faudra s'inventer une maladie qui lui offrira l'excuse de faire acte de présence tout seul.

Sœur Palmira Malaga, un vague souvenir, elle a lu quelque chose sur elle quelque part, peut-être dans le livre d'histoire des hérésies ? Ou dans une publication sur le quiétisme ? Ou dans un de ces libelles qui propagent la Sainte Inquisition en publiant les noms des suspects d'hérésie ?

Sœur Palmira, elle se souvient maintenant, c'est dans un petit livre imprimé à Rome et arrivé on ne sait comment dans la bibliothèque de la maison qu'elle a lu quelque chose. Il y avait même une caricature qui la représentait avec deux petites cornes sur la tête et une longue queue d'âne, elle s'en souvient, qui sortait de sa robe de bure et se terminait en pointe fourchue, à peu près comme celle des chiens dont madame mère avait peur.

Elle la voit monter une à une les marches de l'échafaud. Les pieds nus, les mains liées derrière le dos, le visage contracté dans une grimace bizarre, comme si cette horreur était le dernier sceau d'une résolution de paix. Derrière elle, frère Reginaldo qu'elle imagine barbu, le cou mince et la poitrine creuse, avec de grands pieds sales et calleux étroitement chaussés des sandales à la franciscaine.

Le bourreau maintenant les lie au poteau au sommet d'un monceau de bûches taillées à la hache. Deux assistants s'approchent du tas de bois avec des torches allumées. La flamme ne s'attaque pas tout de suite aux brindilles de sureau et aux roseaux brisés que quelqu'un a ramassés et liés avec des branches de saule pour faciliter l'embrasement. Une fumée blanche envahit les spectateurs les plus proches.

Sœur Palmira sent monter l'âpre odeur des fagots, et la peur lui contracte les muscles du ventre, un filet d'urine coule le long de ses cuisses. Pourtant, le martyre vient à peine de commencer. Comment tiendra-t-elle jusqu'au bout ?

Une voix très douce lui souffle le secret à l'oreille. Le secret est dans le consentement, ma chère Palmira, ne te raidis ni ne résiste, mais reçois en ton sein ces brandons de feu comme s'ils étaient des fleurs volantes, avale cette fumée comme un encens et tourne vers ceux qui t'observent un regard de pitié. Ce sont eux qui souffrent, pas toi.

Lorsque des mains brutales se tendent vers sa tête et enduisent ses cheveux de poix, sœur Palmira adresse à ses tortionnaires un regard d'amour. Ils approchent alors, avec une gravité exaltée, une torche enflammée de ses cheveux souillés, et la tête de la femme s'allume et flambe comme une couronne splendide. Et le public applaudit.

Ils veulent que sa mort fasse spectacle, et, si le Seigneur l'autorise, c'est que lui aussi le veut, de cette façon mystérieuse et profonde qu'a le Seigneur de vouloir les choses ici-bas.

Frère Reginaldo ouvre la bouche pour dire quelque chose, mais peut-être n'est-ce qu'un hurlement de douleur. Devant lui, la tête de sœur Palmira brûle comme un soleil, tandis que sa bouche, tentant de sourire, se tord et se recroqueville dans la chaleur du feu.

Marianna voit monsieur l'oncle mari installé sur une belle chaise dorée tapissée de velours violet, aux côtés des Très Saints Pères de l'Inquisition, dans leurs élégants costumes rebrodés de grappes de raisin.

La foule autour d'eux est si dense que l'on distingue à peine les visages les uns des autres. Un seul corps bariolé qui, dans une attente spasmodique, regarde en l'air, palpite, jouit.

À l'instant où la couronne de flammes a embrasé les cheveux de sœur Palmira Malaga, le grondement a éclaté. Marianna le sent vibrer dans son ventre. Monsieur l'oncle mari est maintenant penché en avant, son cou rugueux est tendu, son visage est déformé d'une crispation qu'il ne comprend pas lui-même : horreur ou soulagement ?

Marianna tend la main vers le cordon de la sonnette. Elle le tire plusieurs fois, insistante. Peu après, elle voit la porte s'ouvrir et la tête de Fila apparaître. Elle lui fait signe d'entrer. La jeune fille ne s'y risque pas, elle craint ses mouvements d'humeur. Marianna regarde ses pieds : ils sont nus. Pour ne pas l'inquiéter, elle sourit et replie son index comme elle le fait parfois avec les enfants pour les appeler près d'elle.

Fila s'approche d'une démarche hésitante. Marianna lui fait comprendre qu'elle doit l'aider à déboutonner sa robe dans le dos. Les manches, avec leurs incrustations de perles, tombent d'un bloc comme des tubes de bois. La jupe reste toute raide debout, et c'est comme si la duchesse se dédoublait : d'un côté un corps de femme mince et tremblant de hâte dans sa chemise de coton blanc, de l'autre Son Excellence Ucrìa dans ses nécessaires élégances et préciosités, enchâssée dans les brocarts rigides, qui s'incline, sourit, acquiesce, consent.

C'est le point de rencontre entre ces deux corps qui est difficile à découvrir : où l'un se reconnaît dans l'autre, où il s'en sert de bouclier, où il se montre et où il se cache pour se perdre définitivement.

Fila s'est agenouillée pour l'aider à enlever ses chaussures, mais Marianna est pressée et, pour lui faire comprendre qu'elle se débrouillera toute seule, elle l'éloigne d'un mouvement affectueux du pied. Piquée, Fila lève la tête : dans son regard couve une blessure d'amour-propre irréparable. On verra plus tard, se dit Marianna, pour l'heure elle a trop hâte. Elle ôte ses chaussures, les lance l'une à droite l'autre à gauche, attrape sa liseuse jaune d'or et s'enfonce dans le lit qui vient à peine d'être refait.

Il était temps : avant même qu'elle ait eu le temps d'arranger ses cheveux, la porte s'ouvre. L'ennui, avec la surdité, c'est que personne ne frappe avant d'entrer, puisqu'elle n'entendra pas. C'est ainsi qu'elle n'est jamais prête à la venue du visiteur du moment. Lequel ouvre grand la porte et se plante devant elle avec un sourire de triomphe, comme pour dire : me voici, vous ne m'avez pas entendu, maintenant vous me voyez.

Cette fois, il s'agit de Felice, sa petite demoiselle de fille, la nonne, élégantissime dans son costume immaculé, avec son bonnet couleur crème d'où s'échappent d'impertinentes boucles châtaines.

Felice va droit à l'écritoire de sa mère. Elle utilise la plume, le papier, l'encre du flacon d'argent. Et quelques instants plus tard, lui tend le feuillet : « Aujourd'hui autodafé. Grande fête à Palerme. Que faites-vous ? Vous ne vous sentez pas bien ? »

Marianna lit et relit le feuillet, depuis qu'elle est au couvent, Felice a amélioré son écriture. Et puis, elle a pris un air dégagé et désinvolte que n'a aucun autre de ses enfants. Elle la regarde parler avec Fila et bouger les lèvres avec une grâce sensuelle.

Sa voix est certainement très douce, se dit Marianna, elle aimerait bien pouvoir l'entendre. Parfois elle sent dans ses cavités internes un rythme qui se forme comme une pelote en mouvement, se dévide, se dénoue, s'écoule, et elle se met à battre du pied par terre suivant une harmonie lointaine, souterraine.

Elle a lu que Corelli, Stradella et Haendel étaient des merveilles d'architecture musicale. Elle a tenté d'imaginer un arc tendu, une coupole de lumières aux couleurs enchanteresses, mais ne surgissent de sa mémoire d'enfance que de vagues gribouillages sonores, hoquets de musiques enfouies, éparses. Seuls ses yeux ont le pouvoir de saisir le plaisir, mais la musique peut-elle être transformée en corps à embrasser du regard ?

« Tu sais chanter ? » écrit-elle à sa fille en lui tendant une belle feuille blanche. Surprise, Felice se retourne ; qu'est-ce que vient voir le chant là-dedans ? Toute la maison est en train de se préparer pour ce voyage à Palerme à l'occasion du grandissime spectacle de l'autodafé, et madame mère s'oublie dans des questions idiotes et hors propos : quelquefois elle se dit qu'elle est folle pour de bon, que la raison lui fait défaut. C'est peut-être parce qu'il lui manque la parole et que chaque idée devient écrit, et les écrits, on le sait, ont la pesanteur et la gaucherie laquée des choses embaumées.

Marianna devine la pensée de sa fille, avec le goût cruel de la découverte elle la précède, la poursuit : « Grand-mère est morte à moins de cinquante ans, il se pourrait que madame mère meure elle aussi bientôt... Je sais qu'elle n'a que trente-sept ans, mais elle pourrait avoir une attaque d'un moment à l'autre... au fond, c'est une diminuée... au cas où elle mourrait, elle pourrait me laisser en tout cas un gros usufruit sur l'héritage de Père... disons trois mille onces ou peut-être cinq mille... les dépenses du couvent sont de plus en plus importantes... et puis il y a la chaise à porteurs neuve avec les anges dorés et les franges de damas... je ne peux pas toujours attendre que monsieur père m'envoie la sienne... et le sucre a augmenté de cinq sous le rouleau, le saindoux de vingt, et la cire est devenue impossible : sept sous la chandelle, où prendre tout cet argent ? Ce n'est pas que je souhaite sa mort, à madame mère... parfois elle est tellement drôle, plus enfant que ses enfants, elle croit comprendre tout parce qu'elle lit tous ces livres, mais elle ne comprend absolument rien... Et puis, pourquoi Manina a-t-elle eu une dot plus importante que la mienne ? Juste pour épouser ce macaque de Francesco Chiaranda des baronats de

Magazzinasso… N'est-ce pas plus important d'être l'épouse du Christ ?… Que tout doive aller, mais vraiment tout, à Mariano est une infamie… il paraît qu'en Hollande cela ne se fait plus. Si c'est pour les dépouiller et les faire vivre sans chemise, les enfants, pourquoi en a-t-on ?… Ne serait-il pas mieux de les laisser au Paradis sous les arbres à mannes et les fontaines de vin doux ? Cette idiote de tante Fiammetta voudrait que je bêche le jardin du couvent comme les autres… "Pioche, n'es-tu pas semblable aux autres, *picciridda mia* ?" Mais une Ucrìa di Campo Spagnolo di Scannatura et di Bosco Grande peut-elle se mettre à bêcher le jardin comme une quelconque paysanne ? Elles ont de l'eau dans la cervelle, certaines abbesses, elles sont pleines de jalousie et d'envie. "Je le fais bien, moi qui suis aussi noble que toi…", dit tante Fiammetta, et il faut voir comme elle retrousse ses manches, comme elle se penche sur cette bêche en poussant du pied contre le bord en fer… une démente… on se demande où elle a pêché cet amour pour les basses besognes… le plus beau c'est qu'elle ne le fait même pas par mortification… non, elle aime ça, la bêche, elle aime la terre, elle aime se courber sous le soleil et devenir noire de peau comme une "vilaine"… va la comprendre, cette décervelée. »

« Qu'est-ce que tu apprécies dans le fait de voir brûler deux hérétiques ? » écrit Marianna à sa fille pour tenter d'arrêter ces discours frivoles et rageurs.

Bien qu'elle sache qu'il y a plus d'ingénuité que de malveillance dans ces ruminations intérieures, elle en est blessée.

« Tout le couvent de Santa Chiara sera à l'autodafé : l'abbesse, la prieure, les professes… après, il y aura prière et rafraîchissements. »

« Alors c'est pour les gâteaux, avoue. »

« Des gâteaux, elles m'en donnent tant que je veux, mes consœurs, il suffit que je demande », répond Felice furieuse en couchant le *elles* comme si elle voulait toutes les abattre d'un souffle.

Marianna s'approche pour l'embrasser en s'efforçant d'oublier ses fanfaronnades. Mais elle trouve une fille renfrognée et prompte à la repousser : se faire traiter comme si elle avait treize ans alors qu'elle en a vingt-deux lui a déplu, et elle reste là, raide, à la scruter d'un œil malveillant. « Cette chemise immense… ces culottes aux genoux… des choses du siècle dernier… vieux, démodé… à trente-sept ans avec des filles adultes, qu'est-ce qu'elle croit ?… Dans sa tête noire et sourde elle est plus vieille que monsieur père qui en a soixante-dix. Lui, avec ce corps long et étroit il a l'air d'avoir un pied dans la tombe, mais il a gardé la fraîcheur du regard, tandis qu'elle, avec ces vêtements d'Infante d'Espagne, avec ces cols qui ressemblent à des bavoirs, elle a quelque chose de rance qui la pousse irrémédiablement vers le passé… ces bottines lacées à la Habsbourg, ces bas laiteux… les mères de mes amies portent des bas colorés tissés de fils d'or et des nœuds brillants à la taille, des jupes souples rebrodées de petites couronnes, des chaussures fines découvertes, à bout pointu décoré d'arabesques… »

Comme il lui arrive souvent, une fois saisi le fil des pensées, Marianna n'arrive plus à le lâcher, elle se le tourne entre les doigts, l'étirant et le nouant à ses propres idées.

Une envie rageuse de corriger sa fille pour ce bavardage intérieur trop brutalement désinvolte lui fait trembler les mains. Mais en même temps, le désir de lui demander de nouveau de chanter la pousse vers l'écritoire. Elle est sûre que d'une façon ou d'une autre elle arriverait à l'entendre et déjà elle sent la légèreté virevoltante de cette voix dans ses oreilles murées.

18.

« L'intellect, lorsqu'il agit seul et selon ses principes les plus généraux, se détruit entièrement lui-même... Ce n'est que par le moyen de cette singulière et apparemment vulgaire propriété de l'imagination par laquelle nous entrons avec difficulté dans les aspects les plus cachés des choses que nous nous épargnons ce scepticisme total... »

Le menton appuyé sur la main, Marianna lit. Un de ses pieds se réchauffe sur l'autre en se protégeant sous une couverture des courants d'air glacés qui filtrent à travers les fenêtres closes. Qui a bien pu laisser ce cahier à couverture marbrée dans la bibliothèque ? Est-ce son frère Signoretto qui l'aurait rapporté de Londres ? Il en est rentré il y a quelques mois et il est venu deux fois à Bagheria avec des cadeaux d'Angleterre. Mais ce cahier, elle ne l'avait jamais vu. Peut-être est-ce l'ami de Mariano qui l'a oublié, ce petit jeune homme à tête noire, né à Venise de parents anglais et qui a parcouru la moitié du monde à pied ?

Il est resté quelques jours à Bagheria, installé dans la chambre de Manina. Un garçon insolite : il se levait à midi parce qu'il passait ses nuits à lire. Le matin, les draps étaient tout collés de cire. Il prenait les livres dans la bibliothèque, puis il oubliait de les y remettre. Près de son lit une pile haute comme le bras s'était formée. Il mangeait beaucoup, gourmand des spécialités siciliennes : *caponata, pasta aile sarde, sfiuncini*[1] à l'oignon et l'origan, sorbets au jasmin et aux raisins de Damas.

Tout noir de cheveux, il avait cependant la peau très claire et il suffisait d'un peu de soleil pour lui faire peler le nez. Mais comment s'appelait-il ? Dick, Gilbert ou Jérôme ? Elle ne parvient pas à s'en souvenir. Même Mariano l'appelait par son nom de famille : Grass, qu'il prononçait avec trois S.

C'est sûr, ce petit cahier appartenait au jeune Grass qui venait de Londres et allait à Messine pour un voyage « de réflexion » comme il disait. À cause de son habitude de lire au lit avec la bougie posée sur le drap, Innocenza ne le supportait pas. Monsieur l'oncle mari le tolérait, mais le regardait avec suspicion. Lui, l'anglais il l'avait appris quand il était enfant, mais il avait toujours refusé de le parler. Alors il l'avait oublié.

---

1. *Caponata*, aubergines frites avec des olives et des céleris à la sauce tomate ; *pasta alle sarde*, pâtes aux sardines et aux piments doux ; *sfiuncini*, sortes de pizzas très épaisses avec des oignons et des tomates.

Avec elle, Grass communiquait rarement, par des billets nets et bien écrits. Ce n'est qu'à la fin qu'ils avaient découvert qu'ils aimaient les mêmes livres. Et leur correspondance était soudain devenue dense et fournie.

Marianna feuillette le cahier et s'arrête stupéfaite : sur la première page en bas, une dédicace à la plume en caractères minuscules « À celle qui ne parle pas, parce qu'elle abrite dans son vaste esprit ces pensées qui me sont proches. »

Mais pourquoi l'avait-il caché parmi les livres de la bibliothèque ? Grass savait qu'elle était seule à toucher les livres. Mais il savait aussi que de temps en temps monsieur l'oncle mari venait contrôler. C'était donc un cadeau clandestin, dissimulé de manière à ce qu'elle le trouve après le départ de son hôte, dans la solitude.

« Avoir le sens de la vertu ne signifie rien d'autre qu'éprouver une satisfaction particulière dans la contemplation de certaines qualités… et c'est justement dans cette satisfaction devant la qualité que nous observons que réside notre éloge ou notre admiration. Nous n'allons pas au-delà, nous ne cherchons pas la cause de la satisfaction. Nous ne décidons pas qu'une qualité est vertueuse parce qu'elle nous plaît, mais c'est en sentant qu'elle nous plaît d'une certaine particulière façon que nous ressentons qu'en effet elle est vertueuse. Ceci se produit également dans nos jugements sur toutes les sortes de beauté, de goûts et de sensation. Notre approbation est implicite dans le plaisir immédiat que les choses nous donnent. » Dessous en petit, à l'encre verte un nom : David Hume.

Le raisonnement chemine sur les sentiers enchevêtrés de l'esprit de la duchesse, déshabituée à penser selon un ordre précis, radical. Elle doit relire deux fois pour entrer dans le rythme de cette intelligence débordante, si différente des autres intelligences qui l'ont élevée. « Nous ne parlons ni avec rigueur ni avec philosophie lorsque nous parlons d'une lutte entre la passion et la raison. La raison est et doit être esclave des passions et ne peut revendiquer en aucun cas une fonction autre que celle de les servir et de leur obéir. »

Précisément le contraire de ce qu'on lui a enseigné. La passion n'est-elle pas cet encombrant sac de nœuds duquel s'échappent des éclats d'avidité à tenir cachés ? Et la raison n'est-elle pas cette épée que chacun garde au côté pour décapiter les spectres du désir et imposer la volonté de la vertu ? La lecture d'une seule phrase de ce petit livre horrifierait monsieur l'oncle mari. Déjà à l'époque de la guerre de Succession en Espagne il avait déclaré que « le monde devient une horreur » et cela à cause de gens comme Galilée, Newton, Descartes qui veulent « forcer la nature au nom de la science, mais qui en réalité veulent se l'approprier pour en user à leur façon, en fous présomptueux, en traîtres » !

Marianna referme d'un coup le cahier. Elle le glisse instinctivement dans les plis de sa robe. Puis elle se rappelle que le duc Pietro est à Palerme depuis hier, et le ressort. Elle le porte à ses narines, il a une bonne odeur de papier neuf et d'encre de bonne qualité. Elle l'ouvre et, entre les pages, trouve un dessin en couleurs : un homme d'une trentaine d'années avec un turban de velours rayé lui couvrant les tempes. Un visage large, satisfait, les yeux qui regardent vers le bas comme pour dire que tout le savoir vient de la terre sur laquelle nos pieds reposent.

Les lèvres sont légèrement entrouvertes, les sourcils sombres et épais suggérant une capacité de concentration presque douloureuse. Le double menton évoque un monsieur qui mange à satiété. Le cou délicat, souplement entouré d'une écharpe de toile blanche, sort d'un gilet à ramages que recouvre une redingote parsemée de grands boutons d'os.

Là aussi l'écriture minuscule de Grass a tracé un nom : « David Hume, un ami, un philosophe trop inquiet pour être aimé, sinon par des amis parmi lesquels je me flatte de compter aussi l'amie à la parole interrompue. »

Vraiment bizarre ce Grass. Pourquoi ne le lui avait-il pas donné en main propre au lieu de le lui faire découvrir un mois après son départ, caché parmi des récits de voyages ? « Quelle n'est pas notre déception quand nous apprenons que les connexions de nos idées, les liens, les énergies sont simplement en nous-mêmes et ne sont rien d'autre qu'une disposition de l'esprit. »

Comme vous y allez, monsieur Hume ! Autant dire que Dieu est une « disposition de l'esprit... ». Marianna se trouble et cache de nouveau le cahier entre les plis de sa jupe. Pour une pensée semblable, exprimée à haute voix, on peut finir brûlé par la volonté des Très Saints Pères de l'Inquisition qui occupent le grand palais Steri de la Piazza Marina. « Une disposition de l'esprit acquise par habitude... » Elle avait lu quelque chose de similaire sur un billet écrit de la main de monsieur père, lequel était, par ailleurs, un homme respectueux des traditions. Mais avec ces traditions il se permettait de temps à autre de jouer, par pur divertissement, en plissant les lèvres en un sourire capricieux de mécréant. « Toute fourmi aime son trou... elle y place ses possessions, dans ce trou, et sa morale, le tout ne faisant plus qu'un : morale et garde-manger, père et fils... »

Madame mère jetait un coup d'œil sur les phrases rédigées par son mari sur le cahier de sa fille, portait à son nez une prise de tabac, sursautait, se versait une demi-bouteille d'eau de Nanfa pour rincer le poisseux du tabac. Qui sait ce qu'il y avait dans la tête de la très douce madame mère, toujours langoureusement penchée sur son épaule ? Est-il possible qu'elle soit entrée d'un côté et sortie de l'autre sans s'être arrêtée ? En proie elle aussi à « une disposition de l'esprit acquise par habitude » ? Avec cette tendance à paresser dans un lit défait, dans un fauteuil et jusque dans la robe dans laquelle elle se calait, pressant ses chairs molles contre les baleines, les agrafes et même les boutonnières. Une paresse plus profonde que le fond noir d'un puits, une torpeur qui la contenait comme une gousse de caroube contient la graine dure, lisse, couleur de nuit. Dans ses écorces brunes et sombres, elle était douce, madame mère, comme la graine de caroube justement, depuis toujours liée sans résistance à son petit cosmos familial. Amoureuse de son mari au point de s'oublier. Elle s'était arrêtée avec un pied dans le vide et, pour ne pas tomber, s'était assise pour admirer, fascinée, le désert devant elle.

La voix de madame mère, comment pouvait-elle être ? À tenter de l'imaginer il vient à l'esprit une voix profonde, aux vibrations basses, égrenées. Difficile d'aimer quelqu'un dont on ne connaît pas la voix. Pourtant, elle a aimé son père sans jamais l'avoir entendu parler. Un goût légèrement amer se répand sur sa langue, se diffuse sur son palais : serait-ce le remords ?

« Si nous appelons habitude ce qui procède d'une répétition antérieure sans aucun nouveau raisonnement ni déduction, nous pouvons établir comme vérité certaine que chaque croyance, laquelle découle d'une impression présente, trouve en celle-ci son unique raison d'être. »

Comment dire que la certitude, toutes certitudes, doivent être jetées aux orties et que c'est l'habitude qui nous tient en sujétion en feignant de nous éduquer. Telles seraient les gloires que nous ressasserions ?

Elle aimerait bien le connaître, ce monsieur Hume, avec son turban vert pâle, ses épais sourcils noirs, son regard souriant, son double menton et ses gilets fleuris.

« La croyance et l'assentiment qui accompagnent toujours la mémoire et les sens ne consistent pas en autre chose que la vivacité de leurs perceptions, et ce n'est qu'en cela que celles-ci se distinguent des idées de l'imagination. Croire est, dans ce cas, recevoir une impression immédiate des sens ou la répétition de cette impression dans la mémoire. »

Diable de logique, pétulante, obstinée ! Elle ne peut s'empêcher de sourire d'admiration. Un coup de fouet salutaire dans une intelligence comme la sienne qui a jusqu'ici étourdiment erré entre les romans d'aventures, les livres d'amour, les livres d'histoire, la poésie, les almanachs, les fables. Une intelligence abandonnée à l'incurie des antiques certitudes, oui, au goût d'aubergines en conserve. Ou peut-être est-ce son interrogation permanente sur sa mutilation qui l'a écartée d'autres jugements plus profonds et substantiels ? « Comme il y a certainement une grande différence entre le simple concept de l'existence d'un objet et la croyance en celui-ci, et puisque cette différence ne réside pas dans les parties ni dans le tout de l'idée que nous concevons, il s'ensuit que celle-ci doit résider dans la façon dont nous la concevons. »

Penser la pensée, voilà quelque chose de téméraire qui la tente comme un exercice auquel se livrer secrètement. Monsieur Grass, avec toute l'impertinence d'un jeune homme studieux, s'est mis à arpenter les champs de son intelligence. Et en plus, il a amené un ami : monsieur David Hume, avec son turban ridicule. Et ils veulent lui embrouiller les idées. Mais ils n'y arriveront pas.

Mais quel est ce mouvement de jupe à la porte ? Quelqu'un est entré dans la bibliothèque sans qu'elle s'en aperçoive. Mieux vaut cacher le cahier à la couverture marbrée, pense Marianna, mais elle se rend compte que c'est trop tard.

Fila avance, avec un verre et une carafe sur un plateau. Elle esquisse une légère révérence, pose son plateau sur la table couverte de papiers, soulève malicieusement les plis de sa robe grise pour montrer qu'elle a mis des chaussures, puis s'appuie au chambranle en attendant un ordre, un signe.

Marianna contemple cette tête ronde et fraîche, ce corps mince. Elle a presque trente ans, Fila, mais on dirait encore une enfant. « Je te la donne, elle est à toi », avait écrit monsieur père. Mais où est-il écrit que les personnes peuvent se donner, se prendre, se jeter comme des chiens ou des petits oiseaux ? « Quelles bêtises tu dis, écrirait monsieur l'oncle mari, Dieu n'a-t-il pas fait les seigneurs et le peuple, les chevaux et les chèvres ? » Cette interrogation sur l'égalité ne serait-elle pas l'une des graines indigestes envolées des pages du petit cahier de Grass pour bouleverser son opaque cervelle de muette ?

D'ailleurs, qu'a-t-elle en propre qui ne soit la suggestion d'autres esprits, d'autres constellations d'idées, d'autres volontés, d'autres intérêts ? Une répétition de simulacres qui semblent vrais parce qu'ils bougent comme des lézards hésitants sous le soleil de l'expérience quotidienne.

Marianna revient à son cahier, ou plutôt à la main qui tient le cahier, si précocement abîmée : ongles cassés, articulations rugueuses, veines saillantes. Pourtant, c'est une main qui ne connaît pas l'eau de vaisselle, une main habituée au commandement. Mais aussi à l'obéissance, dans une chaîne d'obligations et devoirs qu'elle a toujours crue fatale. Que dirait ce monsieur Hume, avec son séraphique turban oriental, d'une main aussi disposée à la hardiesse et aussi encline à la sujétion ?

19.

Du fouillis des vieilles malles et des bonbonnes d'huile surgit une vieille toile noircie et poussiéreuse. Marianna la tire à elle, la nettoie avec la manche de sa robe et s'aperçoit que ce n'est autre que le portrait de ses frères et sœurs, peint par elle quand elle avait treize ans. C'est le tableau interrompu le matin où elle avait été appelée pour voir Tutui dans la cour de la *casena*, le jour même où madame mère lui avait annoncé qu'elle devrait épouser l'oncle Pietro.

L'ombre noire qui recouvre la toile s'écarte, apparaissent des visages clairs, aux couleurs passées : Signoretto, Geraldo, Carlo, Fiammetta, Agata, la splendide Agata qui semblait se réserver un destin de reine.

Plus de vingt-cinq ans se sont écoulés : Geraldo est mort dans un accident, voiture contre un mur, le corps projeté en l'air puis s'écrasant au sol, une roue en travers de la poitrine. Tout cela pour une question de préséance. « Faites place, j'ai droit de priorité. » « Quel droit, rappelez-vous que je suis Grand d'Espagne ! » Il a été ramené à la maison sans une goutte de sang sur les vêtements mais le cou brisé.

Ainsi qu'il en avait le dessein, Signoretto est devenu sénateur. Après des années de célibat, il a épousé, à la grande émotion de la famille scandalisée, une marquise déjà veuve, plus vieille que lui de dix ans. Mais il est vrai que lui, l'héritier des Ucrìa di Fontanasalsa, peut se permettre ce genre de choses.

Marianna a une certaine sympathie pour cette belle-sœur sans préjugés qui n'a cure du scandale, cite Voltaire et Mme de Sévigné, fait venir ses robes de Paris et héberge chez elle un maître de musique qui est aussi, on le murmure, « son sigisbée ». Un petit jeune homme qui, outre le français et l'anglais, connaît bien le grec et ne manque pas d'esprit. Il lui est arrivé de les voir ensemble, lui et elle, à des bals de Palerme, en ces rares occasions où elle y a été entraînée par son mari : elle en mantelet damasquiné couvert de volants, lui serré dans une redingote bleue aux brandebourgs d'argent intentionnellement blanchi.

Signoretto ne s'offusque pas de cette fréquentation. Il se vante même que son épouse a un accompagnateur privé et fait comprendre qu'en fin de compte il ne s'agit que d'un garde du corps qu'il lui a attribué lui-même et qui n'est d'ailleurs que comme un « chanteur à la mode du XVIIe siècle », c'est-à-dire un castrat. Mais beaucoup doutent que cela soit vrai.

Fiammetta est devenue chanoinesse du couvent des carmélites de sainte Thérèse. Ses épais cheveux châtains sont serrés dans une coiffe qui glisse parfois, surtout quand elle cuisine. Ses mains sont devenues grandes et larges, accoutumées qu'elles sont à transformer le cru en cuit, le froid en chaud, le liquide en solide. Ses dents qui se chevauchent donnent une impression de joyeux désordre dans une bouche toujours prête à rire.

Agata a continué à se dessécher. Comme elle a commencé à douze ans et qu'elle continue, on ne sait même plus combien d'enfants elle a eus, entre les morts et les vivants. Chaque année elle est enceinte et, s'il n'en mourait pas une bonne partie avant même de voir le jour, elle en aurait une armée.

Le goût des couleurs sur la langue. Marianna porte le tableau près de la fenêtre et se remet à le frotter avec sa manche pour en ôter la patine opaque qui le rend indéchiffrable. Dommage d'avoir perdu la pratique des couleurs. Mais c'est arrivé sans vraie raison, à la naissance de sa première fille. Un regard critique de monsieur l'oncle mari, un mot ironique de sa mère, les pleurs d'une des petites filles : elle avait rangé ses pinceaux et ses petits tubes dans la boîte laquée que lui avait offerte monsieur père et ne les en avait retirés que plusieurs années après, alors que sa main avait déjà perdu sa docilité.

Le bleu gentiane, quel goût avait le bleu gentiane ? Sous l'odeur de la térébenthine, de l'huile et du chiffon gras, filtrait un parfum unique, absolu. En fermant les yeux, elle pouvait le sentir entrer dans sa bouche, se poser sur sa langue et y déposer un goût curieux, d'amandes pilées, de pluie de printemps, de vent marin.

Et le blanc, plus ou moins lisse, plus ou moins granuleux ? Le blanc des pupilles sur fond sombre, peut-être les yeux impudiques et insolents de Geraldo, le blanc des mains délicates d'Agata, les blancs oubliés qui dormaient sur cette toile sale et maintenant, après le passage de la manche, se montrent timidement, avec l'inconsciente hardiesse des témoins du passé.

Quand elle a peint cette toile, la villa n'existait pas encore. À sa place, la *casena*, le pavillon de chasse construit par l'arrière-grand-père presque un siècle auparavant. Du jardin on ne pouvait rejoindre l'oliveraie que par un petit chemin de chèvres, et Bagheria n'existait pas encore en tant que village, mais se composait des habitations du personnel de Villa Butera, d'écuries, de dépendances, de pauvres petites chapelles que le prince faisait construire, à quoi s'ajoutaient chaque année de nouvelles écuries, de nouvelles dépendances, de nouvelles églises et de nouvelles villas d'amis et parents de Palerme.

« Bagheria est née d'une trahison », avait écrit grand-mère Giuseppa quand elle s'était mis en tête d'enseigner l'histoire de la Sicile à sa petite-fille sourde-muette. « Au temps de Philippe IV, ou plutôt à la mort de ce roi, une dispute éclata en Espagne pour la succession, de tous ses neveux on ne savait pas qui devait devenir roi car il n'avait pas de fils. »

Une écriture petite, contractée, contrainte. L'aïeule, comme beaucoup de femmes de la noblesse à l'époque, était à demi analphabète. En réalité, elle avait appris à écrire pour « entrer dans la caboche de sa petite-fille muette ».

« Le pain devenait tous les jours plus cher, *figghiuzza*, toi, tu ne sais pas ce qu'était la faim des gens qui mangeaient de la terre pour se remplir le ventre, on mangeait même la balle du son comme les cochons, des glands, on mangeait ses ongles, comme toi qui es une petite idiote sans discernement. Il n'y a pas de famine ici en ce moment, alors laisse tes ongles tranquilles ! »

Parfois, elle lui ouvrait la bouche avec deux doigts, elle lui scrutait la denture, puis écrivait : « Pourquoi tu ne parles pas, pourquoi, petite idiote ? Tu as un beau petit palais tout rose, de belles dents solides, deux petites lèvres parfaites, alors pourquoi ne dis-tu pas un mot ? »

Mais elle, elle voulait entendre les histoires de sa grand-mère Et la vieille Giuseppa, pour qu'elle ne s'échappe pas, se décidait à écrire sur le cahier, en bataillant avec l'encre et la plume.

« À cette époque-là, quand on marchait sur les trottoirs de Palerme, on butait sur des gens dont on ne savait pas s'ils dormaient, s'il rêvaient ou s'ils mouraient de faim. Il y avait des pénitences publiques sur ordre de l'archevêque, et les gens s'agenouillaient sur des morceaux de verre et se fustigeaient au milieu de la place. Il y avait même des princesses qui, par pénitence, recevaient dans leur propre maison des putains notoires et les nourrissaient du peu qu'elles avaient.

« Mon père et ma mère s'enfuirent dans le fief de Fiumefreddo où ils attrapèrent les fièvres d'estomac. Pour que je ne les attrape pas moi aussi, ils me renvoyèrent avec la nourrice ; de toute façon, disaient-ils, qu'est-ce qu'ils pourraient lui faire à une *picciridda* ?

« C'est ainsi que je me retrouvai toute seule à Palerme dans le palais vide quand les révoltes pour le pain éclatèrent. Un certain La Pilosa criait partout que c'était la guerre des pauvres contre les riches. Et ils se mirent à brûler les palais.

« Et brûle que je te brûle, tout le monde avait la tête noire de fumée, et La Pilosa, qui était le plus noir, au point qu'il ressemblait à un taureau d'Espagne, fonçait contre les barons et les princes. C'est la nourrice qui me le racontait, et elle avait une grande peur qu'ils viennent au palais Gerbi Mansueto. Et de fait, ils vinrent. Ciccio Rasone, le portier, leur dit qu'il n'y avait personne. “Tant mieux, dirent-ils, on n'aura pas besoin de saluer Ses Excellences.” Et, le chapeau sur la tête, ils montèrent dans les étages, emportèrent les tapis, l'argenterie, les horloges de vermeil, les tableaux, les vêtements, les livres, ils firent un bûcher et brûlèrent tout, absolument tout. »

Marianna voyait les flammes s'élever au-dessus de la maison et imaginait que sa grand-mère en avait été effrayée, mais elle n'osait pas le lui demander par écrit. Et s'il s'avérait qu'elle était morte et que celle qui lui parlait n'était en fait que l'un de ces fantômes qui peuplaient les nuits placides de madame mère ?

Mais la grand-mère Giuseppa, comme devinant les pensées de sa petite-fille, éclatait d'un rire ample et joyeux et se remettait fougueusement à écrire.

« De terreur, la nourrice finit par s'enfuir. Mais moi, je ne savais rien ; je dormais tranquille dans mon lit quand ils ouvrirent la porte et s'approchèrent : "Qui c'est, celle-là ?" dirent-ils. "Je suis la princesse Giuseppa Gerbi di Mansueto", leur dis-je, moi qui étais encore plus bête que toi. C'est comme ça qu'on m'avait éduquée, et je portais mon orgueil comme une chasuble d'argent que tout le monde devait admirer. Ils me regardent et ils me font : "Ah oui, alors nous, la princesse, on lui coupe la tête et on la porte en procession." Et moi, de plus en plus stupide et abrutie, je dis : "Si vous ne vous en allez pas, misérables, j'appelle les dragons de monsieur mon père."

« Ma chance fut qu'ils se mirent à rire : "Une crotte de bique qui fait son paladin", dirent-ils en riant tellement qu'ils en postillonnaient de tous les côtés, encore aujourd'hui sur les tapisseries du palais Gerbi à Cassaro on peut voir les traces de ces postillons. »

À ce moment-là, renversant la tête en arrière, elle riait elle aussi, puis se remettait à s'inquiéter de la surdité de sa petite-fille, écrivant : « Il y a bien un trou dans tes jolies petites oreilles, je vais essayer de souffler, tu n'entends rien ? »

La petite fille secouait la tête et riait, contaminée par l'allégresse de sa grand-mère qui écrivait : « Tu ris, mais sans aucun bruit, il faut souffler ; souffle, ouvre la bouche et envoie un son par la gorge, comme ça, ah, ah ah... *figghiuzza mia*, tu es une calamité, tu n'apprendras jamais. »

Avec une patience de chartreuse, l'aïeule écrivait tout. Pourtant, ce n'était pas une nature patiente. Elle aimait courir, danser. Elle dormait peu, passait des heures dans la cuisine à regarder les cuisiniers travailler, mettant même parfois la main à la pâte. Elle s'amusait à bavarder avec les femmes de chambre, se faisait raconter leurs histoires d'amour, elle savait jouer du violon et même de la flûte, c'était un prodige, la grand-mère Giuseppa.

Mais, comme tous le savaient dans la famille, il y avait un « mais » de la grand-mère Giuseppa, les jours sombres où elle s'enfermait dans sa chambre et ne voulait voir personne. Elle restait enfermée avec un linge sur la tête et ne voulait ni boire ni manger. Quand elle sortait, le grand-père la tirant par le bras, elle était comme ivre.

Marianna avait du mal à unifier ces deux personnes, deux femmes distinctes pour elle, l'une amie, l'autre ennemie. Quand elle traversait ses périodes de « mais », la grand-mère Giuseppa devenait distante, presque brutale. De plus, elle refusait de parler ou d'écrire et, si la petite fille la tirait par la manche, elle attrapait rageusement la plume et griffonnait : « Muette et stupide, mieux vaut morte que Marianna. » Ou bien : « Tu vas finir comme La Pilosa, espèce de muette empoisonnante. » Ou encore : « D'où sors-tu, espèce de muette ? Tu fais peine à voir, mais moi je n'en ai que faire. » Et elle lui jetait grossièrement la feuille à la figure.

Aujourd'hui, elle regrette de ne pas les avoir conservés, ces feuillets pleins de fiel. Ce n'est qu'après sa mort qu'elle avait compris que ces deux femmes aussi différentes étaient une seule et même personne, car elles lui avaient manqué toutes les deux en un unique sentiment de deuil.

La Pilosa, elle savait comment il avait fini, car elle le lui avait écrit plus d'une fois avec un certain plaisir malin : « Coupé en morceaux par des tenailles rougies. » Et elle poursuivait : « Papa et maman revinrent avec le visage grêlé, et moi, je devins une héroïne… » Et elle riait, jetant la tête en arrière comme une femme du peuple, effrontément.

« Et la trahison d'où naquit Bagheria, grand-mère Giuseppa ? »

« Tu as beau manquer d'oreilles et de langue, tu deviens bien curieuse… Qu'est-ce que tu veux savoir, *cucuredda* ? La trahison de Bagheria ? Mais c'est une longue histoire, je te la raconterai demain. »

Le lendemain, c'était encore demain. Et puis entre-temps arrivait sa période de « mais », et la grand-mère s'enfermait dans sa chambre des jours et des jours sans même mettre le bout de son nez dehors. Enfin, un matin où le soleil venait à peine de sortir des gros nuages, tout neuf et frais comme un jaune d'œuf, et avait égayé le palais de la via Alloro, la grand-mère s'était assise au bureau et lui avait rédigé de son écriture petite et rapide l'histoire de la fameuse trahison.

Elle respirait mal, comme si l'air lui manquait et que sa poitrine voulait sortir du corset qui la comprimait aux aisselles. Sa peau se marbrait de rouge, pourtant, son « mais » s'était éloigné en même temps que le vent poussiéreux qui montait de l'Afrique, et elle était de nouveau prête à rire et à raconter des histoires.

« La gabelle, tu sais ce que c'est ? Ça ne fait rien, et l'octroi ? Même pas ça ? Tu es une imbécile... Donc le vice-roi Los Veles en pissait dans sa culotte de trouille parce qu'au mois de mai il y avait eu La Pilosa et en août l'horloger, un beau parleur lui aussi, qui commandait à tous les gueux qui voulaient du pain et se révoltaient pour ça. Mais l'horloger était plus dévoué au roi d'Espagne et à l'Inquisition. Alesi, car c'est ainsi que s'appelait l'horloger, avait su arrêter la populace qui volait, mangeait, brûlait, il n'avait pas le visage noir, cet horloger, et les princesses se mirent en quatre pour lui offrir des présents : plateaux d'argent, courtepointes de soie, bagues de diamant. Jusqu'à ce qu'il se monte la tête et se croie beau et fort comme le roi de toutes les Autriche : il se fit nommer maire à vie, capitaine général, illustrissime prêteur, il fallait lui faire la révérence, et il faisait le tour de Palerme avec un fusil dans chaque main et un monceau de couronnes de roses sur la tête.

« Le vice-roi revint d'Espagne et demanda : "Qu'est-ce qu'il veut ?" "Abaisser le prix du grain, Excellence." "Eh bien, nous l'abaisserons, répondit-il, mais ce bouffon doit disparaître." Alors ils l'attrapèrent, l'égorgèrent puis le jetèrent à la mer, sauf la tête qui fut promenée au bout d'une pique à travers toute la ville.

« Deux ans après, une autre révolte éclata, le 2 décembre 1649, et cette fois y participaient des grands barons qui voulaient rendre l'île indépendante et s'emparer des terres du roi ; il y avait même un avocat du nom d'Antonio Del Giudice qui voulait lui aussi l'indépendance. Et des prêtres, des nobles très dignes avec d'innombrables carrosses faisaient partie de cette grande révolte. Même mon père y était, ton arrière-grand-père qui s'enflamma pour une nouvelle Sicile libre. Ils se retrouvaient en cachette dans la maison de cet avocat Antonio et tenaient de grands discours sur la liberté. Mais peu de temps après, ils se divisèrent en deux factions, ceux qui voulaient mettre à la place du vice-roi le prince don Giuseppe Branciforti et ceux qui voulaient y mettre don Luigi Moncada Aragona di Montalto.

« Le prince Branciforti, qui était susceptible, se pensa trahi à cause de certains bruits qui circulaient et il trahit à son tour en dénonçant le complot au père jésuite Giuseppe Des Puches. Lequel immédiatement souffla la chose au Saint-Office, qui le fit savoir au capitaine de Justice de Palerme lequel le rapporta au vice-roi.

« Aussitôt dit, aussitôt fait, ils les prirent tous et les torturèrent au fer rouge. Ils coupèrent la tête de l'avocat Antonio et la plantèrent aux Quattro Canti. Ils coupèrent aussi la tête du comte Recalmuto et de l'abbé Giovanni Caetani qui n'avait que vingt-deux ans. Mon père ne fit que deux jours de prison, mais il sacrifia une grande quantité d'argent pour pouvoir garder la tête sur les épaules.

« Quant à don Giuseppe Banciforti Mazzarino, il fut pardonné pour avoir dénoncé Moncada. Mais il était triste, la politique l'avait déçu, et il vint se retirer à Bagheria où il avait ses terres. Il se construisit une villa somptueuse et fit graver sur le frontispice : "Ya la speranza es perdida/Y un sol bien me consuela/Que el tiempo que pasa y vuela/Llevarà presto la vida[1]."

1. « Désormais, l'espoir est perdu / et un seul bien me console / car le temps qui passe et s'envole / emportera prestement la vie. »

« C'est ainsi que naquit Bagheria, petite Marianna, pauvre petite muette, à cause de la trahison d'une ambition. Mais il s'agissait d'une trahison princière, et c'est pourquoi le Seigneur ne la punit pas comme Sodome et Gomorrhe par la destruction mais la fit au contraire si belle et attirante que tout le monde la veut, cette terre parée de pierres précieuses entre les vieux monts de Catafano, Giancaldo et Consuono, la plage d'Aspra et la merveilleuse pointe de Capo Zafferano. »

20.

« Je n'en veux pas, de l'oncle, dites-le-lui, vous, madame mère. » Le billet est écrasé contre les doigts de Marianna.

« Ta mère aussi a épousé un oncle », répond monsieur l'oncle mari à sa fille.

« Mais elle, elle était muette, personne n'en voulait. » Tout en écrivant, Giuseppa regarde sa mère comme pour dire : pardonne-moi, ce sont les dernières armes dont je dispose pour défendre ma volonté.

« Ta mère est muette, mais elle est plus cultivée que toi, toi, tu es comme un pied de ciboulette, pas une once de sagesse. Et en plus, elle était plus séduisante que toi, ta mère, belle et royale. » C'est la première fois que Marianna lit un compliment de monsieur l'oncle mari et elle en reste si stupéfaite qu'elle ne trouve rien à dire pour défendre sa fille.

De façon tout à fait inattendue, Signoretto vient en aide aux deux femmes. Depuis qu'il a épousé la Vénitienne, il est devenu tolérant. Il a pris des manières ironiques qui rappellent celles de monsieur père.

Marianna le voit discuter, ouvrant et fermant les bras, avec monsieur l'oncle mari. Lequel lui fait sûrement remarquer que Giuseppa a déjà vingt-trois ans et qu'il est inconcevable qu'à cet âge elle ne soit pas encore mariée. Il lui semble voir le mot « vieille fille » revenir plusieurs fois sur les lèvres du duc. Et Signoretto, utilise-t-il l'argument de la liberté dont il fait grand cas depuis quelque temps dans ce genre de circonstance ? Lui rappelle-t-il que l'arrière-grand-père Edoardo Gerbi di Mansueto a fait de la prison pour défendre sa liberté, et aussi la nôtre ?

Signoretto se vante beaucoup de cette gloire familiale. Mais la chose ne fait qu'irriter son beau-frère. Pour être cohérent avec les idées d'« indépendance », le frère de Marianna adopte une attitude permissive envers les femmes de la famille. Il autorise ses filles à étudier en même temps que leurs frères, ce qui aurait été absolument inconcevable vingt ans auparavant.

À cela monsieur l'oncle mari répond avec mépris que Signoretto, « avec ses sottises, est en train de manger tout son bien et qu'il ne laissera à ses enfants, si instruits, que le savoir et les larmes ».

Entre son oncle et son père qui se disputent, Giuseppa a l'air parfaitement satisfaite. Peut-être y arrivera-t-elle, à ne pas épouser l'oncle Gerbi. C'est alors que sa mère intercédera en sa faveur pour Giulio Carbonelli, l'ami d'enfance de son âge, son fiancé secret depuis des années.

Au bout d'un moment, ils disparaissent tous les trois vers le salon jaune. Avec le plus grand naturel, ils l'ont oubliée. Ou peut-être l'idée de continuer à discuter devant une muette qui scrute leurs lèvres les indispose-t-elle. Toujours est-il qu'ils ferment la porte, la laissant seule comme si la chose ne la concernait plus.

Un peu plus tard, Giuseppa revient pour l'embrasser. « J'ai gagné, maman, j'épouse Giulio. »

« Et monsieur père ? »

« C'est Signoretto qui l'a convaincu. Plutôt que de me laisser vieille fille, il accepte Giulio. »

« Malgré sa réputation de fainéant et son manque de fortune ? »

« Oui, il a dit oui. »

« Il va falloir faire les préparatifs. »

« Pas de préparatifs. Nous nous marierons à Naples, sans réception… ça ne se fait plus, ces vieilleries… pensez, une réception, avec tous ces amis emperruqués de monsieur l'oncle père… Nous nous marions à Naples et nous partons immédiatement pour Londres. »

Là-dessus, Giuseppa s'est envolée vers la porte, laissant derrière elle un tendre parfum de sueur et de fleur de lavande mêlées.

Marianna se souvient qu'elle a dans sa poche une petite lettre de sa fille Manina qu'elle n'a pas encore lue. Elle dit seulement : « Je vous attends pour l'Ave Maria. » Mais l'idée d'aller à Palerme ne lui sourit guère. Manina a appelé son dernier fils Signoretto, comme son grand-père. Il ressemble beaucoup au petit Signoretto mort de la variole à quatre ans. De temps à autre, Marianna se rend à Casa Chiaranda, à Palerme, pour tenir dans ses bras ce petit-fils à l'air fragile et vorace. L'impression de serrer sur sa poitrine le petit Signoretto est si forte que, déchirée, elle le repose brusquement et s'enfuit…

Si Felice l'accompagnait… mais Felice, après avoir été novice pendant des années, a définitivement pris le voile au cours d'une cérémonie qui a duré dix jours. Dix jours de festivités, de distribution d'aumônes, de messes, déjeuners et dîners somptueux.

Entre les dots, les provendes, les liqueurs et les chandelles, monsieur l'oncle mari a dépensé plus de dix mille écus pour l'entrée au couvent de sa fille. Une fête dont tout le monde en ville se rappelle la magnificence. Au point que le vice-roi, comte Giuseppe Griman, chef du royaume, en a pris ombrage et a fait éditer un libelle pour admonester les nobles qui dépensent trop et se couvrent de dettes et défendre que les fêtes monacales durent plus de deux jours. Ce dont, naturellement, personne ne tient compte à Palerme.

Qui peut s'y soumettre ? La grandeur des nobles consiste justement à mépriser les comptes, quels qu'ils soient. Un gentilhomme ne fait jamais de calculs, il ne connaît même pas l'arithmétique. Pour cela il y a les administrateurs, les majordomes, les secrétaires, les subordonnés. Un gentilhomme n'achète ni ne vend. Il offre ce qu'il y a de mieux sur le marché à ceux qu'il trouve dignes de sa générosité. Il peut s'agir d'un fils, d'un neveu, mais aussi d'un mendiant, d'un malandrin, d'un adversaire au jeu, d'une chanteuse, d'une laveuse, selon le caprice du moment. Puisque tout ce qui croît et se multiplie sur cette magnifique terre de Sicile lui appartient de naissance, d'héritage, de grâce divine, quel sens cela aurait-il de calculer pertes et profits ? Laissons cela aux commerçants et aux petits bourgeois.

Ces mêmes commerçants et petits-bourgeois qui, d'après le duc Pietro, « un jour prendront tout », comme c'est déjà en train de se produire, grignotant comme des rats, bouchée après bouchée, les oliviers, les chênes-lièges, les mûriers, le blé, les caroubiers, les citrons, etc. « Le monde de demain appartiendra aux spéculateurs, aux voleurs, aux accapareurs, escrocs et assassins », selon la vision apocalyptique de l'oncle mari, et tout ira à vau-l'eau car, « avec la noblesse, aura disparu quelque chose d'inappréciable : ce sens spontané de l'absolu, cette glorieuse impossibilité d'accumuler ou de mettre de côté, cette façon de s'exposer avec une ardeur divine au néant qui dévore tout sans laisser de trace. On inventera l'art de l'épargne et l'homme connaîtra la vulgarité de l'âme ».

Que restera-t-il alors de nous ? dit l'orgueilleux regard du duc Pietro. Quelques vestiges en ruine, quelques pans de villas habités de chimères à l'œil allongé et rêveur, quelques bouts de jardins dans lesquels des musiciens de pierre jouent une musique de pierre parmi des squelettes d'oliviers et de citronniers.

Dans cette foule d'aristocrates de la plus grande élégance vestimentaire, la prise de voile de Felice ne pouvait pas être plus glorieuse. Les dames faisaient tournoyer leurs traînes, leurs capes, leurs jupes, leurs mousselines légères comme des ailes de papillon, leurs cheveux enroulés dans des filets d'or et d'argent, leurs rubans de velours ajouré, de dentelle et de soie qui tombaient des ceintures colorées.

Parmi les plumes, les épées, les gants, les manchons, les coiffes, les fleurs de tissu, les fines chaussures aux boucles ornées de perles, les tricornes molletonnés, les tricornes lustrés, on avait servi des repas comportant jusqu'à trente plats. Et entre un plat et l'autre, on garnissait les coupes de cristal de sorbets de citron parfumés à la bergamote.

La neige était descendue des monts Gibellini à dos d'âne, enveloppée dans de la paille après avoir été conservée sous terre durant des mois, et Palerme ne venait jamais à manquer de ses glaces prodigieuses.

Quand, au centre de l'oratoire, entre deux haies d'invitées, sœur Maria Felice Immacolata s'était jetée à terre les bras écartés comme une morte et que les sœurs l'avaient recouverte d'un manteau noir en allumant deux chandelles à ses pieds et deux à sa tête, monsieur l'oncle mari s'était mis à sangloter au bras de sa silencieuse épouse. Laquelle en avait été remplie de stupeur. Jamais elle ne l'avait vu pleurer depuis qu'ils étaient mariés, pas même pour la mort du petit Signoretto. Et voilà que cette fille qui épousait le Christ lui brisait le cœur.

Après la fête, le duc Pietro avait envoyé à sa fille devenue nonne une femme de chambre pour l'aider à s'habiller et tenir ses affaires en ordre. Il lui a également prêté sa chaise à porteurs de velours rembourré, avec des angelots dorés sur le toit. Et encore aujourd'hui, il ne la fait pas manquer d'argent pour « faire plaisir » au confesseur à qui il faut offrir continuellement les meilleurs fruits, des soies et des broderies.

Chaque mois, c'est cinquante *tarì* pour la cire des chandelles et cinquante autres pour l'autel, soixante-dix pour les serviettes neuves et trente pour le sucre et la pâte d'amandes. Un millier d'écus sont allés à la réfection du jardin du couvent, qui, certes, est devenu une merveille, agrémenté qu'il est de lacs artificiels, fontaines de pierre, allées, arcades, bosquets et grottes fabriqués où les sœurs se reposent en mangeant des fruits confits et en égrenant leur chapelet.

En fait, le duc Pietro ne s'est pas du tout résigné à ce que sa fille soit loin de lui, et dès qu'il le peut, il envoie la voiture pour qu'elle revienne passer un jour ou deux à la maison. La tante Fiammetta considère le couvent comme un jardin potager où la bêche doit accompagner la prière. Sa nièce Felice a fait de sa cellule une oasis somptueuse où se retirer des laideurs du monde, où les yeux ne se posent que sur des choses belles et agréables. Pour Fiammetta, le jardin est un lieu de méditation et de recueillement, pour Felice c'est un lieu de conversation où, commodément assises à l'ombre d'un figuier, on échange nouvelles et cancans.

Fiammetta accuse Felice de « corruption ». La plus jeune accuse sa tante de bigoterie. L'une ne lit que l'Évangile qu'elle emporte aussi bien au potager que dans la cuisine, au point qu'elle l'a réduit à un tas de feuilles tachées de gras, l'autre lit les vies romancées des saints dans de petits livres immaculés reliés de cuir. Entre les pages, apparaissent soudain des images de saintes au corps couvert de plaies, couchées dans des poses sensuelles et enveloppées de draperies chargées de volutes et arabesques.

Quand la tante professe Teresa vivait encore, elles étaient deux à critiquer Felice. Depuis que la tante Teresa s'en est allée, presque le même jour que la tante chanoinesse Agata, il ne reste que Fiammetta pour lui faire des reproches, et l'on a parfois l'impression qu'elle n'est plus si sûre d'être du côté de la raison. C'est pourquoi, justement, elle devient plus amère, plus dure. Mais Felice n'en a cure. Sachant qu'elle a son père de son côté, elle se sent forte. Quant à sa muette de mère, elle ne l'a jamais tellement prise en compte : elle lit trop de livres, et cela la rend distante, un peu « dérangée », comme elle le dit à ses amies pour la justifier.

De son côté, Mariano trouve sa sœur « prétentieuse », mais il partage son goût pour le faste et la nouveauté. Il se prépare à hériter de toute la fortune paternelle et devient chaque jour plus arrogant et plus beau. Avec sa mère, il est patient, bien que d'une patience légèrement trop affectée. Lorsqu'il la voit, il s'incline pour lui baiser la main, puis s'empare de la plume et du papier pour rédiger quelque phrase bien tournée d'une écriture gigantesque et pleine de boucles.

Lui aussi est amoureux, et d'une belle jeune fille qui lui apporte en dot une vingtaine de fiefs : Caterina Molè di Flores e Pozzogrande. Le mariage aura lieu en septembre, et déjà Marianna imagine la fatigue que représenteront les préparatifs de ces fêtes qui ne dureront pas moins de huit jours et se concluront par une nuit de feux d'artifice.

21.

Dehors il fait noir. Stérile et absolu, le silence enveloppe Marianna. Dans ses mains, un livre d'amour. Les mots, dit l'auteur, sont cueillis par les yeux comme les grappes d'une vigne grimpante, ils sont écrasés par la pensée comme par une roue de moulin, puis, sous forme liquide, ils se répandent et parcourent les veines avec bonheur. Est-ce cela, la divine vendange de la littérature ?

Trembler avec les personnages qui circulent entre les pages, boire le suc de la pensée d'autrui, éprouver en miroir l'ivresse d'un plaisir qui appartient à un autre. Exalter ses propres sens à travers le spectacle toujours répété de l'amour en représentation, n'est-ce pas aussi de l'amour ? Quelle importance si cet amour n'a jamais été vécu directement en face à face ? Assister aux enlacements de corps étrangers mais si proches et connus par la lecture, n'est-ce pas comme les vivre, ces enlacements, avec le privilège en plus de rester maître de soi ?

Un soupçon la traverse : qu'il ne s'agisse de sa part que d'épier la respiration des autres. De même qu'elle tente d'interpréter sur les lèvres de ses proches le rythme des phrases, elle poursuit sur ces pages le faire et défaire des amours d'autrui. N'est-ce pas une caricature un peu pénible ?

Elle a passé tant d'heures dans cette bibliothèque, apprenant à arracher l'or des pierres, tamisant et lavant des jours et des jours, les yeux plongés dans ces eaux troubles de la littérature. Qu'en a-t-elle tiré ? Quelques brins d'un savoir grossier et biscornu. D'un livre l'autre, d'une page l'autre. Des centaines d'histoires d'amour, de joie, de désespoir, de mort, de plaisir, de meurtres, de rencontres, d'adieux. Et elle, toujours là, assise sur ce fauteuil, le dossier de tapisserie usée derrière la tête.

La partie basse des étagères, celle que les mains des enfants peuvent atteindre, contient surtout des vies de saints : *Les Heures de sainte Eulalie, La Vie de saint Léodegare*, quelques livres en français : *Le Jeu de saint Nicolas*, le *Cymbalum mundi*, quelques livres en espagnol, comme le *Rimado de palacio* ou le *Lazarillo de Tormes*. Toute une série d'almanachs : de *La lune neuve*, des *Amours sous Mars*, des *Récoltes*, des *Vents*, et puis des histoires de paladins de France et quelques romans pour demoiselles qui parlent d'amour avec une licence hypocrite.

Au-dessus, à hauteur d'homme, on trouve les classiques : de la *Vita Nuova* à l'*Orlando furioso*, du *De rerum natura* aux *Dialogues* de Platon, ainsi que quelques romans à la mode tels le *Colloandro fedele* et *La Leggenda delle vergini*. C'étaient les livres de la bibliothèque de la villa Ucrìa quand elle en a hérité. Mais depuis qu'elle la fréquente assidûment, le nombre de livres a doublé. Au début, son excuse était l'étude de l'anglais et du français. Ce furent donc des dictionnaires, des grammaires, des précis. Puis, quelques livres de voyages illustrés de dessins montrant des mondes lointains et enfin, avec une détermination croissante, des romans modernes, des ouvrages d'histoire, de philosophie.

Depuis que ses enfants sont partis, elle dispose de beaucoup plus de temps. Et les livres ne suffisent jamais. Elle les commande par douzaines mais ils mettent souvent des mois pour arriver. Comme le paquet contenant le *Paradis perdu*, qui est resté cinq mois en rade de Palerme sans que personne sache où il était passé. Ou bien l'*Histoire comique* de Francion, perdue sur le trajet entre Naples et la Sicile dans un bateau qui a coulé au large de Capri.

D'autres encore, elle les a prêtés et elle ne sait plus à qui, tels les *Lais* de Marie de France qui ne sont jamais revenus. Ou le *Romance de Brut* qui doit se trouver entre les mains de son frère Carlo au couvent de San Marino delle Scale.

Ces lectures qui se poursuivent jusqu'à nuit noire sont épuisantes, mais aussi denses de plaisirs. Marianna n'arrive jamais à se décider d'aller se coucher. Et n'était la soif qui presque toujours l'arrache à la lecture, elle continuerait jusqu'au jour.

Sortir d'un livre, c'est comme sortir du meilleur de soi-même. Passer des envolées légères et vibrantes de l'esprit aux lourdeurs d'un corps mendiant, toujours en quête de quelque chose, est de toute façon une défaite. Laisser des êtres connus et appréciés pour retrouver un soi-même que l'on n'aime pas, esclave d'une comptabilité ridicule de journées qui s'ajoutent aux journées, comme indistinctes.

La soif a posé sa petite patte sur cette sensualité paisible, ôtant aux fleurs leur parfum, épaississant les ombres. Le silence de la nuit est suffocant. De retour à la bibliothèque où les chandelles sont consumées, Marianna se demande pourquoi ces nuits commencent à l'étouffer. Et pourquoi chaque chose tend à se précipiter vers l'intérieur de sa tête comme dans un puits aux eaux noires, dans lequel parfois retentit un bruit sourd, une chute, mais de quoi ?

Légers et silencieux, ses pieds glissent sur les tapis qui recouvrent le couloir ; ils rejoignent la salle à manger, traversent le salon jaune, le rose, s'arrêtent au seuil de la cuisine. Le rideau noir qui dissimule la grande jarre où l'on conserve l'eau à boire est écarté. Quelqu'un est descendu avant elle. Un instant elle est prise de panique à l'idée d'une rencontre nocturne avec monsieur l'oncle mari. Depuis la nuit de son refus, il ne l'a plus réclamée. Il lui semble avoir deviné qu'il courtise la femme de Cuffa. Pas la vieille Severina, morte maintenant depuis un moment, mais la nouvelle, une certaine Rosalia, dont la tresse épaisse et noire se balance sur son dos.

Elle a une trentaine d'années, elle est de tempérament énergique, mais elle sait être douce avec le patron, et lui, il a besoin de quelqu'un qui accueille ses assauts sans se glacer.

Marianna repense à leurs accouplements hâtifs, lui dur et implacable, elle lointaine et paralysée. Ils devaient être comiques à observer, stupides comme peuvent l'être ceux qui répètent sans une lueur de discernement un devoir qu'ils ne comprennent pas et pour lequel ils ne sont pas faits.

Pourtant, ils ont fait cinq enfants vivants et trois morts avant la naissance, ce qui fait huit ; huit fois ils se sont rencontrés sous les draps sans s'embrasser ni se caresser. Un assaut, une poussée en force, la pression d'un genou froid contre les jambes, une explosion rapide et rageuse.

Parfois, fermant les yeux sur son devoir, elle s'est distraite en pensant aux accouplements de Zeus et de Io, de Zeus et de Léda, tels qu'ils sont décrits par Pausanias ou par Plutarque. Le corps divin choisit un simulacre terrestre : un renard, un cygne, un aigle, un taureau. Et puis, après un long affût entre les chênes-lièges et les ormes, l'apparition soudaine. Sans accorder le temps d'un mot, l'animal recourbe ses griffes, immobilise du bec la nuque de la femme et la dérobe à elle-même et à son plaisir. Un battement d'ailes, un souffle haletant sur le cou, la marque des dents sur une épaule, et c'est fini. L'amant s'éloigne, la laissant douloureuse et humiliée.

Elle aimerait pouvoir demander à Rosalia si, avec elle aussi, monsieur l'oncle mari se transforme en loup happant sa proie avant de s'enfuir. Mais elle sait déjà qu'elle ne le lui demandera pas. Par discrétion, par timidité, mais aussi peut-être par peur de cette tresse noire qui, quand elle est de mauvaise humeur, semble se lever et siffler comme un serpent à sonnettes.

Il n'y a pas de lumière dans les pièces du bas, et Marianna sait parfaitement que monsieur l'oncle mari n'irait pas déambuler dans le noir comme elle à qui la surdité a donné un regard de chat, particulièrement aiguisé.

La jarre sue d'humidité. Fraîche et poreuse au toucher, elle a une bonne odeur de terre cuite. Marianna y plonge le petit seau de métal fixé au bout d'une canne et boit avidement en faisant dégouliner l'eau sur son corselet brodé.

Du coin de l'œil, elle aperçoit une faible lueur filtrer par l'une des portes des domestiques. C'est celle de la chambre de Fila qui est restée entrouverte. Elle ne saurait dire l'heure exacte, mais il est certainement passé minuit et même une heure, il est peut-être près de trois heures. Il lui semble avoir ressenti cette contraction de l'air, ce léger friselis de la nuit que provoque la cloche de l'église de Casa Butera quand elle sonne les deux heures.

Sans qu'elle en ait conscience, ses pieds la conduisent vers la lumière, et son regard, s'insinuant dans l'entrebâillement, cherche à distinguer quelque chose dans la lueur vacillante d'une chandelle restée allumée.

Un bras nu se balance hors du lit, un pied chaussé s'élève et s'abaisse. Marianna, révoltée contre elle-même, recule : espionner est indigne d'elle. Puis elle se moque : laissons l'indignation aux belles âmes, la curiosité est à la racine de l'inquiétude, comme dirait ce monsieur David Hume de Londres, et elle est parente de cette autre curiosité qui la pousse à se fourrer dans les livres avec tant de passion. Alors, pourquoi être hypocrite ?

Avec une hardiesse dont la force la surprend, elle revient guetter à l'huis, le souffle suspendu comme si son avenir dépendait de ce qu'elle verrait, comme si son regard était déjà frappé avant d'avoir vu.

Fila n'est pas seule. Avec elle se trouve un garçon aux traits harmonieux qui sanglote désespérément. Ses cheveux noirs et ondulés sont tirés sur la nuque en une petite tresse maigrelette. Il semble à Marianna avoir déjà vu ce garçon, mais où ? Ses membres sont souples, comme modelés dans l'argile, sa peau couleur pain d'épice. Elle voit alors Fila extraire de sa poche un mouchoir roulé en boule avec lequel elle mouche le nez du garçon qui pleure.

Fila semble harceler le jeune garçon de questions auxquelles il ne veut pas répondre. Il se balance avec réticence, ricane tout en pleurant et s'assied au bord du lit pour fixer ébahi les chaussures de daim gisant à terre avec leurs lacets emmêlés.

Fila continue à lui parler d'un air agacé, elle a remis dans sa poche le mouchoir trempé et se penche maintenant sur lui, insistante et maternelle. Lui ne pleure plus, s'empare d'une chaussure et se la porte aux narines. Alors Fila se jette sur lui et se met à le frapper avec véhémence ; du plat de la main elle lui tape la nuque, puis les joues et finit par lui marteler le crâne de coups de poing.

Lui, il se laisse taper dessus sans réagir. Entretemps, la chandelle, dans cette agitation, s'est éteinte. La chambre reste plongée dans le noir. Marianna recule de quelques pas, mais Fila doit avoir rallumé le bout de chandelle restant car la lumière se remet à trembler le long du chambranle.

C'est l'heure de remonter, se dit Marianna, mais une curiosité inconnue, incontrôlable, et que dans son for intérieur elle juge obscène, l'attire de nouveau vers la vision interdite. Voilà que Fila s'assied sur le lit et qu'il s'accroupit auprès d'elle et pose sa tête sur son sein. Un instant plus tard elle embrasse tendrement les tempes enflammées du garçon et passe sa langue sur l'égratignure qu'elle lui a faite sous l'œil gauche.

Marianna s'oblige alors à revenir vers la jarre d'eau fraîche. L'idée d'assister à un acte d'amour entre Fila et ce garçon l'effare, elle est déjà assez bouleversée de sa découverte. Elle plonge à nouveau dans l'eau la canne munie de la timbale, la porte à ses lèvres et, fermant les yeux, boit à longues gorgées. Elle ne s'aperçoit pas que, pendant ce temps-là, la porte s'est ouverte et que Fila se tient sur le seuil et la regarde.

Le corset délacé, les tresses défaites, paralysée de stupeur, elle ne peut que la dévisager bouche bée. Entre-temps, le garçon est arrivé et s'est arrêté derrière elle, la petite tresse rabattue derrière une oreille empourprée.

Marianna les fixe, mais sans courroux, et peut-être ses yeux sourient-ils, car Fila sort enfin de sa stupeur figée et entreprend de relacer son corset d'une main fiévreuse. Le garçon ne montre aucune inquiétude. Nu jusqu'à la ceinture, il s'avance et plante un regard hardi sur la duchesse. Exactement comme quelqu'un qui l'aurait toujours vue de loin, dans l'entrebâillement des portes, l'épiant peut-être comme elle vient de le faire, derrière des rideaux entrouverts, immobile et caché, aux aguets. Comme quelqu'un qui aurait beaucoup entendu parler d'elle et qui aurait maintenant envie de savoir de quel bois elle est faite, cette grande dame au gosier pétrifié.

Mais Fila a quelque chose à dire. Elle s'approche de Marianna, lui saisit le poignet, parle à son oreille sourde, fait des signes avec ses doigts devant ses yeux. Marianna la regarde s'essouffler tandis que ses cheveux noirs s'échappent de ses nattes et glissent sur ses joues qu'ils strient de noir.

Pour une fois, la surdité la protège sans qu'elle s'en sente diminuée. Le goût du châtiment lui enflamme les joues. Elle sait très bien qu'une punition n'aurait pas de sens – c'est elle, la coupable, à déambuler dans la maison au plus profond de la nuit –, mais en cet instant elle a besoin de réaffirmer une distance qui vient d'être un instant dangereusement abolie.

Elle lève la main en s'approchant de Fila, en maîtresse de maison qui découvre sa servante avec un inconnu sous son propre toit. Monsieur l'oncle mari l'approuverait, et même il lui tendrait le fouet.

Mais Fila arrête sa main et la traîne vers l'intérieur de la chambre, vers le miroir éclairé de biais par la chandelle encore allumée. De l'autre main, elle a attiré contre elle le jeune garçon et, devant le miroir, elle lui attrape la tête par les cheveux et la rapproche de la sienne, joue contre joue.

Marianna regarde ces deux têtes dans le verre troublé par la fumée et en un éclair comprend ce que Fila veut lui dire : deux bouches taillées par la même main, deux nez modelés dans la même matrice, bosselés au centre, rétrécis en haut, les yeux gris légèrement trop écartés, les pommettes larges et roses : ils sont frère et sœur.

Et Fila, qui comprend que la force de l'image a convaincu, hoche la tête et se suce joyeusement les lèvres. Mais comment a-t-elle fait pour cacher le garçon pendant tout ce temps, au point que même monsieur père ignorait son existence ?

Fila maintenant, avec l'autorité que seule une sœur pleine d'expérience peut avoir, impose au garçon de s'agenouiller devant la duchesse et de baiser l'ourlet de sa précieuse robe couleur ambre. Et lui, docile, la regardant d'en bas avec une expression compassée et théâtrale, effleure des lèvres le bas de sa jupe. Un éclair de légère malice, l'antique science de la séduction, de celle que seuls ceux qui se sentent exclus du monde des splendeurs peuvent manifester.

Marianna observe avec tendresse les croissants de lune qui apparaissent sur le dos courbé. Rapide, elle lui fait signe de se relever. Et Fila rit et applaudit. Le garçon se plante debout devant elle avec un quelque chose d'effronté qui l'indispose mais l'intrigue en même temps. Un instant, leurs regards se croisent avec émotion.

22.

Saro et Raffaele Cuffa sont aux rames, la barque glisse sur l'eau lisse et noire avec de brefs à-coups cadencés. Sous une guirlande de lampions, on aperçoit des chaises dorées. La duchesse Marianna : un sphinx enfermé dans un manteau vert bouteille, le visage tourné vers le port.

Sur les sièges latéraux, assis de biais, Giuseppa, son mari Giulio Carbonelli et leur fils de deux ans, Manina et sa plus jeune fille, Giacinta. À la proue, sur deux rouleaux de corde, Fila et Innocenza.

À quelques brasses de là, une barque les flanque. Une autre guirlande, une autre chaise dorée sur laquelle trône le duc Pietro. À côté de lui, sa fille religieuse Felice, son fils aîné Mariano, accompagné de son épouse Caterina Molè di Flores, la jeune épouse de Cuffa, Rosalia, qui a enroulé sa tresse noire sur sa tête comme un turban.

Disséminées sur la baie de Palerme, des centaines d'embarcations : barques de pêche, caïques, felouques, chacune avec son appareillage de lampions, ses sièges de maître, ses rameurs.

La mer est calme, la lune cachée derrière des traînées de nuages ourlés de pourpre. La limite entre le ciel et l'eau se perd dans le noir épais d'une calme et puissante nuit d'août.

Bientôt, de la machinerie imposante qui s'élève sur la marina, partiront les gerbes de feu, les fusées, les fontaines de lumières qui pleuvront sur la mer. Au fond, Porta Felice a l'air d'une crèche émaillée de lampes à huile. À droite, le Cassaro Morto, la silhouette sombre de la Vicaria, les maisons basses de la Kalsa, la masse imposante du Steri, les pierres grises de Santa Maria della Catena, les murs carrés du Castello A Mare, la longue et claire bâtisse de San Giovanni des Lépreux et, immédiatement derrière, un pullulement de passages sombres, sinueux, par lesquels une foule de milliers de personnes se déverse vers la mer.

Marianna déchiffre une feuille de papier froissée qu'elle tient sur ses genoux et sur laquelle une main attentionnée a écrit : « Machine construite grâce aux maîtres tisserands, aux maîtres palefreniers et aux maîtres marchands de fromage, amen. »

Les hommes ont maintenant cessé de ramer. La barque oscille légèrement sur les ondes, avec son chargement de lumières, de corps parés, de tranches de pastèque, de bouteilles d'eau anisée. Marianna tourne la tête vers ce peuple d'embarcations, qui, dans le silence de sa nuit, se balancent comme une nuée de plumes suspendues dans le vide.

« Vive Ferdinand, le nouveau fils de Charles III roi de Sicile, amen », dit un autre billet tombé sur sa chaussure. La première fusée part. Elle explose en plein ciel, presque absorbée par les nuages. Une pluie de fils d'argent tombe en rideau sur les toits de Palerme, sur les façades des demeures seigneuriales, sur les rues aux larges pavés gris, sur les digues du port, sur les embarcations chargées de spectateurs, et s'éteint en grésillant dans l'eau noire.

« Avant-hier, les fêtes du couronnement de Victor-Amédée de Savoie, hier les illuminations pour l'accession au trône de Charles VI de Habsbourg, aujourd'hui la célébration de la naissance du fils de Charles III de Bourbon… mêmes réjouissances, même *pot-pourri* ; premier jour : messe solennelle à la cathédrale ; deuxième jour : combat de lion contre cheval ; troisième jour : musique au théâtre de marbre, puis bal au palais du Sénat, course de chevaux, procession et feux d'artifice à la Marina… quel ennui mortel… »

D'un seul regard sur son époux, Marianna a su ce qu'il est en train de ressasser. Ces derniers temps, il lui est devenu transparent : les yeux délavés, les tempes dégarnies ne parviennent plus à masquer ses pensées comme elles le faisaient autrefois si jalousement. Il semble avoir perdu la patience de dissimuler. Des années durant, il s'en était fait une gloire : nul ne devait pénétrer derrière ces sourcils, derrière ce front nu et austère. Aujourd'hui, c'est comme si cet art devenu trop familier n'avait, du coup, plus d'intérêt.

« Quelles bêtes nous sommes à toujours plier l'échine… ce Victor-Amédée, laissons tomber, il voulait faire de Palerme un autre Turin, *miserere nobis !* Horaires, taxes, octrois, garnisons… Vous vouliez mettre une taxe sur la maladie, sur la faim, monsieur le roi ? Nos plaies à nous sentent le jasmin, mon cher empereur, et nous seuls les comprenons, *Deo gratias…* Le traité d'Utrecht, encore une mascarade, ils se sont partagé le gâteau : voilà pour toi, voilà pour moi… Et cette chienne d'Élisabeth Farnese, elle s'est passé son caprice pour l'île, elle voulait un trône pour son petit. Le cardinal Alberoni lui a prêté secours, et Philippe V a tendu la main… À Capo Passero, les Anglais lui ont fait boire du vinaigre, à ce crétin de Philippe V, mais Élisabeth n'a pas lâché l'os, voilà au moins une mère patiente : vaincus en Pologne, les Autrichiens tournèrent le dos à Naples et à la Sicile, c'est ainsi que don Carlo a ramassé la mise… Ils nous sont grimpés sur la tête, et va savoir quand ils en redescendront… »

Cette voix silencieuse, elle ne parvient plus à l'arrêter. Le Seigneur lui a accordé ce don d'entrer dans la tête des autres, mais une fois la porte close, elle se trouve à respirer un air renfermé où les mots prennent une odeur de moisi.

Deux mains se posent sur les épaules de la duchesse, ramènent son châle autour de son cou, lui réajustent les cheveux. Marianna se retourne pour remercier Fila et rencontre l'expression dégagée de Saro.

Peu après, tandis qu'elle admire les paraboles de lumière vertes et jaunes qui s'épanouissent sur fond de ciel, elle sent une deuxième fois la présence du garçon derrière elle. Deux doigts légers ont déplacé le châle et effleurent la naissance de ses cheveux.

Marianna va le chasser, mais une faiblesse lâche et muette la cloue à sa chaise. D'un mouvement de chat, le garçon s'est déplacé vers la proue et indique le ciel avec son bras.

Il s'est placé là pour se faire admirer, c'est évident. Il se tient debout sur le triangle convexe, en équilibre précaire, pour montrer son corps grand et mince, son superbe visage éclairé par intermittence par les étincelles volantes.

Toutes les têtes sont tournées vers le haut, tous les regards suivent l'explosion des fusées. Seul lui regarde ailleurs, dans la direction de la chaise royale plantée au milieu de l'embarcation. Dans les gerbes de lumière qui colorent la nuit, Marianna voit les yeux du *picciutteddu* fixés sur elle. Ce sont des yeux amoureux, joyeux, arrogants peut-être aussi, mais dépourvus de malice.

Marianna les observe un instant, puis très vite détourne le regard. Pourtant, l'instant d'après, elle ne peut s'empêcher de revenir l'admirer : ce cou, ces jambes, cette bouche ne semblent faits que pour la troubler et la séduire.

23.

Qu'elle soit dans le jardin à lire un livre, dans le salon jaune à faire les comptes avec Raffaele Cuffa, ou dans la bibliothèque à étudier l'anglais, elle trouve constamment Saro devant elle ; surgi du néant et prêt à y retourner aussitôt.

Toujours là, à la fixer d'un regard doux et brûlant qui mendie une réponse. Et Marianna s'étonne que cette dévotion dure et, chaque jour, se fasse plus hardie et insistante.

Monsieur l'oncle mari l'a pris sous sa bienveillance et lui a fait faire sur mesure une belle livrée aux couleurs bleu et or de la maison. La petite queue de rat étriquée ne lui ballotte plus derrière l'oreille. Une mèche de cheveux noirs et luisants lui tombe sur le front, et il la rejette en arrière d'un mouvement dégagé et plein de charme.

Il n'y a qu'un lieu où il ne puisse entrer, c'est la chambre à coucher des maîtres, et c'est là, sous les yeux énigmatiques des chimères, qu'elle se réfugie de plus en plus souvent avec ses livres, en se demandant s'il osera continuer à la poursuivre.

Mais, de temps en temps, elle se surprend à scruter la cour en attendant sa venue. Le voir traverser de son pas souple et balancé suffit à la mettre de bonne humeur.

Pour ne pas le rencontrer elle s'était même résolue à aller passer quelque temps à Palerme dans sa maison de la via Alloro. Mais un beau matin, elle l'avait vu arriver sur la voiture de monsieur l'oncle mari, droit debout sur le marchepied arrière, épanoui et bien habillé : tricorne planté sur ses boucles noires et chaussures basses étincelantes à anneau de cuivre.

Fila dit qu'il s'est mis à étudier. Elle l'a raconté à Innocenza qui l'a rapporté à sœur Felice qui l'a écrit sur un billet à sa mère : « Il apprend à écrire pour parler avec Votre Seigneurie. » Impossible de savoir si c'était malignité ou admiration.

Aujourd'hui, il pleut. La campagne est voilée : chaque buisson, chaque arbre est détrempé, et le silence dans lequel elle est prisonnière semble à Marianna plus injuste qu'à l'accoutumée. Une nostalgie profonde des sons qui accompagnent la vue de ces branches brillantes, de cette campagne fourmillante de vie la prend à la gorge. Le chant du rossignol, comment est-ce ? Elle a lu tant de fois dans les livres qu'il s'agit du chant le plus suave que l'on puisse imaginer, quelque chose qui fait tinter le cœur. Mais comment ?

Poussée par une main inconnue, la porte s'ouvre comme dans certains cauchemars. Marianna la regarde bouger lentement, sans savoir ce qui va apparaître : une joie, une douleur, un visage ami ou bien ennemi ?

C'est Fila qui entre, avec le chandelier allumé. Une fois de plus elle est pieds nus, et il est clair qu'il s'agit d'insubordination volontaire, un message adressé à des maîtres trop exigeants. Mais, en même temps, elle compte sur l'indulgence de Marianna, non pas due à la tolérance, mais, semble-t-elle penser, à un regrettable secret qui les lierait indissolublement, malgré leurs différences d'âge, de fortune, de statut social.

Que lui veut-elle ? Pourquoi plante-t-elle avec une telle jouissance ses pieds nus et sales sur les tapis précieux ? Pourquoi marche-t-elle avec une telle désinvolture, sans se soucier que sa jupe se relève et découvre des talons souillés et calleux ?

Marianna sait que la seule façon de rétablir la distance serait de lever sa main de maîtresse pour une gifle, même légère. Ainsi le veut l'usage. Mais il suffit que son regard se pose sur ce visage aux traits tendres, si ressemblant à l'autre, celui du garçon, aux traits à peine plus marqués, pour que toute envie de la frapper lui passe.

Marianna porte une main au col qui lui serre la gorge. Comme s'il était piqué d'épines, son rêche corset de laine de chèvre frotte contre sa peau baignée de sueur. De deux doigts, elle fait signe à Fila de se retirer. La jeune fille sort en balançant son ample jupe de toile rouge. Devant la porte, elle exécute une rapide courbette accompagnée d'une ébauche de grimace.

Restée seule, Marianna s'agenouille devant un petit Christ d'ivoire que lui a offert Felice et tente de prier : « Mon Dieu, faites que je ne me perde pas à mes propres yeux, faites que je sache préserver l'intégrité de mon cœur. »

Son regard s'arrête sur le crucifix : sur le visage du Christ il lui semble voir se former une moue de dérision. Lui aussi, comme Fila, a l'air de se moquer d'elle. Marianna se lève et va s'allonger sur le lit en se couvrant les yeux avec les bras.

Elle se tourne sur le côté. Tend une main vers le livre que lui a donné son frère l'abbé Carlo à la naissance de Mariano. Elle ouvre et lit :

Mon esprit se dérobe
mes jours s'éteignent
ne suis-je pas à la merci des railleurs ?
Sous leurs insultes mon vieil œil résiste
sois toi-même ton propre garant.

Les mots de Job semblent destinés à lui rappeler un crime, mais lequel ? Celui de penser selon les suggestions de monsieur Hume, ou celui de se laisser tenter par un désir inconnu et menaçant ? Ses jours certainement se dérobent, les lumières de son corps s'éteignent peu à peu, mais qui la sauvera des railleurs ?

La porte bouge encore, elle tourne sur ses gonds et projette une ombre carrée sur le sol. Qu'entraîne-t-elle à sa suite ? Quel corps, quel regard ? Peut-être celui d'un enfant qui a l'air d'avoir douze ans quand il en a dix-neuf ?

C'est Giuseppa, cette fois, qui vient la trouver avec son jeune enfant. Comme elle a grossi ! Les vêtements contiennent tant bien que mal ses chairs, son visage est pâle, éteint. Elle entre d'un pas résolu, s'assied au bord du lit, ôte ses chaussures qui la compriment, allonge les jambes devant elle, regarde sa mère et se met à pleurer.

Marianna s'approche tendrement, la serre contre elle, mais, loin de s'apaiser, sa fille laisse éclater ses sanglots tandis qu'à quatre pattes l'enfant se glisse sous le lit.

« Au nom du ciel, qu'est-ce que tu as ? » écrit Marianna sur une feuille qu'elle fourre sous le nez de sa fille.

Incapable de refréner ses sanglots, Giuseppa essuie ses larmes du dos de la main. Elle serre encore sa mère dans ses bras, puis saisit le bas de son tablier et se mouche bruyamment avec. Ce n'est qu'après de nombreuses sollicitations et en lui mettant la plume en main que Marianna parvient à lui faire écrire quelque chose.

« Giulio me maltraite, je veux m'en aller. »

« Qu'est-ce qu'il t'a fait, pauvre petite ? »

« Il m'a ramené une lingère, il me l'a mise dans le lit sous prétexte qu'elle est malade et, comme elle n'avait pas de vêtements, il lui a donné les miens avec tous les éventails français que je tenais cachés. »

« J'en parlerai à monsieur l'oncle père. »

« Non, maman, je t'en prie, laisse-le en dehors de ça. »

« Qu'est-ce que je peux faire, alors ? »

« Je veux que tu le fasses bastonner. »

« Nous ne sommes plus à l'époque de ton arrière-grand-père… et puis à quoi cela servirait-il ? »

« À me venger. »

« Et que veux-tu en faire de ta vengeance ? »

« Ça me plaît, j'ai été blessée et je veux me soulager. »

« Mais pourquoi dans le lit, la lingère, je ne comprends pas », écrit rapidement Marianna ; les réponses tombent de plus en plus lentes, contraintes et confuses.

« Pour l'affront. »

« Mais pourquoi ton mari veut-il te faire affront ? »

« Dieu seul le sait. »

Une histoire bizarre, peu crédible : si son mari Giulio Carbonelli veut s'amuser, il n'a pas besoin de fourrer sa lingère dans le lit de sa femme. Que peut-il y avoir derrière ce geste insensé ?

Et peu à peu, entre demi-mots et expressions dialectales, quelques révélations se font jour : Giuseppa s'est liée d'amitié avec la tante Domitilla, la femme de Signoretto, laquelle l'a initiée aux livres interdits des penseurs français, aux discours laïques, aux revendications de liberté.

Don Giulio Carbonelli, qui, plus encore que monsieur l'oncle mari, hait les idées nouvelles qui circulent dans la jeunesse, avait cherché à l'arrêter sur ce chemin « absolument inconvenant pour une Carbonelli des baronats de Scarapullè ». Mais son épouse ne lui avait pas cédé, et c'est ainsi qu'il avait trouvé un biais brutal pour lui démontrer sans plus de phrases qu'à la maison le maître c'était lui.

Il s'agit maintenant de convaincre sa fille que la vengeance appelle la vengeance et qu'un tel litige est impensable entre mari et femme. De séparation, inutile même d'en parler : elle a un enfant en bas âge qu'elle ne peut priver de père, et, de plus, une femme sans mari, si elle ne veut pas être traitée de prostituée, ne peut que se réfugier au couvent. Il faut pourtant qu'elle trouve un moyen pour se faire respecter par lui, sans vengeance ni mesure de représailles. Mais que faire ?

Tout en réfléchissant, Marianna se surprend à écrire : « Mais qu'est-ce que c'est que ces éventails français ? »

« Dans chaque pliure on découvre des scènes de lit, maman », écrit la fille avec impatience, et Marianna, gênée, hoche la tête.

« Tu dois gagner son estime », insiste la mère, et sa main peine à rester ferme et autoritaire.

« Nous sommes comme chien et chat. »

« C'est tout de même toi qui l'as voulu. Si tu avais épousé l'oncle Antonio comme te le proposait ton père… »

« Plutôt mourir… l'oncle Antonio est un vieux cheval gourmeux avec des yeux de poule. J'aime encore mieux Giulio avec sa lingère. Il n'y a que toi, pauvre muette, qui pouvais t'accrocher à un rustre comme l'oncle père… si j'en parle à Mariano, tu crois qu'il saura me venger ? »

« Ôte-toi cela de la tête, Giuseppa. »

« Qu'ils l'attendent dehors et qu'ils lui tapent dessus, c'est tout ce que je veux, maman. »

Marianna cette fois adresse à sa fille un regard noir. La jeune fille fait une moue d'enfant gâtée, se mord la lèvre. Mais sa mère a encore de l'ascendant sur elle, et, devant la sévérité de ces yeux, Giuseppa recule et renonce à son projet de vengeance.

24.

Les rideaux tirés. Le velours tombant en larges plis. La voûte du plafond où l'ombre s'accumule. Quelques gouttes de lumière filtrant entre les pans éclatent sur le sol en petites taches poudreuses.

Dans l'air confiné, l'odeur du camphre : l'eau bout dans un petit récipient posé sur le poêle. Le lit est si grand qu'il occupe tout un mur de la chambre : il repose sur quatre colonnes de bois sculpté entre tentures brodées et cordons de soie.

Sous les draps froissés, le corps baigné de sueur de Manina ; depuis des jours et des jours, elle gît les yeux clos. On ne sait si elle survivra. Les mêmes odeurs qu'à l'agonie de Signoretto, la même consistance gélatineuse, la même chaleur malsaine à la saveur douceâtre et nauséabonde. Marianna tend la main vers celle de sa fille qui repose paume ouverte sur la couverture. De deux doigts, attentivement, elle caresse la paume humide.

Combien de fois s'est-elle agrippée à ses jupes, cette main d'enfant, comme elle-même autrefois s'agrippait à la robe de bure de monsieur père, avec une demande d'attention et un flot de questions qui pouvaient bien n'en faire qu'une : puis-je compter sur toi ? Mais peut-être sa fille elle aussi avait-elle découvert qu'il n'est pas possible de se fier à quelqu'un qui, tout en vous aimant aveuglément, vous restera toujours incompréhensible et lointain.

Une main dont la blancheur est souvent gâtée par des piqûres de moustique rougeâtres, comme celle d'Agata. Semblables en beaucoup de points, la tante et la nièce, toutes deux très belles, avec une certaine vocation à la cruauté. Étrangères à toute coquetterie, tout soin, tout sentiment de soi, toutes les deux profondément adonnées à l'amour maternel, perdues dans une adoration pour leurs enfants qui frôle l'idolâtrie.

Seule différence : l'humour de Manina qui cherche à établir la paix en faisant rire les autres tout en restant grave elle-même. Agata s'immole à la maternité sans rien demander en échange, mais dénigre hautement les femmes qui ne font pas comme elle. Elle a déjà accouché de huit enfants et elle continue, malgré ses trente-neuf ans, jamais fatiguée, toujours aux prises avec les nourrices, les nounous, les chirurgiens, les apothicaires et les sages-femmes.

Manina aime trop l'harmonie pour dénigrer qui que ce soit. Son rêve est de relier par un même fil son mari, ses enfants, ses parents, sa famille et de se les tenir attachés. À vingt-cinq ans, elle a déjà fait cinq enfants, et, comme elle s'est mariée à douze ans, plus ses enfants grandissent, plus ils ont l'air d'être ses frères et sœurs.

Elle se la rappelle encore, vacillant sur des jambes grassouillettes, boudinée dans une robe à manches ballon parsemée de nœuds rouges qu'elle avait fait confectionner à partir d'un tableau de Vélasquez dont elle avait une reproduction à l'aquarelle. Une enfant rose, tranquille, aux yeux d'aigue-marine.

Elle n'était pas sortie de ce cadre que déjà elle entrait dans un autre, au bras du mari, le ventre énorme promené en triomphe, impudemment offert à l'admiration des passants.

Deux fausses couches et un fils mort-né. Mais elle s'en était sortie sans trop de mal. « Mon corps est une salle d'attente : toujours un enfant qui entre ou un enfant qui sort », écrivait-elle à sa mère. Et, loin de l'offusquer, ces entrées et sorties la remplissaient de béatitude : le grouillement d'enfants constamment sur le point de courir, manger, faire caca, dormir, hurler, lui procurait une grande joie.

Mais ce dernier accouchement menace de la tuer. L'enfant était bien placé, en tout cas la sage-femme le prétendait, son sein avait déjà commencé à faire du lait, et Manina s'amusait à le faire goûter aux plus petits qui accouraient, grimpaient sur ses genoux et s'attaquaient au mamelon, tordant et tiraillant la chair fatiguée.

L'enfant est mort-né, et elle a continué à perdre son sang jusqu'à en devenir grise. À force de presser et de tamponner, la sage-femme a réussi à arrêter l'hémorragie, mais, dans la nuit, la jeune mère a commencé à délirer. Maintenant, elle ne tient plus qu'à un fil, le visage plâtreux, les yeux voilés.

Marianna prend un morceau d'ouate, le plonge dans l'eau citronnée, l'approche des lèvres de sa fille. L'espace d'un instant elle la voit ouvrir les yeux, mais ils sont aveugles et ne la distinguent pas.

Un sourire satisfait passe sur ce visage exsangue, un sublime détachement lui monte aux lèvres, la flamme du sacrifice. Qui peut lui avoir inculqué cette passion de l'abnégation maternelle ? Cet enthousiasme pour la déperdition consentie ? La tante professe Teresa, ou la nounou aux cheveux blancs avec son cilice sous le corset qui la forçait à prier des heures durant à genoux près de son lit ? Ou encore don Ligustro, qui est aussi le confesseur de tante Fiammetta, qu'elle a fréquenté pendant des années et qui lui enseignait le catéchisme et la morale ? Pourtant don Ligustro n'avait rien d'un fanatique, à certains moments on avait même l'impression qu'il flirtait avec les idées du grand Cornelius Jansen, dit Jansenius. Il doit y avoir quelque part un billet du père Ligustro qui commençait par une citation d'Aristote :

« Dieu est trop parfait pour pouvoir penser à autre chose qu'à lui-même. »

Ni Agata ni Manina n'attendent quoi que ce soit de leur mari : ni amour ni amitié. Et c'est peut-être pour cela qu'elles sont aimées. Don Diego di Torre Mosca ne s'éloigne pas un instant de sa femme et il est jaloux jusqu'à l'angoisse.

Le mari de Manina, don Francesco Chiarandà di Magazzinasso, est lui aussi très attaché à sa femme, ce qui ne l'empêche pas d'assaillir les gouvernantes et les servantes qui circulent dans la maison, surtout quand elles viennent du continent. Comme cela s'est produit avec une certaine Rosina, venue de Benevento, une belle fille dédaigneuse, une femme de chambre. Elle s'est trouvée enceinte de monsieur le baron, et tout le monde s'est beaucoup agité. Madame la belle-mère baronne Chiarandà de Magazzinasso l'a écartée de la maison de son fils et envoyée à Messine chez des amis qui avaient besoin d'une servante qui ait de la classe. Fiammetta est sortie du couvent pour admonester son neveu. Tantes, belles-sœurs, cousines se sont précipitées dans le grand salon du palais Chiarandà de la via Toledo pour compatir avec la « pauvre petite ».

La seule à ne pas s'inquiéter de toute cette histoire, c'était bien justement Manina, qui proposait d'élever elle-même le bâtard tout en gardant la mère à la maison. Et elle plaisantait sur la ressemblance entre le père et le fils, qui avaient le même nez « en bec de cafetière ». Mais madame la belle-mère était restée intraitable, et Manina avait cédé, avec sa soumission habituelle, inclinant sa jolie tête sur laquelle elle a coutume de fixer un rang de perles roses.

Maintenant ces perles sont là, sur la table de nuit, et elles jettent des lueurs mauves dans la pénombre de la chambre. À côté d'elles, quatre bagues : le rubis de la grand-mère Maria qui porte encore les taches et l'odeur du tabac de Trieste, un camée à tête de Vénus qui a appartenu à l'arrière-grand-mère Giuseppa et, avant elle, à la trisaïeule Agata Ucrìa, une alliance d'or massif et l'anneau d'argent aux dauphins que portait le grand-père Signoretto. À côté, un diadème d'écaille incrusté de brillants qui est passé des cheveux de jais de la belle-sœur aux cheveux blonds de la belle-fille.

L'anneau aux dauphins, un jour monsieur père l'avait perdu, ce qui avait mis en émoi toute la famille. Il avait été retrouvé à côté de la vasque aux nénuphars par Innocenza. Laquelle, après cela, en fonction du proverbe : Établis ta réputation et puis va te coucher, était devenue pour tout le monde « l'honnête Innocenza ». Mais l'anneau aux dauphins avait été de nouveau perdu : monsieur père cette fois l'avait laissé chez une chanteuse d'opéra dont il s'était entiché.

« Par respect, j'enlevais l'anneau et je le posais sur la table de nuit », avait-il écrit un jour confidentiellement à sa fille.

« Respect de quoi, monsieur père ? »

« De ta mère, de la famille. » Mais en écrivant cela il n'avait pu retenir un sourire fugitif. De si bonne foi et de si mauvaise foi en même temps. Il aimait la répétition des gestes, les soirées en famille, mais aussi les rôles, les ostentations, les fastes d'une seule nuit vagabonde.

Il ne voulait pas que l'antique géométrie des sentiments et des habitudes soit bouleversée, mais il était aussi curieux de chaque idée nouvelle, chaque émotion inattendue, tolérant envers ses propres contradictions et impatient envers celles des autres.

« Mais vous l'avez retrouvé, l'anneau ? »

« C'était moi, le goujat, je croyais que Clementina me l'avait volé alors que deux jours après elle me le posait sur l'oreiller… C'était une brave petite… »

De ces billets de monsieur père, elle en a une boîte pleine qu'elle garde fermée à clef dans la commode de sa chambre à coucher. Les siens, elle les jette, mais ceux de son père, quelques-uns de sa mère, quelques-uns de ses enfants, elle les conserve et de temps en temps va les relire. L'écriture désinvolte et déliée de monsieur père, celle contrainte et lasse de sa mère, les O étroits et élancés de son fils Mariano, les S et les L voltigeants de sa fille Felice, la signature tordue et maculée d'encre de sa fille Giuseppa.

De Manina, elle n'en a pas un seul. Peut-être parce qu'elle lui a peu écrit, ou que ses mots sur les feuillets maternels ont toujours été trop insignifiants pour laisser trace. Écrire ne lui a jamais plu, à cette fille à la beauté somptueuse et négligée. La musique, oui, en revanche, les notes plus que la parole. Et ses traits d'esprit, qui avaient toujours pour but de distraire les autres de leurs sombres pensées, leurs disputes ou leurs humeurs, n'arrivaient à Marianna que si quelqu'un les lui transcrivait. Jamais Manina ne le faisait elle-même.

Durant les premières années de leur mariage, Manina et Francesco invitaient tous les soirs des amis et amies dans la grande maison de la via Toledo. Ils avaient un cuisinier français au visage grêlé qui faisait des « foies gras » exquis et de très bonnes « coquilles aux herbes ». Après les sorbets d'usage, à la grenade et au citron, on passait au salon décoré à fresques par l'Intermassimi. Là aussi, des chimères à corps de lionne et visage de femme qui rappelait celui de Marianna.

Manina s'asseyait au clavecin et faisait courir ses doigts sur les touches, d'abord timidement, avec précaution, puis de plus en plus sûre et rapide, sa bouche alors se serrant en une moue amère, presque féroce.

Après la mort du second enfant et les deux fausses couches qui avaient suivi, les Chiarandà avaient cessé de recevoir. Parfois, le dimanche seulement, ils invitaient les parents à déjeuner, et l'on devait presque pousser de force Manina au clavecin. Mais son visage ne se crispait plus, il restait lisse et suave, comme on peut le voir sur le portrait de l'Intermassimi accroché dans la salle à manger, dans une nuée d'anges, oiseaux de paradis et serpents à tête de poisson.

Ensuite, elle a complètement renoncé. Maintenant c'est sa fille de sept ans, Giacinta, qui s'assied au clavier, accompagnée de son maître tessinois qui bat la mesure sur le couvercle avec une baguette de bois d'olivier.

Marianna s'est assoupie en serrant dans son poing la main fébrile de sa fille. Dans sa tête vide résonne le martellement des sabots du bai Miguelito. Qui sait où il galope aujourd'hui, le vieux cheval offert à monsieur père par un lointain cousin, Pipino Ondes, qui lui-même l'avait acheté à un gitan.

Pendant des années, Miguelito avait vécu dans les écuries derrière la Villa Ucrìa, à côté de la masure des Calò, avec les autres chevaux arabes. Et puis monsieur père avait commencé à lui accorder sa préférence, à cause de son caractère docile et courageux, et il le montait pour rendre visite aux Butera ou aux Palogonia ou parfois même pour se rendre jusqu'à Palerme. Devenu vieux, il avait échoué chez les Calò, d'abord entraîné dans de furieuses courses entre les oliviers par les jumelles Lina et Lena, ensuite, aveugle d'un œil, il transportait le vieux Calò, derrière les vaches à travers la plaine de Bagheria. À la mort des jumelles, on le voyait encore tourner dans l'oliveraie, décharné mais prêt à prendre le galop dès qu'il atteignait la descente poussiéreuse de la villa.

Bientôt, je lui sauterai en croupe, se dit Marianna, et nous irons rejoindre monsieur père, mais où ? Le cheval aveugle et pelé, les dents jaunies et cassées par l'âge, n'a pas perdu son air fringant ni l'épaisse crinière couleur café qui le rendait célèbre. Mais il a quelque chose d'étrange à la queue, elle s'est allongée, entortillée et gonflée. Et voilà qu'elle se détend, se dénoue et qu'il en sort une pointe acérée ; on dirait qu'elle veut l'agripper et la flanquer contre un rocher. Est-il en train de devenir l'un de ces chiens qui peuplaient les rêves de madame mère ?

Marianna ouvre les yeux juste à temps pour découvrir, dans l'entrebâillement de la porte, une mèche noire frémissante, un regard liquide et noir qui la guette.

25.

De loin, elles font penser à trois grosses tortues qui progresseraient lentement sur le sentier au milieu des herbes et des pierres. Trois tortues : trois litières, chacune précédée et suivie par trois mules. En file indienne, l'une derrière l'autre entre les bois et les escarpements, le long d'un sentier malaisé qui mène de Bagheria aux monts des Serre en passant par Misilmeri, Villafrati, avant d'atteindre les hauteurs de la Portella del Coniglio. Quatre hommes armés suivent la caravane, quatre autres ouvrent le chemin, le mousqueton sur l'épaule.

Marianna est assise, suspendue, encastrée dans le siège étroit, les lourdes jupes un peu relevées sur ses chevilles baignées de sueur, les cheveux tirés et enroulés sur la nuque de manière à dégager moins de chaleur. De temps à autre elle lève la main pour chasser une mouche.

Devant elle, sur le siège doublé de brocart, dans une robe blanche en voile des Indes, un fichu de soie bleue jeté sur les genoux, dort Giuseppa en dépit des secousses et des oscillations de la litière.

Le sentier est devenu plus raide et plus étroit, à l'aplomb, d'un côté, d'un précipice hérissé de gros rochers gris-rose et surplombé, de l'autre côté, d'une paroi escarpée de terre noire et d'un fouillis de buissons. Parfois, les sabots des mules glissant sur la roche font chanceler la litière, puis elles reprennent la montée en évitant les trous.

Le muletier guide leur pas en tendant une perche devant lui pour tâter le terrain fangeux. De temps en temps, les pieds des mules enfoncent dans l'argile et n'en sortent que tant bien que mal, à force de coups de fouet, alourdis de paquets de boue ; à d'autres moments, l'herbe haute et coupante les entrave en s'entortillant autour de leurs paturons.

L'estomac sens dessus dessous, Marianna s'accroche à la poignée de bois en se demandant si elle ne va pas vomir. Elle passe la tête au portillon et voit la litière suspendue au-dessus d'un ravin : mais pourquoi ne s'arrêtent-ils pas, pourquoi ce balancement exaspérant qui retourne les entrailles ne cesse-t-il ? La réalité est que s'arrêter est plus dangereux encore que marcher, et les mules, comme si elles le comprenaient, avancent tête basse, soufflant et maintenant d'un savant jeu de muscles l'équilibre entre les brancards.

Les mouches vont et viennent du naseau des bêtes à l'intérieur du petit véhicule : le mouvement les excite. Elles se promènent sur le chignon de la duchesse, sur les lèvres entrouvertes de Giuseppa. Mieux vaut voir plus loin, se dit Marianna, essayer d'oublier cette situation de prisonnière suspendue entre deux perches en équilibre au-dessus du vide.

En élevant le regard on peut voir, par-delà le précipice rocheux, au-delà d'un bois de chênes-lièges, au centre d'un dégradé de terres arides, la vallée de Sciara avec ses larges terrains plantés de céréales, étendues couvertes d'un duvet jaune plumeté à peine agité par le vent. Au milieu des champs de céréales, vif et sinueux comme un serpent aux écailles brillantes, le San Leonardo qui se jette dans le golfe de Termini Immerese.

Sous les yeux dilatés de Marianna, le grand fleuve à la teinte métallique, les bois de chênes-lièges striés de rougeâtre, les étendues de cannes à sucre sont enclos dans un bloc de chaleur vitreux à peine mû d'un presque imperceptible fourmillement.

Le paysage grandiose lui a fait oublier les mouches et la nausée. Elle va pour tendre la main vers sa fille qui dort, la tête ballottant sur l'épaule, mais arrête son geste à mi-course. Elle hésite entre la réveiller pour lui montrer le panorama ou la laisser se reposer, se rappelant qu'elles se sont levées à quatre heures ce matin et que le bercement n'aide certainement pas à rester éveillé.

En essayant de ne pas mettre en péril l'équilibre de la fragile conque au toit en coupole, Marianna se penche pour voir si les autres litières suivent. Dans l'une d'elles se trouve Manina, maigre et belle depuis sa guérison, et

Felice qui s'évente avec un grand éventail de soie jaune. Dans l'autre, voyagent Innocenza et Fila.

Parmi les hommes armés se trouvent Raffaele Cuffa, Calogero Usura, son cousin, Peppino Geraci, le jardinier de la Villa Ucrìa, le vieux Ciccio Calò, Toto Milza, son neveu, et Saro, qui, depuis que monsieur l'oncle mari est mort en lui laissant cent écus en plus de tous ses vêtements, a pris un air d'une lenteur étudiée qui le rend un peu ridicule mais lui donne aussi une nouvelle magnificence.

Les croissants de lune ont disparu de son torse. La mèche noire ne glisse plus avec impertinence sur son front, elle est rentrée de force sous une perruque aux boucles blanches un peu large qui a tendance à lui glisser sur les oreilles et qui date de l'époque où le duc Pietro était un petit jeune homme. Il est toujours très beau, bien que d'une beauté différente, moins enfantine, plus consciente et plus compassée. Mais il a surtout changé ses façons de faire, qui sont maintenant presque celles d'un seigneur né dans les dentelles d'un grand hôtel particulier de Palerme. Il a appris à bouger avec élégance mais sans affectation. Il monte à cheval comme un prince, glissant la pointe de sa botte dans l'étrier et s'élevant d'un bond léger et calculé. Il a appris à s'incliner devant les dames en tendant la jambe en avant et en imprimant à son bras une ample courbe, non sans retourner au dernier moment un poignet qui agite les plumes du tricorne.

Il a gravi un à un les paliers de la gloire, l'orphelin décidé, découvert une nuit demi-nu dans la chambre de Fila avec sa petite queue de rat et son sourire contrit. Mais il n'est pas encore satisfait, maintenant il veut apprendre à écrire et à compter. Il y met tant de diligence, tant de patience que même monsieur l'oncle mari l'avait pris en estime et l'avait aidé en lui donnant lui-même des leçons d'héraldique, de bonnes manières et d'équitation.

Il reste maintenant à franchir les derniers paliers et, parmi eux, la conquête de sa propre maîtresse, la belle muette qui se refuse à son amour avec tant d'arrogance. Est-ce cela qui le rend si pressant ? Ou y a-t-il autre chose ? Difficile à dire. Le garçon a aussi appris à dissimuler.

Aux funérailles de monsieur l'oncle mari il était le plus affligé, comme s'il perdait un père. Et lorsqu'on lui avait dit que le duc lui laissait un petit héritage en pièces d'or, vêtements, chaussures et perruques, il en avait pâli de surprise et s'était mis à répéter qu'il « n'était pas digne ».

Ces funérailles avaient fatigué Marianna jusqu'à lui en faire perdre le souffle : neuf jours de cérémonies, de messes, de repas avec les parents, la préparation des vêtements de deuil pour toute la famille, les décorations florales, les centaines de cierges pour l'église, les laudatrices qui avaient pleuré deux nuits et deux jours entiers à côté du cadavre.

Enfin, le corps avait été porté aux catacombes des capucins pour l'embaumement. Elle, elle aurait préféré qu'il repose en terre, mais Mariano et son frère Signoretto avaient été inébranlables : le comte Pietro Ucrìa, di Campo Spagnolo, baron de Scannatura, comte de la Sala di Paruta, marquis de Sollazzi, devait être embaumé et conservé dans la crypte des capucins comme ses ancêtres.

Ils étaient descendus dans les catacombes en foule, se prenant les pieds dans les traînes, risquant de mettre le feu au catafalque avec les torches, dans toute une confusion de mains, de chaussures, de coussins, de fleurs, d'épées, de livrées, de candélabres.

Et puis tout le monde avait disparu, et elle s'était retrouvée seule avec le corps nu de son mari mort, pendant que les moines préparaient le passage et la niche dans le salpêtre.

Elle avait d'abord refusé de le regarder : comme si c'était indiscret. Ses yeux s'étaient posés plus loin, sur trois vieillards à la peau goudronnée collée aux os, qui, des parois où ils étaient accrochés par le cou, leurs mains squelettiques liées à la poitrine par un lacet, la fixaient.

Sur les étagères de bois verni gisaient d'autres morts : des dames élégantes en robes de grand apparat, leurs bras croisés sur la poitrine, leurs bonnets aux bords jaunis, leurs lèvres tendues sur la mâchoire. Certaines étaient couchées là depuis quelques semaines et dégageaient une piquante odeur d'acide. D'autres étaient là depuis cinquante ans, un siècle, et avaient perdu toute odeur.

Un usage barbare, se disait Marianna, cherchant à se rappeler les phrases de monsieur Hume ; mais sa tête était vide. Mieux vaut être brûlé et jeté dans le Gange comme le font les Indiens plutôt que de rester dans ces souterrains, encore tous ensemble avec les parents et les amis aux noms célèbres et la peau qui s'effrite comme du vieux papier.

Son regard s'était posé sur un corps sous verre, celui-là, oui, parfaitement conservé : une petite fille aux longs cils, blonde, les oreilles comme deux minuscules coquilles reposant sur un coussin brodé, le front haut, dégagé, sur lequel brillaient deux petites gouttes de sueur. Et, d'un coup, elle l'avait reconnue : c'était la sœur de sa grand-mère Giuseppa, morte de la peste à l'âge de six ans. Une grand-tante qui n'avait jamais grandi et semblait vouloir figurer le miracle de l'éternité de la chair.

De tous les corps accumulés là-dedans, seul celui de la petite fille s'était conservé comme tous espèrent se conserver une fois morts : intacts, souples, assoupis dans un tranquille ennui. Mais la momification qu'effectuent les moines, si célèbre pour l'usage du salpêtre naturel, s'écaille au bout de quelque temps, durcit, fait ressortir le squelette qui reste à peine couvert d'une pellicule de chair sombre et sèche.

Marianna avait reporté les yeux sur le corps nu de son mari allongé devant elle. Pourquoi avait-on voulu la laisser seule ici ? Peut-être pour qu'elle lui offre ses derniers adieux, ou pour qu'elle réfléchisse sur la fragilité du corps humain ? Curieusement, la vue de ces membres abandonnés la rassurait : il était si différent des autres corps qui l'entouraient, si frais, calme, tout marqué de veines, cils, cheveux, lèvres en relief qui sont la propriété des vivants. Cette masse ondulée de cheveux gris gardait intact le souvenir des campagnes ensoleillées, les joues gardaient encore quelque reflet de la lueur rosée des chandelles.

Juste au-dessus de lui, sur une petite plaque, « *memento mori* » était gravé dans le cuivre ; mais le cadavre de monsieur l'oncle mari semblait dire au contraire « *memento vivere* » ! si grande était la force de ces chairs engourdies à côté du prétentieux carton-pâte du peuple des momies. Aussi nu, elle ne l'avait jamais vu ; aussi nu et abandonné et pourtant digne et composé, dans ses muscles assoupis et dans les plis sévères de son visage figé.

Un corps qui, à cause de ses façons de faire austères, froides et violentes, ne lui avait jamais inspiré d'amour. Ces derniers temps, il avait changé un peu dans sa manière de l'approcher : furtif, toujours, comme s'il devait lui dérober quelque chose, mais pris d'une hésitation nouvelle, un doute qui lui venait de l'inexplicable refus subi plusieurs années auparavant.

Cette douceur brusque, un peu affectée, issue d'un perplexe et silencieux respect, le lui avait rendu moins étranger. Elle s'était même parfois surprise à avoir envie de serrer sa main, mais elle savait que l'idée même d'une caresse était pour lui inadmissible. De l'amour, il avait reçu de ses ancêtres une idée de rapace ; on vise, on assaille, on lacère, on dévore. Après quoi, rassasié, on s'éloigne en laissant derrière soi une charogne, une peau vidée de sa vie.

Ce corps nu abandonné sur les dalles de pierre avant d'être fendu, vidé, bourré de salpêtre, lui inspirait maintenant une brusque sympathie. Ou peut-être quelque chose de plus, de la pitié. Elle avait tendu la main et, de deux doigts légers, lui avait caressé la tempe tandis que des larmes imprévues et involontaires coulaient sur ses joues.

Scrutant ce visage effilé et livide, suivant la courbe fuyante des lèvres, les pommettes saillantes, les minuscules et sombres ailes du nez, elle tentait de comprendre le secret de ce corps.

Elle ne l'avait jamais imaginé enfant, monsieur l'oncle mari. C'était impossible. Depuis qu'elle le connaissait il avait toujours été vieux, enfermé dans ces habits rouges qui rappelaient les atours du XVe siècle plus que les élégances du siècle nouveau, la tête éternellement couverte de perruques alambiquées, les gestes mesurés, rigides.

Pourtant, elle avait vu un jour un portrait de lui petit qui plus tard s'était perdu. Dans une guirlande de fleurs et de fruits s'encadraient les têtes des deux enfants Ucrìa di Campo Spagnolo : Maria, blonde, rêveuse et déjà un peu grasse ; Pietro aux cheveux plus clairs, mousseux, grand et sec, avec une expression de tristesse orgueilleuse dans les yeux. Derrière, comme en vitrine, apparaissaient les têtes de leurs parents : Carlo Ucrìa, di Campo Spagnolo et Giulia Scebarràs d'Avila. Elle, robuste et noire de cheveux, un air zélé et autoritaire, lui délicat et fuyant, serré dans une redingote de couleur pâle. C'est du côté Ucrìa que venait la douceur de traits de Maria, tandis que Pietro avait pris des vieux Scebarràs, race d'envahisseurs et de rapaces despotiques.

Grand-mère Giulia racontait que Pietro enfant était vétilleux et susceptible : il cherchait chicane pour rien et s'amusait à faire le coup de poing avec n'importe qui. Il gagnait toujours, paraît-il, car, en dépit de son air souffreteux, il avait des muscles vifs et durs comme l'acier. En famille, il était tenu pour un extravagant. Il parlait peu, était maladivement attaché à ses vêtements dont il prétendait qu'ils étaient de damas et de soie, bordés d'or.

Pourtant, il avait des élans de générosité qui ébahissaient ses proches. Un jour, il avait réuni les enfants des vachers de Bagheria et leur avait fait cadeau de tous ses jouets. Une autre fois, il avait pris quelques bijoux de sa mère et les avait remis à une pauvresse qui demandait l'aumône.

Il aimait le jeu mais savait se modérer. Il ne passait pas ses nuits aux tables de jeu, comme beaucoup de ses amis ; il n'entretenait pas de chemisière ou de repasseuse, il ne buvait qu'un peu du vin des vignes de son père. Seule la bagarre l'attirait, même avec des gens d'un rang inférieur au sien, et pour cela il avait été puni au fouet par la grand-mère Giulia.

Mais il ne s'était jamais rebellé contre ses parents : il les vénérait même, et acceptait chaque fois les punitions avec une froide componction. Durant toute son adolescence et sa jeunesse, il n'avait eu d'amour que pour sa sœur Maria. Avec elle, il faisait d'interminables parties de pharaon.

Quand la jeune Maria s'était mariée, il s'était enfermé à la maison et n'en était plus sorti pendant presque un an. Comme seule compagnie il avait une petite chèvre qu'il faisait dormir sur son lit et gardait sous la table avec les chiens pendant qu'il mangeait.

Tant qu'elle avait été une petite bête à la tête douce et aux fines petites pattes, la famille l'avait tolérée. Mais quand en grandissant il lui avait poussé des cornes recourbées et qu'elle était devenue un gros animal qui fonçait tête baissée dans les meubles, la grand-mère Giulia avait ordonné qu'on la mette dans les champs et qu'on l'y laisse.

Pietro avait obéi, mais la nuit, en cachette, il sortait pour aller dormir dans l'étable avec la bête. Nonna Giulia l'avait su et elle avait fait tuer la bête. Puis, devant toute la famille, elle avait fouetté les fesses nues de son fils. Tout comme l'avait fait à elle et ses frères le vieil aïeul Scebarràs quand ils étaient petits.

De ce jour, le patient Pietro était devenu rétif et bizarre. Il disparaissait des semaines entières, et personne ne savait où il allait. Ou bien il s'enfermait dans sa chambre et ne laissait même pas entrer la femme de chambre qui venait lui apporter à manger. Il ne parlait pas à sa mère, mais, selon la règle, s'inclinait lorsqu'il la voyait.

À quarante ans, il ne s'était pas encore marié et, à part les maisons de passe où il allait quelquefois, il ne semblait pas connaître l'amour. Il n'avait de rapports de confiance qu'avec sa sœur Maria. Il allait souvent lui rendre visite dans la maison de son mari et échangeait quelques phrases avec elle. Son père était mort peu après la mort de la chèvre, mais personne ne l'avait pleuré, car c'était un homme si éteint qu'il semblait défunt alors même qu'il vivait.

Quand sa nièce Marianna était née, il était devenu encore plus assidu via Alloro, bien qu'il n'eût pas une grande sympathie pour son cousin et beau-frère Signoretto. Il s'était attaché à la petite fille qu'il prenait dans ses bras et berçait comme, des années auparavant, la petite chèvre.

Nul ne songeait à lui faire prendre femme, jusqu'à ce qu'un oncle célibataire de la branche Scebarràs, qui avait accumulé des terres et de l'or, ne meure en laissant tout à son unique neveu. Alors, la grand-mère Giulia avait décidé de lui donner pour épouse une grande dame palermitaine veuve depuis peu : la marquise Milo delle Spaline di Trapini, une femme de poigne qui aurait pu tempérer les bizarreries de son fils. Mais Pietro s'y était opposé et avait déclaré qu'il ne dormirait jamais dans le lit d'une femme qui ne soit une des filles de sa sœur Maria. Et puisque, de filles, il y en avait trois dont l'une était destinée au couvent, il en restait deux : Agata et Marianna. Agata était trop petite, Marianna était sourde-muette, mais elle venait d'avoir treize ans, l'âge auquel les filles se marient.

Et puis, s'étaient dit madame mère Maria et monsieur père, donner Agata à l'oncle, c'était du gâchis : avec sa beauté elle pouvait contracter un magnifique mariage. C'est pourquoi il était juste que ce soit Marianna qui épouse l'extravagant Pietro. D'autre part, il faisait preuve de beaucoup d'affection à son égard. De plus, on avait un besoin urgent d'argent frais pour payer des dettes anciennes et nouvelles, il fallait remettre en état l'hôtel de la via Alloro qui tombait en ruine, racheter voitures et chevaux et refaire toutes les livrées de la maison. Marianna ne perdrait rien : si elle ne se mariait pas, elle serait enfermée dans un couvent. Alors qu'ainsi elle ouvrirait une nouvelle dynastie : les Ucrìa di Campo Spagnolo, barons de Scannatura, comtes de la Sala di Paruta, marquis de Sollazzi et de Taya et barons de Scebarràs d'Avila.

Avant de mourir, la grand-mère Giulia avait appelé son fils et lui avait demandé de lui pardonner de l'avoir fouetté devant les domestiques pour l'histoire de la chèvre. Son fils Pietro l'avait regardée sans dire un mot, puis, un instant avant qu'elle n'expire, il avait prononcé d'une voix forte : « J'espère que vous aurez la chance de rencontrer vos parents Scebarràs en enfer. » Et cela tandis que le prêtre égrenait les *gloria Patri* et que les pleureuses appointées s'apprêtaient à se lamenter trois jours et trois nuits durant.

C'est ainsi que Pietro avait eu sa nièce. Mais, après le mariage, il avait été incapable de refaire les gestes qu'il avait eus lorsqu'elle était enfant. Comme si le mariage, en la consacrant, avait gelé sa tendresse paternelle.

26.

« Et don Mariano ? » « Votre fils n'est pas venu avec Votre Seigneurie ? » « Qu'est-ce qu'il fait, il se cache ? » « Nous attendions le nouveau maître. » « À la mort de don Pietro, c'était à lui… » Marianna triture entre des doigts nerveux les billets qu'elle tient sur ses genoux. Comment justifier l'absence de Mariano devenu soudain chef de famille, héritier et propriétaire des fiefs de Campo Spagnolo, de Sacannatura, de Taya, de la Sala di Paruta, de Sollazzi et Fiumefreddo ? Comment dire à ces intendants et à ces fermiers venus leur rendre hommage que le jeune Ucrìa est resté à Palerme avec sa femme parce que tout simplement il n'avait pas envie de bouger ?

« Allez-y, vous, maman, moi j'ai à faire », lui avait-il écrit en surgissant devant elle dans sa nouvelle redingote de brocatelle anglaise ornée d'incrustations d'or.

Il est vrai que douze heures de litière à travers ces sentiers de montagne ne sont pas une sinécure et qu'effectivement peu de barons palermitains affrontent de telles fatigues pour visiter leurs domaines.

Mais l'occasion d'aujourd'hui est une des rares que les parents, aussi bien que les amis et les subordonnés, considèrent comme essentielle. Le nouveau maître doit aller faire un tour sur ses propriétés, doit se faire connaître, parler, arranger les vieilles maisons seigneuriales, s'informer des événements survenus pendant ses longues absences citadines, tenter de susciter un peu d'admiration, de sympathie ou, tout au moins, de curiosité.

Peut-être a-t-elle eu tort de ne pas insister, se dit Marianna, mais il ne lui en avait pas laissé le temps. Il lui avait baisé la main et s'était échappé aussi vite qu'il était venu, troublant l'air de son puissant parfum de rose. Le même parfum qu'utilisait monsieur père, à la différence que ce dernier s'en humidifiait légèrement les « dentelles » de la chemise tandis que son fils en use sans discrétion, se déversant dessus des bouteilles entières.

Devant elle, les intendants et les fermiers sont dans une confusion qui avoisine la peur. Ils la considèrent comme une espèce de sainte, quelqu'un qui n'appartient pas à la race grandiose des seigneurs, mais à celle, misérable et en quelque sorte sacrée, des estropiés, des malades, des mutilés. Ils en ont pitié, mais ils sont aussi irrités par ses yeux curieux et pénétrants. Et puis, ils ne savent pas écrire, et elle, avec ses billets, ses plumes, ses mains tachées d'encre, les met dans un état d'agitation insupportable.

D'ordinaire, ils chargent don Pericle d'écrire pour eux, mais même cette intercession ne les satisfait pas. Et puis c'est une femme, et, en tant que patronne, comment une *fimmina* peut-elle s'y entendre en propriété, en blé, en semailles, en dettes, en gabelle, etc. ?

C'est pourquoi ils la regardent, déçus, répétant leur refrain sur don Mariano, alors même qu'ils ne l'ont jamais vu. Le duc Pietro est venu chez eux un an avant de mourir. Il était arrivé à cheval comme toujours, refusant la chaise doublée de velours de la litière, avec son fusil, ses gardes, ses rouleaux de papier, ses besaces.

Et voilà qu'ils se trouvent devant madame la duchesse Marianna et qu'ils ne savent par où commencer. Don Pericle est installé à moitié couché sur un fauteuil de cuir graisseux et égrène un chapelet entre ses doigts boudinés. Il attend qu'ils commencent à parler. À la façon dont les hommes tendent le cou vers la véranda, Marianna comprend que les filles sont en train de se promener en riant sous les portiques, peut-être se brossent-elles les cheveux à l'ombre des arches de pierre.

Elle voudrait s'enfermer dans la chambre et dormir. Elle a le dos endolori, les yeux brûlants, les jambes raides de fatigue d'avoir été immobiles et repliées pendant des heures. Mais elle sait que, quoi qu'il en soit, elle doit affronter ces hommes, se faire pardonner l'absence de son fils et essayer de les convaincre que, vraiment, il ne pouvait pas venir. Alors elle se domine et, d'un geste, les invite à parler. Don Pericle transcrit dans son langage lapidaire.

« Treize onces pour refaire puits. Mais toujours sec. Dix onces de plus nécessaires. »

« À Sollazzi manque de main-d'œuvre. Variole a emporté dix hommes. »

« Un prisonnier pour insolvabilité. Paysan fief Campo Spagnolo. Enchaîné depuis vingt jours. »

« Grain vendu ; 120 *salme*[1]. Augmentez prix de vente. Manque de liquide. Argent en caisse : 0,27 once, 110 *tarì.* »

« Fromage de vos chèvres qui sont au nombre de 900 : 30 rouleaux, et 10 de ricotta. »

« Laine : quatre rouleaux. »

Marianna lit scrupuleusement tous les billets que don Pericle lui passe au fur et à mesure que les hommes parlent. Elle acquiesce, observe les visages de ses intendants et de ses fermiers : Carlo Santangelo, dit « *u zoppu* », le boiteux, bien qu'il ne boite absolument pas, elle l'a connu quand elle est venue avec monsieur l'oncle mari tout de suite après son mariage. Une tête aux traits puissants, quelques cheveux sur un crâne bronzé, une bouche sèche aux lèvres fendues par le soleil. Il tient à la main un chapeau gris aux bords larges et souples qu'il tape contre sa cuisse avec impatience.

1. Mesure utilisée pour le grain, le vin, etc. La salma équivaut à 550 litres environ.

Il y a Ciccio Panella, qui a exigé que don Pericle note son nom pour la duchesse sur une grande feuille blanche. C'est un nouvel intendant, il a dans les vingt-deux ans. Maigre à faire peur, le regard vif, une grande bouche où manquent deux dents sur le côté droit. C'est lui qui a l'air le plus curieux d'elle, le moins embêté à l'idée d'avoir à traiter avec une patronne plutôt qu'un patron. Il fixe le décolleté de sa robe d'un regard luisant, manifestement fasciné par la blancheur de sa peau.

Il y a Nino Settani, vétéran du fief : vieux, solide, avec des yeux qui semblent peints tant ils sont noirs, ourlés de noir et enchâssés dans l'arc de deux épais et sombres sourcils. Ses cheveux, en revanche, sont blancs et tombent en désordre sur ses épaules.

Don Pericle continue à lui tendre des feuillets couverts de sa longue et grande écriture en hachures. Elle les entasse maintenant sur sa main ouverte et se propose de les lire plus tard, au calme. En réalité, elle ne sait pas très bien que faire de ces billets ni que répondre à ces hommes venus lui rendre compte des entrées et des sorties, ni de tous les problèmes suscités par la vie paysanne.

Mais ce prisonnier gardé dans la maison ? A-t-elle bien compris ? Où l'ont-ils mis ?

« Où se trouve le prisonnier ? »

« Juste sous nos pieds, dans les caves, Votre Seigneurie. »

« Dites aux fermiers et aux intendants de revenir demain. »

Rien ne trouble don Pericle, il fait un geste de la tête, et fermiers et intendants se dirigent vers la sortie après s'être inclinés pour baiser la main de la duchesse muette.

À la porte, ils rencontrent Fila qui entre avec un plateau chargé de verres au pied long et fin. Marianna voudrait pouvoir la renvoyer, mais c'est trop tard. D'un geste courtois elle invite les hommes à revenir sur leurs pas pour accepter le rafraîchissement malencontreusement arrivé.

Les mains se tendent, hésitantes, inquiètes, vers le plateau d'argent, se referment délicatement autour des tiges, comme si le seul contact de leurs doigts allait faire exploser le cristal, portent délicatement les calices à leurs bouches.

Puis ils s'alignent à nouveau pour le baisemain, mais leur maîtresse les congédie, leur épargnant cette ennuyeuse obligation. Et, respectueux, compassés, le chapeau à la main, ils défilent devant elle en s'inclinant.

« Accompagnez-moi en bas, au cachot, don Pericle », griffonne impatiemment Marianna. Et don Pericle, imperturbable, lui tend un bras revêtu d'un drap noir parfumé.

Un long couloir, un débarras sombre, la salle des conserves, la cuisine, le séchoir, la salle de la chasse avec les fusils pendus au râtelier, plusieurs gibecières par terre, deux canards de bois appuyés contre une chaise. Une aigre odeur de peau mal tannée, de poudre et de gras de mouton. Puis voici la salle des drapeaux : l'étendard de la Maison de Savoie maladroitement enroulé dans un coin, la bannière blanche de l'Inquisition, celle bleu pâle de Philippe V, la blanc, rouge et argent d'Élisabeth Farnèse, celle des Habsbourg avec son aigle et celle, azur parsemée de lys d'or, des Bourbons.

Marianna s'arrête un instant au milieu de la salle et montre à don Pericle les drapeaux enroulés. Elle voudrait lui dire que tous ces oripeaux conservés ensemble sont inutiles, qu'il faut les jeter, qu'ils ne révèlent que l'indifférence politique de monsieur l'oncle mari, lequel, doutant de la stabilité des maisons régnantes, se les gardait tous à portée de main. Et si, en 1713, il avait hissé comme tout le monde l'étendard de la Maison de Savoie sur la tour de Scannatura, puis fait voltiger l'autrichien de Charles VII de Habsbourg en 1720, c'est avec la même tranquillité qu'en 35 il avait hissé celui de Charles III, roi des Deux-Siciles, sans jamais supprimer les précédents. Prêt à les ressortir comme neufs dans le cas d'un retour, ainsi que d'ailleurs c'est arrivé avec les Espagnols, qui, chassés de l'île, y sont revenus trente-cinq ans après une guerre terrible qui a fait plus de victimes qu'une épidémie de variole noire.

Plus que d'opportunisme, il s'agissait chez le duc Pietro de mépris pour ces « bâtards qui viennent nous manger sur la tête ». S'allier avec d'autres mécontents, poser des conditions, résister à l'hégémonie étrangère ne lui serait jamais venu à l'idée. Ses pas de loup le portaient là où quelque chèvre solitaire était à assaillir. La politique lui restait lettre morte ; les soucis s'affrontaient seul, dans un « chacun pour soi et Dieu pour tous », en ce lieu héroïque et désert qu'était pour lui la conscience d'un aristocrate sicilien.

Don Pericle, après avoir attendu un peu qu'elle se décide à se remettre en route, lui tire la manche, à peine perceptiblement, en un geste furtif de rat. Et elle, ne se rendant compte qu'alors de la secrète hâte de cet homme, suit. Sans doute a-t-il faim, déduit-elle de la pression légèrement trop marquée de la main qui la guide.

27.

Les escaliers s'enfoncent dans le noir, l'humidité plaque sa chemise à son dos, d'où vient cette chaleur qui pue le rat et la paille ? Et où mènent ces marches glissantes de pierre souillée ?

Les pieds de Marianna se figent, son visage contracté se tourne vers don Pericle, qui, étonné, la regarde sans comprendre. Un brusque souvenir lui a voilé le regard : monsieur père enveloppé dans sa robe au capuchon rabattu, le garçon aux yeux suintants, le bourreau qui crache des graines de courge, tout est là, massif et compact, un doigt suffit pour actionner la roue qui fait remonter l'eau trouble du passé.

Don Pericle s'agite, cherchant un appui à quoi se retenir au cas où la duchesse s'évanouirait dans ses bras : il la soupèse du regard et jette les mains en avant en se campant solidement sur ses jambes.

L'expression affolée du prêtre fait sourire Marianna, les visions disparaissent, et ses genoux se raffermissent. Remerciant de la tête don Pericle, elle reprend la descente de l'escalier. Entre-temps, quelqu'un portant une torche est survenu. Il la tient haut, levée à bout de bras, pour éclairer les marches.

À l'ombre qui se profile contre la paroi, Marianna devine qu'il s'agit de Saro. Son souffle se fait plus rapide.

Et voilà que se dresse devant eux une grosse porte de chêne clair tout incrustée de clous et de boulons. Saro glisse la torche dans l'anneau de fer qui pend sur le mur, tend la main pour se faire donner la clef et s'approche avec une élégante décontraction du lourd verrou. En quelques gestes rapides, il ouvre la porte, reprend la torche et fait pénétrer la duchesse et le prêtre à l'intérieur de la cellule.

Assis sur un petit tas de paille, se trouve un homme aux cheveux blancs si sales qu'on les dirait jaunes ; un pourpoint de laine usée sur son torse nu, des culottes rapiécées, les pieds nus, gonflés et blessés.

Saro lève la torche au-dessus du prisonnier ébahi qui le regarde en se frottant les yeux, sourit et ébauche un petit salut à la vue des vêtements somptueux de la duchesse. « Demandez-lui pourquoi il est enfermé ici », écrit Marianna en appuyant la feuille sur son genou. Dans sa hâte, elle a oublié la tablette.

« L'intendant vous l'a déjà dit, pour insolvabilité. »

« Je veux qu'il me l'apprenne lui-même. »

Don Pericle, patient, s'approche de l'homme, lui parle. L'autre réfléchit un moment puis répond. Don Pericle transcrit les phrases de l'homme en appuyant la feuille contre le mur, tenant son corps à distance pour ne pas s'éclabousser d'encre et se penchant à chaque instant pour plonger la plume dans le flacon posé par terre.

« Dettes auprès du fermier non payées depuis un an. Ils ont emporté les trois mules qu'il avait. Ils ont attendu encore un an à vingt-cinq pour cent. L'année suivante la dette avait augmenté de trente onces, et, comme il ne les avait pas, ils l'ont incarcéré. »

« Et pourquoi était-il en dette auprès du fermier ? »

« La récolte n'avait pas suffi. »

« S'il savait qu'il ne pourrait pas payer, pourquoi a-t-il encore demandé quelque chose ? »

« Il n'y avait rien à manger. »

« Espèce d'âne bâté, pourquoi le fermier mange-t-il et pas lui ? »

La réponse n'arrive pas. L'homme lève des yeux pensifs sur cette grande dame qui trace d'une main rapide de mystérieux signes sur de petites feuilles de papier blanc en serrant dans sa main une plume qui a tout l'air d'avoir été arrachée au cul d'une poule.

Marianna insiste, tambourine sur la feuille et la fourre sous le nez du prêtre. Lequel se remet à interroger le paysan. Enfin celui-ci répond, et don Pericle écrit, en s'appuyant cette fois sur le dos de Saro qui se penche complaisamment en avant pour servir d'écritoire.

« Le fermier prend en louage la terre de Votre Seigneurie, duchesse, et il la donne en colonage au vilain ci-présent qui la cultive et garde un quart de la récolte, sur ce quart il doit donner au fermier une quantité de semences supérieure à celle qui a été anticipée par le fermier, il doit payer les droits de protection et, si la récolte n'est pas bonne et qu'il faille réparer un instrument, il doit retourner réclamer auprès du fermier. C'est alors qu'arrive l'intendant à cheval avec son fusil et qu'il l'emmène en prison pour insolvabilité… Vous comprenez, Votre Seigneurie ? »

« Et combien de temps doit-il rester ici ? »

« Encore un an. »

« Faites-le sortir », écrit Marianna et elle signe, comme s'il s'agissait d'un décret d'État. Et en effet, dans cette maison, dans ce fief, le maître a des pouvoirs de roi. Cet homme, comme Fila en son temps, a été « donné » à Mariano par monsieur l'oncle mari, qui lui-même l'avait reçu de l'oncle Antonio Scebarràs, qui lui-même…

Il n'est écrit nulle part que ce vieillard aux cheveux jaunes appartienne aux Ucrìa, mais de fait ils peuvent en faire ce qu'ils veulent, le garder dans les caves jusqu'à ce qu'il pourrisse, ou le renvoyer chez lui et même le faire fouetter, personne n'y trouverait rien à dire. C'est un débiteur qui ne peut pas payer et donc, virtuellement, il doit répondre de sa dette avec son corps même.

« C'est à l'époque de Philippe II que les barons siciliens, en échange de leur allégeance et de la passivité du Sénat, ont obtenu des droits monarchiques sur leurs terres, ils peuvent se faire justice eux-mêmes. » Où a-t-elle lu cela ? Ce que monsieur père appelait « l'injustice justifiée » et dont sa magnanimité l'avait toujours empêché de profiter.

Les intendants font simplement ce que les Ucrìa n'oseraient jamais faire de leurs blanches mains mais dont ils ont besoin : mettre au pas ces bêtes de somme de « vilains », en cognant, en menaçant de coups de corde, en enfermant les débiteurs dans les cachots de la tour.

Ce n'est pas difficile à comprendre : c'est écrit sur ces feuillets couverts de l'écriture chaotique de don Pericle, qui, dans son honnêteté ou sa paresse, a transcrit les mots du vieil homme comme il aurait transcrit ceux d'un évêque ou d'un Père du Saint-Office.

Il reste là maintenant, planté, à observer en se tournant les pouces, posé sur son gros ventre qui tend sa soutane, cherchant à comprendre où veut en venir cette bizarre duchesse qui débarque tout d'un coup et veut savoir ce que d'habitude les seigneurs feignent d'ignorer et qu'il n'est certes pas opportun qu'une dame de goût connaisse.

« Caprices, lubies, faiblesse de l'esprit… » Marianna perçoit la pensée du prêtre qui rumine à côté d'elle. « Fantaisies de grande dame, aujourd'hui que l'intelligence miséricordieuse est à la mode, mais qui demain, avec la même intelligence, théorisera sur l'usage du fouet ou de la rapière... »

Marianna tourne vers don Pericle un regard de feu ; mais avec cet air contrit, discret, cette attitude respectueuse qu'il affecte, que peut-elle lui reprocher ?

« Cette pauvre muette à quarante ans, avec ces chairs blanches et lisses... Dieu sait la confusion qu'elle a dans la tête... toujours à lire des livres... toujours derrière les mots écrits... il y a quelque chose de ridicule dans cette manie de comprendre... toujours à pignocher, à pincer le nez, à s'asseoir entre deux chaises... elles ne savent pas jouir de la vie, ces aristocrates d'aujourd'hui, elles se mêlent de tout, elles ne connaissent pas l'humilité, elles préfèrent la lecture à la prière... une duchesse muette, en plus de ça !... pourtant, il y a bien quelque chose de lumineux sur son visage... pauvre âme... elle est bien à plaindre, elle a été défavorisée, tout pour la tête et rien pour le corps, si au moins elle lisait des livres édifiants, mais j'ai bien vu ce qu'elle traîne avec elle : des livres en anglais, en français, que des cochonneries, des fumisteries modernes... et si elle se décidait à remonter, il fait une chaleur étouffante, et puis la faim commence à se faire sentir... en tout cas, aujourd'hui on mangera quelque chose de bon... quand les seigneuries se montrent, se montrent les friandises... quant au vieux, toutes ces sensibleries sont déplacées... la loi, c'est la loi, et il faut bien en passer par là... »

« Modérez vos réflexions ! » écrit Marianna à don Pericle qui, ébahi, déchiffre sans savoir comment interpréter le reproche. Il lève des yeux limpides sur la duchesse qui lui adresse un petit sourire malicieux et le précède dans l'escalier. Saro se précipite pour l'éclairer. Et elle, courant sur les tapis poussiéreux, atteint la salle à manger en riant du prêtre et d'elle-même. Ses filles sont déjà installées à table : Felice dans son élégant petit habit de nonne où brille la croix de saphir, Manina en noir et jaune, Giuseppa en blanc, le châle de soie bleue jeté sur une épaule. Elles les attendaient, elle et don Pericle, pour commencer le repas.

Marianna embrasse ses filles mais ne s'assied pas à table. L'idée de se sentir pénétrée par les pensées de don Pericle l'ennuie. Mieux vaut manger seule dans sa chambre. Au moins pourra-t-elle y lire en paix. Auparavant, elle rédige un billet pour s'assurer que le vieux prisonnier sera libéré sur-le-champ et sa dette payée sur sa caisse personnelle.

Dans l'escalier, elle est rattrapée par Saro qui lui tend son bras avec galanterie. Mais elle le refuse et court devant en sautant une marche sur deux. Arrivée à sa chambre, elle lui ferme la porte au nez. À peine a-t-elle tourné la clef dans la serrure que déjà elle se repent de ne pas s'être appuyée à ce bras, de n'avoir même pas eu un geste de remerciement. Elle s'approche de la vitre dans l'intention de le voir traverser la cour de sa démarche légère. Et le voici en effet qui sort par la porte de l'escalier. Elle le voit s'arrêter à la hauteur des écuries, lever la tête et chercher des yeux sa fenêtre.

Marianna est sur le point de se cacher derrière le rideau, mais, réalisant qu'en agissant ainsi elle rentrerait dans son jeu, elle reste droite derrière la vitre, les yeux fixés sur lui, sévère et pensive. Le visage de Saro s'éclaire d'un sourire d'une telle séduction et d'une telle douceur qu'elle en est un instant atteinte et se surprend à sourire elle aussi sans le vouloir.

28.

La brosse humidifiée d'un peu d'eau de Nanfa plonge dans les cheveux dénoués, les libère de la poussière tout en les parfumant légèrement d'écorce d'orange. Marianna tire en arrière sa nuque engourdie. Il n'y a plus d'eau de Nanfa, il faudra s'en faire préparer un autre flacon. La boîte de poudre de riz aussi est presque vide, il faudra en commander au parfumeur vénitien habituel. Il n'y a qu'à Venise que l'on fasse ces poudres impalpables, claires et odorantes comme des fleurs. L'essence de bergamote, en revanche, vient de Mazara, et c'est le parfumeur Mastro Turrizi qui la lui envoie dans une boîte à motifs chinois dont elle se sert ensuite pour conserver les billets qu'elle reçoit de ses proches.

Dans le miroir, se produit quelque chose d'étrange ; une ombre envahit le coin en haut à droite puis se dissipe. La vague lueur d'un regard, une main ouverte contre la vitre fermée. Marianna s'arrête, bras en l'air, brosse en main, le sourcil froncé.

Cette main pousse la fenêtre comme si, par un miracle du désir, elle pouvait s'ouvrir. Marianna est sur le point de se lever : son corps est déjà là, à la fenêtre, ses mains courent sur la poignée des persiennes. Mais une volonté inerte la tient clouée à la chaise. Tu vas te lever maintenant, dit la voix silencieuse, tu vas aller à la fenêtre et tirer les rideaux. Puis, tu éteindras les bougies et tu iras dormir.

Ses jambes obéissent à cette voix raisonnable et tyrannique. Ses pieds bougent, lourds, traînant leurs mules sur le dallage. Le rideau atteint, son bras se lève mécaniquement, et, d'un brusque mouvement du poignet, elle le tire de manière à obscurcir complètement la fenêtre qui donne sur la petite terrasse de la tour. Elle n'a pas osé lever les yeux, mais dans sa peau, dans ses ongles, dans ses cheveux, elle a senti la rage du garçon repoussé.

Et, comme une somnambule, elle se dirige vers le lit, éteint une à une les bougies d'un souffle faible qui l'épuise et se glisse sous les draps en se signant de ses doigts glacés.

« Que Jésus-Christ me vienne en aide. » Mais au lieu du visage zébré de sang du Seigneur en croix, c'est celui compassé et ironique de monsieur David Hume, avec son turban de velours clair et ses yeux sereins, ses lèvres entrouvertes et moqueuses, qui lui apparaît.

« La raison seule ne peut jamais être le motif d'une quelconque action de la volonté », se répète-t-elle pensive, et un sourire dolent s'étire sur les lèvres. Un bel esprit, monsieur David Hume, mais que connaît-il à la

Sicile ? « La raison est et ne doit être qu'esclave des passions et ne peut revendiquer en aucun cas une fonction autre que celle de les servir et de leur obéir. » Un point c'est tout. Quel farceur, ce monsieur David Hume sous son turban asiatique, avec ce double menton de qui sait bien manger et bien dormir, ces yeux insolents, distants. Sait-il ce que c'est qu'être une femme mutilée, torturée par l'orgueil et le doute ?

Si sulu l'armuzza mia ti rimírassi
quant'è un parpitu d'occhi et poi murissi...[1]

Les vers du poète de Catane Paolo Maura, recopiés dans son petit carnet damasquiné, lui remontent doucement à la mémoire et la distraient un moment de la douleur qu'elle s'inflige de ses propres mains.

Sachant qu'il est encore derrière la vitre, à attendre qu'elle se ravise, sa tête ne parvient pas à se poser sur l'oreiller. Elle ne le voit pas, mais elle sait qu'il est là : il suffirait de rien pour l'avoir près d'elle. Tellement rien qu'elle se demande combien pourra durer encore cette cruelle résolution.

Pour prévenir toute tentation, elle décide de se lever et d'allumer une bougie, d'enfiler ses pantoufles et de sortir par la porte. Le couloir est obscur, il y règne

1. Que mon âme, le temps d'un battement de cils, puisse te contempler et mourir ensuite...

une odeur de vieux tapis et de meubles vermoulus. Marianna sent ses jambes se dérober et s'appuie contre le mur. Cette odeur lui rappelle une autre lointaine visite à Torre Scannatura. Elle avait peut-être huit ans, et il y avait ce même tapis usé dans le couloir. Elle était seule avec madame mère. Ce devait être aussi le mois d'août. Dans la tour il faisait chaud, et des odeurs de charognes abandonnées au soleil montaient des rochers alentour.

Madame mère n'était pas contente : son mari avait disparu depuis des jours et des jours avec une de ses amoureuses, et elle, après l'avoir attendu en prisant et en buvant du laudanum, avait brusquement décidé de partir avec sa fille sourde-muette pour la campagne des oncles Scebarràs. Elles avaient passé des journées mélancoliques, elle à jouer toute seule sous les arcades, et madame mère à dormir, droguée, dans la petite chambre à coucher de la tour qui est aujourd'hui la sienne.

Les seules consolations étaient l'odeur excitante du vin nouveau dans les cuves de bois et celle des tomates à peine cueillies si puissante qu'elle brûle les narines.

Marianna pose sa main sur sa poitrine pour calmer le tourbillon de son cœur qui continue à tourner à vide. C'est à ce moment-là qu'elle voit arriver Fila, enveloppée d'une pèlerine marron qui recouvre la longue chemise de nuit blanche.

Fila reste là à la regarder comme si elle voulait dire quelque chose d'important. Ses doux yeux gris sont durcis par la rancœur. Marianna lève un bras et la main part toute seule frapper ce visage bouleversé. Elle ne sait pas pourquoi elle le fait, mais elle sait que la jeune fille s'y attend et qu'il est de son devoir à ce moment-là de se conformer à la nécessité d'un brutal rapport maîtresse-servante.

Fila ne réagit pas : elle se laisse glisser lentement à terre. Marianna l'aide à se relever, essuie avec tendresse les larmes de ses joues, la serre contre elle avec un tel élan que Fila en est effrayée. La raison pour laquelle elle est montée est alors claire, et il est clair aussi que cette gifle a déjà effacé le crime d'une sœur qui furtivement épie les déplacements de son frère. Maintenant, Fila peut retourner se coucher.

Marianna descend une volée de marches, s'arrête devant la porte de la chambre de Giuseppa d'où filtre un rai de lumière. Elle frappe et entre. Giuseppa, encore habillée, est assise au bureau, la plume à la main, la petite bouteille d'encre débouchée. À la vue de sa mère elle fait aussitôt mine de cacher la feuille, puis se ravise, la regarde d'un air de défi, prend une autre feuille et écrit :

« Je n'en veux plus comme mari, je m'en débarrasserai, dussé-je en crever. »

Dans les yeux de sa fille, la mère reconnaît ses propres poussées d'orgueil téméraire.

« Papa est mort, le XVIIe siècle est fini depuis longtemps, maman, de nos jours on agit autrement. À Paris, qui s'intéresse encore au mariage ? On se marie, mais sans obligation, chacun pour soi. Mais lui, il prétend que je fasse ce qu'il veut. »

Marianna s'assied près de sa fille. Elle lui ôte la plume des mains.

« Et la lingère, comment ça s'est terminé ? »

« Ça s'est terminé qu'elle est partie de son côté. Plus sage que Giulio certainement, moi, je la comprends, à force de dormir ensemble l'amitié vient, je la comprends, maman. »

« Alors, tu ne veux plus le bastonner ? » écrit Marianna et elle s'aperçoit que ses doigts serrent nerveusement la plume comme si elle voulait écrire tout à fait autre chose. La pointe d'os grince péniblement sur le papier.

« Étranger, je le considère. Mort. »

« À qui écris-tu, alors ? »

« À un ami, maman, le cousin Olivo qui m'a comprise et m'a parlé affectueusement quand Giulio me tournait le dos. »

« Tu dois cesser, Giuseppa, le cousin Olivo est marié et tu ne peux pas lui écrire. »

Marianna entrevoit sa tête à côté de celle de sa fille dans le miroir derrière le bureau, et trouve qu'elle lui ressemble tellement. Presque des sœurs.

« Mais il me plaît. »

Marianna s'apprête à rédiger un autre décret mais se retient. Comme elle est arrogante, cette interdiction : briser, rompre, couper court… Avec un frisson, elle repense aux mains du capucin qui pénétrèrent les chairs de monsieur l'oncle mari pour arracher les viscères, nettoyer, décharner, racler, conserver. Si l'on veut conserver, il faut utiliser des couteaux extrêmement fins. Elle aussi, en mère appréhensive, la voilà prête à amputer les sentiments de sa fille.

Giuseppa n'a pas encore vingt-sept ans. De son jeune corps se dégagent de tendres odeurs de cheveux mouillés de sueur, de peau rougie de soleil. Pourquoi ne pas céder à ses désirs, même s'ils sont interdits ?

« Va, écris ta lettre, je ne te regarde pas… », a tracé toute seule sa main, et elle voit sa fille sourire, contente.

Marianna attire sur sa poitrine la tête de la jeune fille, elle la serre encore une fois avec trop de précipitation, une fois de plus en proie à un élan qui la déséquilibre, la vide et la laisse épuisée.

29.

Une matinée d'août. À l'ombre des arcades, quatre femmes se tiennent assises autour d'une table d'osier tressé. Des mains légères vont et viennent du sucrier de cristal aux tasses de céramique pleines de lait, de la confiture de pêches aux petits pains beurrés, du café moussant aux *moffoli* fourrés de ricotta et de courge confite.

Marianna chasse une guêpe du bord de sa tasse et la voit se poser immédiatement, insistante, sur la tranche de pain que Manina est en train de porter à sa bouche. Elle va la chasser encore mais sa fille arrête son geste, la fixe avec un doux sourire et continue de manger son pain avec la guêpe dessus.

Alors c'est Giuseppa qui, la bouche pleine de *moffoli*, lève un doigt pour éloigner la guêpe malencontreuse et se voit arrêtée à mi-course par sa sœur qui, de but en blanc, se met à imiter l'insecte, suscitant l'hilarité de ses sœurs.

Felice, dans son habit immaculé, le crucifix de saphir reposant sur sa gorge, rit et avale son lait en suivant le vol d'une autre guêpe audacieuse qui semble hésiter entre les cheveux de Manina et le sucrier ouvert. Attirées par cette abondance inhabituelle de sucreries, d'autres encore arrivent.

Cela fait vingt jours maintenant qu'elles sont à Torre Scannatura. Marianna a appris à distinguer les champs de blé des champs d'avoine, ceux de sainfoin des pâturages. Elle connaît le prix du fromage sur le marché, ce qui revient au berger et ce qui revient aux Ucrìa. Elle a tiré au clair les systèmes de location et de métayage. Elle a compris qui sont les intendants et à quoi ils servent : intermédiaires entre propriétaires distraits et paysans récalcitrants, gardiens armés d'une paix miraculeusement maintenue, ils volent tant qu'ils peuvent et les uns et les autres. Les fermiers quant à eux prennent la terre en prêt, étranglent ceux qui la travaillent et, en l'espace de deux générations, s'ils sont malins, mettent de côté de quoi l'acheter.

Elle a passé de longues heures avec le comptable, don Nunzio, qui lui explique patiemment ce qu'elle doit faire. Sur les cahiers de comptes la main de don Nunzio trace des signes rabougris et difficiles à déchiffrer, mais qui sont pleins d'égards pour l'esprit, qu'il juge infantile, de la muette madame la duchesse.

Don Pericle, occupé à la paroisse, ne vient que le soir pour dîner et s'attarder à jouer au piquet ou au pharaon avec les filles. Marianna n'a pas de sympathie pour lui et, dès qu'elle le peut, le laisse avec les enfants. En revanche, don Nunzio lui plaît : ses pensées sont bien enfermées, elles ne risquent en aucun cas de s'échapper de cette tête reposante et hermétiquement close. Les mains de don Nunzio courent sur les feuillets de la duchesse, non seulement pour expliquer en détail le fonctionnement des prix et des impôts, mais aussi pour citer Dante, l'Arioste.

Bien qu'elle ait du mal à déchiffrer l'écriture du vieil homme, Marianna la préfère à celle, boursouflée et penchée en arrière, de don Pericle, qui semble tisser ses phrases de salive comme une araignée gourmande.

Les filles sont redevenues petites filles. Quand elle les regarde se promener dans le jardin avec leurs ombrelles de dentelle, quand elle les observe, comme maintenant, installées dans les fauteuils d'osier, se fourrer pain et beurre dans la bouche, elle a l'impression de revenir vingt ans en arrière quand, à la Villa Ucrìa, de la fenêtre de sa chambre à coucher, elle les regardait se déchaîner, et il lui semble presque entendre leurs rires et leurs appels d'avant qu'elles ne deviennent des femmes mariées.

Loin de leurs maris et de leurs enfants, elles passent leurs journées à dormir, à se promener, à jouer. Elles se bourrent de *macaroni pasticciati*, de tourtes à l'aubergine, se gavent de ce gâteau de cédrat travaillé et cuit au miel qui s'appelle *petrafenula* et qu'Innocenza confectionne merveilleusement.

On ne dirait pas, à la voir aujourd'hui, que Manina, il y a quelque temps, se mourait de fièvre puerpérale.

Et que Giuseppa pleurait désespérément à cause de la trahison de son mari ni que Felice s'accrochait au cadavre de son père comme si elle voulait être enfermée avec lui dans la grotte de salpêtre.

Hier soir, ils ont dansé. Felice jouait de l'épinette, don Pericle tournait les pages sur le lutrin avec un air béat. Le cousin Olivo et son ami Sebastiano, qui resteront quelques semaines à la Villa de Dogana Vecchia, à quelques lieues de là, avaient été invités. Et ils ont dansé jusqu'au milieu de la nuit.

À un certain moment, ils ont même invité Saro, qui se tenait planté sur une jambe comme une grue. Fila, elle aussi invitée, n'a pas voulu participer à la danse. Peut-être parce qu'elle n'a jamais appris le menuet et que ses souliers la gênent. Pour la persuader, ils ont improvisé une tarasconne, mais elle ne s'est pas laissé tenter.

Mais Saro, lui, qui a pris des leçons de danse avec le professeur de Manina, évolue maintenant comme un danseur émérite. Chaque jour davantage il perd son dialecte, ses durillons, ses boucles en désordre, sa voix aiguë, sa démarche gauche et prudente. Et avec tout cela, il perd aussi sa Fila, qui, soit par dédain, soit par un sentiment plus profond d'intégrité, n'a pas envie d'apprendre comme lui.

Un matin que Marianna avait monté la mule pour aller voir le foulage du raisin dans le domaine de Fiume Mendola, elle l'a trouvé planté devant elle, le beau Saro, une feuille de papier à la main. En la lui tendant furtivement, il a eu un mouvement d'orgueil qui a fait étinceler ses yeux.

«JE VOUS AIME», avait-il tracé en caractères pompeux et laborieux mais décidés. Et elle, en toute hâte, avait enfoncé le billet dans son décolleté. Ce billet, elle n'était pas parvenue à le jeter ainsi qu'elle se l'était promis tandis que sur sa mule elle se dirigeait vers le pressoir, et elle l'avait caché au fond de la boîte métallique aux dessins chinois, sous une collection de billets de monsieur père.

Tandis que don Nunzio lui montrait les cuves pleines de moût couleur sang, elle avait cru percevoir sous ses pieds les vibrations de sabots d'un cheval et, tout en se disant qu'elle ne devait pas l'attendre, elle avait espéré que ce soit lui.

Don Nunzio la tirait timidement par la manche. Un moment plus tard, ils étaient enveloppés d'un brouillard de vapeurs acides et enivrantes devant une estrade surélevée d'environ cinq empans au-dessus du sol. Sur cette estrade, des hommes vêtus de culottes courtes, les pieds nus enfoncés dans le moût, pressaient et repressaient le raisin, faisant gicler le liquide rosâtre autour d'eux.

Par un trou dans le sol incliné, le vin non encore fermenté s'écoulait dans les larges cuves, écumant, bouillonnant, entraînant avec lui bouts de bois et brins d'herbe. Marianna, penchée sur ce liquide en fermentation, avait envie de se jeter dans cette boue liquide.

Interrogeant continuellement sa propre volonté, elle la trouvait robuste, close en elle-même comme un soldat dans son armure.

Pour compenser sa sévérité envers ses propres désirs, Marianna est devenue indulgente à l'égard de ses filles. Giuseppa flirte avec Olivo, qui a laissé sa jeune épouse à Palerme pour suivre sa cousine à la campagne. Manina est ouvertement courtisée par Sebastiano, le timide et très élégant Napolitain.

Felice, qui, dans sa condition de religieuse, ne peut ni danser ni flirter, s'est adonnée à la cuisine. Elle disparaît pendant des heures devant les fourneaux et revient avec des timbales de riz et foies de poulet qui sont dévorés par ses sœurs et ses amis. La nuit, elle a pris l'habitude de dormir avec Fila. Elle a fait installer un lit de bois à l'autre bout de la chambre ; elle dit qu'il y a des fantômes dans la tour et qu'elle ne peut pas dormir seule. Mais ses yeux rieurs laissent entendre que ce n'est qu'un prétexte pour bavarder avec Fila jusqu'à des heures indues.

Le matin parfois, Marianna les retrouve enlacées dans le même lit, la tête de l'une sur l'épaule de l'autre, les cheveux blonds de Felice mêlés aux cheveux noirs de Fila, les larges chemises de nuit à lacets nouées autour de leurs cous baignés de sueur. Une étreinte si chaste et enfantine qu'elle n'a jamais osé la réprouver.

30.

Quand elle descend dans la salle d'armes, Marianna trouve ses trois filles déjà prêtes : robes légères et longs tabliers, petites chaussures fermées à la cheville pour se protéger des ronces, ombrelles et balluchons, nappes et paniers. C'est jour de vendange au domaine de Bosco Grande, et les filles ont décidé d'aller aux vignes et d'y emporter le déjeuner.

Les litières habituelles les conduiront derrière les collines de Scannatura, au pied de Rocca Cavaleri. Chacune avec sa petite ombrelle de soie, ses mouchoirs de batiste : depuis le début de la matinée, courant de la cuisine à la chambre à coucher, elles se préparent. Elles ont voulu prendre une tourte d'aubergines, des œufs aux amandes et un fourré aux noix.

Marianna ira devant, face à Felice dans la première litière, derrière suivront Manina et Giuseppa et, derrière encore, Fila et Saro avec les victuailles.

Aux vignes, elles seront rejointes par le cousin Olivo et son ami Sebastiano. L'air est encore frais, l'herbe n'a pas eu le temps de sécher, les oiseaux volent bas.

Le silence autour de son corps est épais et vitreux, se dit Marianna, pourtant ses yeux voient les pies qui se posent sur les figuiers de Barbarie, les corbeaux qui sautillent sur la terre sèche et nue, la peau des mules secouée de tremblements et leurs queues épaisses qui chassent le tourbillon des taons.

Le silence lui est mère et sœur : « Sainte mère de tous les silences, aie pitié de moi… » Les mots lui montent à la gorge sans bruit, ils voudraient prendre corps, se faire entendre, mais sa bouche demeure muette, et sa langue est un petit cadavre enfermé derrière le cercueil des dents.

Le voyage cette fois dure peu ; en une heure elles y sont. Les mules s'arrêtent au milieu de la clairière ensoleillée. Le boiteux et don Ciccio, qui les ont accompagnées le fusil à l'épaule, sautent de cheval et se placent à côté des litières pour aider les dames à descendre.

Ciccio Panella a une bizarre façon de regarder, se dit Marianna, tête basse, comme s'il s'apprêtait à donner un coup de corne. Et Saro est sur la défensive, il le déteste déjà et, du haut de sa toute nouvelle culture, le méprise.

Mais l'autre ne le regarde même pas ; il ne le considère pas comme un homme mais comme un serf, or les serfs, on le sait, ne comptent pas. Lui, c'est un fermier, c'est autre chose. Il ne porte pas de montre en or à la ceinture, ne se pare pas de boucles poudrées, n'arbore pas de tricorne sur sa tête, sa redingote de drap marron a été achetée à un marchand ambulant et elle est même visiblement deux fois rapiécée aux manches. Mais son prestige auprès des paysans est égal à celui des maîtres ; il accumule de l'argent, au point que, sinon lui, certainement ses fils ou ses neveux arriveront à acheter une partie des terres que pour l'instant il se contente de louer. Déjà, il se construit une maison qui, avec ses bâtiments annexes, ressemble davantage à la tour des Ucrìa qu'aux masures de ses voisins.

« Les femmes, il les a comme il veut, avait écrit don Nunzio un jour sur le cahier de comptes, l'an dernier il a mis en difficulté une gamine de treize ans. Le frère voulait lui trancher la gorge, mais il a eu peur, car Panella l'a fait menacer par deux gardes armés. » Il est tout là, le beau Ciccio au sourire éclatant, aux profonds yeux noirs, prêt à faire main basse sur la terre entière.

À cause de cette impudence de vaurien qu'il trouve insupportable, Saro ne le supporte pas. Mais en même temps, il en a peur. Il semble hésiter entre l'affronter et le flatter. Dans l'incertitude, il se borne à protéger son aimée avec des attitudes de grand seigneur.

Entre-temps, ils sont arrivés aux vignes dites « les noires ». Les hommes, qui étaient penchés sur les grappes, se redressent et, bouche bée, fixent ce petit groupe de seigneuries aux vêtements légers et colorés. Jamais de toute leur vie ils n'ont vu un ensemble aussi joyeux de mousselines, chapeaux, ombrelles, paniers, escarpins, mouchoirs, rubans et fichus. Les seigneurs eux aussi, ou plutôt les demoiselles, dévisagent avec stupeur ces êtres qui semblent issus du ventre de la montagne comme autant de Vulcains noircis par la fumée, voûtés de fatigue, aveuglés par l'obscurité, prêts à se jeter sur ces filles de Déméter pour les entraîner avec eux dans le ventre de la terre.

Les manœuvres savent tout sur la famille Ucrìa Scebarràs, patrons de ces terres, de ces vignes, de ces oliviers, des bois et de tout le gibier, autant que des moutons, des bœufs, des mules, depuis Dieu sait combien de générations. Ils savent que la duchesse est sourde-muette et ils ont prié pour elle avec don Pericle à l'église le dimanche. Ils savent que Pietro Ucrìa est mort depuis peu, qu'il a été ouvert et vidé de ses viscères pour être bourré de sels et d'acides qui le conserveront intact et parfumé pendant des siècles et des siècles comme un saint. Ils savent aussi qui sont les trois belles jeunes dames qui se coiffent en riant sur la véranda : une religieuse et deux femmes mariées avec enfants, et on murmure qu'elles cocufient leurs maris parce que chez les grands seigneurs ça se pratique comme ça, et Dieu ferme les yeux.

Mais ils ne les ont jamais vus d'aussi près. Si, tous groupés, quand ils étaient enfants, dans la chapelle de la Chiesa Madre, ils les ont lorgnés, il y a des années de cela, comptant les bagues à leurs doigts, commentant les richissimes vêtements. Mais jamais ils ne se seraient attendus à les voir arriver sur leur lieu de travail, où il n'y a ni balustrades, ni chapelles particulières, ni sièges réservés, mais juste de l'air, du soleil et des nuages de mouches qui se posent indifférentes aussi bien sur les mains noires et poisseuses des paysans que sur celles des demoiselles, si blanches et transparentes qu'on dirait des poulets déplumés.

Et puis, à l'église, d'une certaine façon, ils étaient protégés par leurs vêtements du dimanche : chemises rapiécées mais propres héritées de leurs pères, jambières de coton pour cacher les jambes velues et les pieds calleux. Tandis qu'ici, ils sont exposés, quasi nus, aux regards impitoyables des demoiselles. Torses nus, avec les cicatrices, les goitres, les dents qui manquent, les jambes sales, les haillons graisseux autour des hanches, les têtes couvertes d'affreux chapeaux cartonnés par l'eau et le soleil.

Troublée, Marianna se retourne et plonge le regard au fond de la vallée d'un jaune irréel, presque blanc. Le soleil monte et avec lui les fortes odeurs de menthe, de fenouil sauvage et de raisin écrasé.

Manina et Giuseppa restent plantées là comme deux idiotes à fixer ces corps demi-nus et ne savent que faire. Il n'est pas d'usage par ici que les femmes travaillent dans les champs éloignés des maisons, et ces demoiselles tombées du ciel ont l'air de transgresser une habitude millénaire avec une grossière inconscience. Comme si, entrées dans un couvent de moines, elles se mettaient à fureter dans les cellules parmi les frères en prière. Ce n'est pas une chose qui se puisse accepter.

C'est Manina qui brise le malaise réciproque par une réflexion spirituelle qui fait éclater de rire les hommes. Puis elle s'empare d'une gourde et entreprend de verser le vin dans les verres qu'elle distribue parmi les travailleurs, lesquels tendent la main en adressant un regard au fermier, un au garde, un à la duchesse et un au ciel.

Mais le rire provoqué par Manina a suffi pour faire céder le silence crispé qui s'était établi entre les deux groupes. Les « vilains » décident d'accepter ces dames comme une nouveauté extravagante et agréable venant rompre la fatigue d'une journée dure et chaude. Ils décident d'approuver le caprice de la duchesse comme une chose typique des seigneurs qui ne comprennent rien à rien, mais, tout de même, égayent la vie avec leurs gestes délicats, leurs vêtements voltigeants, leurs mains baguées.

Ciccio Panella alors les remet au travail, brusque mais condescendant, un peu comme un père bourru qui s'inquiéterait de la santé de ses fils. Il joue son rôle avec cynisme et exagération, s'approche de la princesse Manina et l'invite à jeter de ses propres mains une grappe de raisin dans la hotte comme il le ferait avec une petite fille un peu simple, riant du geste comme d'un prodige inouï.

Entre ces hommes courbés courent des dizaines de petits garçons pieds nus qui charrient les hottes, les transportent à l'ombre de l'orme, coupent à la serpette les longues ronces entravant le travail des hommes, apportent l'eau fraîche de la jarre à qui le demande, éloignent les mouches des yeux de leurs pères, oncles et frères avec des gestes vifs et distraits.

Le cousin Olivo est assis sous l'orme avec Giuseppa et il lui parle à l'oreille. Marianna les regarde et tressaille : ces deux-là ont tout l'air de se connaître intimement. Mais son regard alarmé se transforme bientôt en admiration lorsqu'elle observe combien les deux jeunes gens se ressemblent et comme ils sont beaux : lui, blond comme tous les Ucrìa, grand et maigre, le front dégarni, les yeux ronds et bleus : il n'a pas les formes parfaites du père, mais quelque chose de la grâce de son grand-père. On peut comprendre pourquoi Giuseppa est séduite.

Elle, depuis le dernier enfant, s'est épaissie ; ses bras, sa poitrine sont à l'étroit sous le léger tissu de la robe. Sa bouche aux lèvres bien dessinées a pris un pli dur que Marianna ne lui avait jamais vu. Mais ses yeux sont en fête : ils dressent les couleurs, et ses cheveux lui tombent sur les épaules comme une vague de miel.

Je devrais les séparer, se dit-elle, mais ses pieds ne lui obéissent pas. Pourquoi troubler ce bonheur ? Pourquoi s'immiscer dans ce babillage amoureux ?

Entre-temps, Manina s'est engagée entre les ceps bas des vignes avec Sebastiano. Curieux, ce garçon : gentil, timide, mais sans discrétion. Manina n'a pas beaucoup de sympathie pour lui : elle le trouve importun, d'une prévenance excessive et surfaite. Mais lui, il persiste à la courtiser, lui offrant crânement sa propre timidité.

Manina écrit tous les jours de longues lettres à son mari. Elle a suspendu sa vocation au sacrifice maternel pour une période qui correspond à sa convalescence. Mais c'est tout. Sitôt qu'elle se sentira plus forte, elle retournera dans la sombre maison tendue de tissus violets de la via Toledo et se remettra à s'occuper de ses enfants avec ce dévouement obsessionnel de toujours, et peut-être même fera-t-elle tout de suite un autre bébé.

Pourtant, quelque chose dans cette villégiature, qui d'ailleurs n'est pas une villégiature mais une prise de possession des terres paternelles pour le compte de Mariano, quelque chose l'a secouée. Le retour aux habitudes de l'adolescence, les jeux avec ses sœurs qu'à Palerme elle ne voit jamais, la proximité de Marianna dont elle est séparée depuis douze ans lui ont rappelé qu'en plus d'être une mère elle est aussi une fille, sa propre fille, la plus maltraitée.

À la voir, on la dirait en train de planter les dents dans la pulpe d'une pêche mûre. En réalité, elle est simplement prise par la gaieté des jeux. Il n'y a pas de sensualité en elle comme il y en a, en revanche, en Giuseppa, qui, elle, a déjà dévoré la pêche et s'apprête à en savourer une autre et puis une autre encore.

Il y a même davantage de sensualité en Felice, enfermée dans ses candides petites robes, qu'en Manina qui porte pourtant les bras nus et des robes décolletées jusqu'au sein. Sa beauté absolue, resurgie après sa maladie avec toute la force de ses vingt-cinq ans, est en contradiction avec la naturelle chasteté qui domine en elle.

Felice fait servir à table des pitances compliquées bourrées d'épices. Elle passe des heures aux fourneaux à préparer de douces mousses de lait, des fougasses de ricotta, des *nucatelli*, *muscardini*[1], petites *cassate*[2], sirops de griottes et citronnades à l'estragon.

Une pensée sacrilège traverse rapidement l'esprit de Marianna : pourquoi ne pas diriger l'amour de Saro sur la belle Manina ? Dans le fond, ils ont presque le même âge et ils iraient si bien ensemble.

---

1. Petits gâteaux siciliens, confectionnés principalement à base de pâte d'amande et de miel.

2. Gâteau décoré et fourré de diverses façons, souvent de ricotta sucrée.

Elle le cherche du regard et le découvre endormi, la tête appuyée sur le coude, les jambes allongées sur les branchages, qui jouit de l'ombre de l'ormeau près des panières pleines de raisin.

Mais le voudrait-elle vraiment ? Un élancement à la racine de l'œil lui dit que non, elle ne le voudrait pas. Bien qu'elle se refuse à cet amour qu'elle considère impraticable, elle sait qu'elle le couve avec une très douce détermination. Et puis, d'où lui vient cette sollicitude de maquerelle à l'égard de sa fille mineure ? Où prend-elle la certitude qu'un amour avec Saro la rendrait heureuse ? Ce corps masculin liant le cœur d'une mère à celui de sa fille, ne serait-ce pas une sorte d'inceste entre elles ?

À midi, le contremaître donne l'ordre d'interrompre le travail. Depuis l'aube, les hommes, penchés sur les vignes basses, arrachent les grappes chargées de grains et de guêpes et, dans des enchevêtrements de vrilles entortillées, les lancent dans les hottes. Ils vont avoir une heure pour manger une tranche de pain et quelques olives, un oignon et boire un verre de vin.

Saro et Fila sont affairés à installer la nappe sous les branches feuillues de l'ormeau. Les yeux des « vilains » sont fixés sur les paniers de victuailles fermés par des charnières de cuivre, d'où sortent, comme un miracle de sainte Ninfa, des merveilles jamais vues : assiettes de porcelaine d'une finesse de plume, verres de cristal aux reflets argentés, petites cuillères scintillantes au soleil.

Les dames s'installent sous l'ormeau, sur de grosses pierres que Ciccio Panella a disposées en forme de siège pour elles. Mais les belles jupes de batiste et mousseline sont déjà souillées de poussière et hérissées de rafles et de ronces accrochées aux volants.

Les hommes, assis à part, à l'abri de deux oliviers qui donnent bien peu d'ombre, boivent, mangent, mais en silence, sans oser se débrailler ainsi qu'ils le font d'habitude. Les mouches se promènent sur leurs visages comme sur le museau des mules, et le fait que nul ne songe à les chasser, comme le font en revanche les bêtes, coupe l'appétit de Marianna. Déguster ces mets exquis sous leurs regards envieux et discrètement baissés lui apparaît brusquement d'une insupportable arrogance.

C'est pourquoi elle se lève, suivie par le regard inquiet de Saro, et se dirige vers le « boiteux », le plus âgé de ses intendants, pour lui demander des nouvelles du raisin cueilli. Sa part de gâteau est restée sur son assiette, intacte.

Le « boiteux » avale en vitesse l'énorme bouchée de pain et d'omelette qu'il venait de se fourrer dans la bouche, s'essuie les lèvres du dos d'une main striée de noir et s'incline modestement sur le feuillet que lui tend la duchesse. Mais, comme il ne sait pas lire, son regard se fait absent, puis, feignant d'avoir compris, il se met à parler à toute vitesse comme si elle pouvait l'entendre. Dans leur gêne, chacun a oublié le défaut de l'autre.

Saro, qui a suivi leurs gestes, vient en aide à l'intendant, il lui arrache la feuille des mains, la déchiffre à haute voix et s'apprête à transcrire les phrases du « boiteux » sur l'appareillage compliqué que la duchesse transporte : tablette pliante, encrier au bouchon amovible pendu à une chaînette d'argent, plume d'oie et cendre.

Mais Ciccio Panella n'approuve pas cette présomption : comment un serf se permet-il cette familiarité avec sa maîtresse ? Comment se permet-il de faire montre de ses connaissances devant lui dont le savoir est bien plus grand, mais ne se révèle évidemment pas à travers cette chose ridicule et fumeuse qu'est l'écriture ?

Soudain, Marianna voit Saro changer de position ; les muscles de ses jambes se raidissent, poings serrés ses bras se lancent en avant, ses yeux rétrécissent au point de n'être plus que deux fentes. Panella doit lui avoir dit quelque chose d'injurieux. Et il a immédiatement oublié ses prétentions aristocratiques pour s'apprêter à la bagarre.

Marianna tourne le regard vers Ciccio Panella juste à temps pour le voir sortir un couteau court et affûté. Saro pâlit mais ne recule pas et, saisissant un morceau de bois par terre, il va affronter l'ennemi.

Quand Marianna fait le geste d'intervenir, ils sont déjà l'un sur l'autre. Un coup de bâton a fait sauter le couteau, et les voilà qui se battent à coups de poing, à coups de pied, de morsures. Le « boiteux » lance un ordre : cinq hommes se précipitent pour les séparer et y parviennent non sans mal. Saro a une plaie à la main, et Ciccio Panella a un œil meurtri.

Marianna fait signe à ses filles de remonter sur les litières. Puis elle verse du vin sur la main sanguinolente de Saro, tandis que le « boiteux » improvise un bandage avec des feuilles de vigne et des herbes. Ciccio Panella, sur l'ordre des plus vieux, s'est agenouillé pour demander pardon à la duchesse et lui a baisé la main.

Dans la litière, Marianna se retrouve assise devant Saro : le garçon a profité de la confusion pour se glisser sur le siège en face du sien et il est là, les yeux clos, le visage terreux, la chemise déchirée, à se faire admirer par elle. On dirait un ange, se dit Marianna en souriant, qui, pour montrer sa grâce, a perdu l'équilibre, est tombé du ciel et gît maintenant, hors d'haleine et blessé, en attendant d'être soigné. Tout cela est un peu trop théâtral… et pourtant, l'ange vient de se battre contre un homme armé d'un couteau avec un courage et une générosité qu'elle ne lui connaissait pas.

Marianna détache ses yeux de ce visage angélique qui s'offre à elle avec une si aimable audace. Elle observe le paysage inondé de soleil : la terre aux sillons retournés, un enchevêtrement de genêts d'un jaune insolent, une source livide qui reflète le violet du ciel, mais quelque chose la ramène à l'intérieur de la litière. Saro est en train de l'observer avec des yeux pénétrants et très doux. Ces yeux expriment la volonté déterminée, exténuante, de se faire fils, sans se départir pour autant ni de son orgueil ni de son indépendance, avec tout l'amour d'un garçon ambitieux et intelligent.

Et la sienne, qu'est-elle ? se demande Marianna, sinon un désir tout aussi impatient de se faire mère et de serrer ce fils pour le garder dans son giron.

Le regard parfois peut devenir chair et unir deux personnes plus qu'un enlacement. Ainsi, Marianna et Saro, dans cette très étroite petite voiture suspendue entre deux mules qui se balance au-dessus du vide, se laissent-ils bercer par le mouvement, fermement collés à leurs sièges, tandis que leurs regards émus et attendris courent de l'un à l'autre. Ni les mouches, ni la chaleur, ni les secousses ne parviennent à les distraire de cet échange serré d'âpres délices.

31.

Au seuil de la maison inconnue, elle est clouée sur place par des ténèbres grasses et lourdes d'odeurs. L'air mou vient battre son visage comme un linge mouillé : on ne voit que des silhouettes noires noyées dans l'ombre de la chambre.

Puis, peu à peu, les yeux s'habituant à l'obscurité, apparaissent au fond un lit surélevé et entouré d'une épaisse moustiquaire, une bassine de fer cabossée, un pétrin aux pieds rafistolés, un fourneau où brûle du bois dégageant une âcre fumée.

Les talons de la duchesse s'enfoncent dans la terre battue rayée par le balai de paille. Près de la porte, un âne mâchonne un peu de foin entassé là, des poules accroupies dorment la tête cachée sous l'aile.

Une femme minuscule, habillée de blanc et rouge, surgit d'on ne sait où avec un bébé dans les bras et adresse à la visiteuse un sourire circonspect qui ride son visage grêlé. Marianna ne peut s'empêcher de pincer la bouche sous l'assaut de ces odeurs agressives : crotte, urine sèche, lait caillé, charbon, figues séchées, soupe de pois. La fumée pénètre ses yeux, sa bouche, la fait tousser.

La femme à l'enfant la regarde, et son sourire s'élargit, se fait railleur. C'est la première fois que Marianna entre dans la maison d'une « vilaine » de ses terres, la femme d'un de ses colons. En dépit de ce qu'elle a lu dans les livres à ce propos, elle n'aurait jamais imaginé une telle pauvreté.

Don Pericle qui l'accompagne s'évente avec un calendrier que lui ont offert les religieuses. Pour savoir s'il connaît ces maisons, s'il les fréquente, Marianna lui jette un regard. Mais don Pericle, par chance, est impénétrable aujourd'hui, il regarde fixement dans le vide en se reposant sur sa grosse panse proéminente, comme le font les femmes enceintes dont on ne sait pas si ce sont elles qui tiennent leur ventre ou si c'est leur ventre qui les tient.

Marianna fait un signe à Fila, restée dehors avec un grand panier plein de provisions. La jeune fille entre, fait un signe de croix et fronce le nez avec dégoût. Sans doute est-elle née elle-même dans une maison comme celle-ci, mais elle a dû tout faire pour l'oublier. Là, elle s'agite, impatiente, en personne habituée à l'atmosphère parfumée de lavande de grandes pièces lumineuses.

La femme avec le bébé dans les bras chasse d'un coup de pied les poules qui s'égaillent dans la chambre en battant des ailes : d'une main elle repousse sur la table la pauvre vaisselle et attend sa part d'aumône.

Marianna extrait du panier des saucissons, des petits sacs de riz, du sucre et place toutes ces choses sur la table avec des gestes brusques. À chaque présent qu'elle fait, elle se sent plus ridicule, plus obscène. L'obscénité du bienfaiteur qui prétend à une immédiate gratitude de la part de l'autre. L'obscénité d'une conscience qui jouit de sa propre prodigalité et réclame du Seigneur une place au paradis.

Entre-temps, le bébé s'est mis à sangloter. Marianna voit la bouche qui s'écarquille de plus en plus, les yeux qui rétrécissent, les poings fermés qui se lèvent. Et ces sanglots semblent se communiquer peu à peu aux choses alentour et les faire pleurer aussi ; des poules à l'âne, des lits au pétrin, des jupes loqueteuses de la femme aux casseroles irrémédiablement cabossées et brûlées.

Dehors, Marianna porte les mains à son cou en sueur, ouvre la bouche pour respirer, aspire l'air pur à larges goulées. Mais les odeurs qui stagnent dans la ruelle ne sont pas vraiment meilleures que celles de l'intérieur de la maison : excréments, légumes pourris, huile frite, poussière.

Beaucoup de femmes se montrent maintenant aux portes, attendant leur tour de distribution. Certaines sont assises sur leur seuil et épouillent leurs enfants en discutant allègrement entre elles.

Le principe de la corruption ne réside-t-il pas précisément dans cette façon de donner qui séduit celui qui reçoit ? Le seigneur cultive l'avidité de son sujet, la flattant et l'assouvissant, non seulement pour s'en vanter auprès des gardiens du ciel, mais aussi parce qu'il sait très bien que l'autre s'abaissera à ses propres yeux en acceptant ce cadeau qui exige en retour gratitude et fidélité.

« Je suffoque ici, je retourne à la tour », écrit Marianna sur la tablette et elle donne le billet à don Pericle : « Continuez sans moi. »

Fila jette un coup d'œil de biais, fâché, au panier encore plein de victuailles qu'elle tient serré contre sa hanche. Elle va devoir continuer le travail toute seule, car Felice s'est arrêtée côté pavé pour ne pas salir ses chaussures, et il ne faut pas compter sur elle. Et les deux autres, va savoir quand elles arriveront. Elles ont joué aux cartes jusqu'au milieu de la nuit et ne sont pas apparues au petit déjeuner sous les arcades.

Déjà Marianna se dirige à grands pas vers Torre Scannatura qu'elle voit se dresser au-dessus de l'éboulis de ces toits sur lesquels il pousse n'importe quoi : ciboulette, fenouil, câpres et orties.

Tournant dans une ruelle, elle bute sur un pot de chambre qu'une femme est en train de vider au milieu du chemin. À Bagheria aussi cela se produit, et même à Palerme dans les quartiers populaires : le matin, les ménagères déversent les besoins de la nuit au milieu de la rue, puis sortent avec un seau d'eau et poussent le tout un peu plus loin, après quoi elles se désintéressent de ce qui se passe. Mais, comme il y a toujours quelqu'un en amont qui effectue la même opération, la ruelle est éternellement parcourue d'un égout malodorant et couvert de mouches.

Ces mêmes mouches qui vont se poser sur la figure des *picciriddi* assis à jouer au bord du chemin et s'accrochent à leurs paupières comme sur des confiseries à sucer. Avec ces grappes d'insectes collés à leurs yeux, les enfants finissent par ressembler à des masques extravagants et monstrueux.

Cherchant à éviter les immondices, Marianna marche vite, suivie par une bande de créatures sautillantes dont elle devine le nombre au nuage d'ailes qui s'élève autour. Son pas se fait plus rapide, elle avale des goulées d'air putrescent et procède tête baissée vers la sortie du village. Mais chaque fois, quand elle croit avoir atteint le chemin de la tour, elle se retrouve devant un muret couvert de tessons, un tournant, un enclos pour les poules. La tour a l'air là, à portée de main, mais le village, dans son exiguïté, a une structure labyrinthique difficile à démêler.

Avançant et revenant sur ses pas, tournant et retournant, Marianna se retrouve brusquement au centre d'une petite place carrée dominée par une haute statue de la Vierge. Là, sous la stèle, appuyée au socle de pierre grise, elle s'arrête un instant pour reprendre souffle.

Où qu'elle pose ses yeux, c'est la même chose : des maisons basses adossées les unes aux autres, souvent munies d'une unique entrée faisant office de fenêtre et de porte. Dedans, s'entrevoient des pièces obscures, habitées par bêtes et gens dans une tranquille promiscuité. Et, dehors, des rigoles d'eau sale, quelque échoppe de grains exposés dans de grands paniers, un forgeron qui travaille devant chez lui dans un jaillissement d'étincelles, un tailleur qui, à la lumière du seuil, taille, coud et repasse ; un épicier qui expose sa marchandise dans des caissettes de bois, sur chaque denrée un carton avec le prix ; FIGUES : 2 SOUS LE ROULEAU ; OIGNONS : 4 SOUS LE ROULEAU ; HUILE POUR LAMPES : 5 SOUS LE ROULEAU ; ŒUFS : 1,2 SOU L'UNITÉ. Ses yeux s'accrochent à ces cartons comme à des bouées en haute mer : les chiffres sont rassurants, ils donnent un sens à la mystérieuse géométrie de ce paysage hostile et poussiéreux.

Mais voici qu'elle perçoit sous ses pieds un roulement de sabots familier, une vibration rythmée qui lui fait lever les yeux. En effet, débouché d'on ne sait où, elle voit arriver Saro, en croupe sur le petit cheval arabe que monsieur l'oncle mari lui a offert avant de mourir et qu'il a pompeusement appelé Malagigi.

Enfin elle va pouvoir sortir du dédale, se dit Marianna, et elle fait mine d'aller à sa rencontre, mais cheval et cavalier ont déjà disparu, engloutis par un muret tapissé de câpriers. Marianna se dirige vers ce muret, mais, quand elle l'a contourné, elle se retrouve devant une foule d'enfants et de femmes qui la lorgnent comme un être surnaturel. Deux estropiés qui trébuchent sur le pavé en s'appuyant sur des béquilles entreprennent de se traîner derrière elle dans l'idée de lui extorquer de l'argent : une dame aussi élégante ne peut pas ne pas porter sur elle des bourses pleines de pièces. Alors ils l'approchent, lui touchent les cheveux, la tirent par la manche, défont les nœuds qui lient à sa taille la tablette à écrire et le petit sac pour l'encre et les plumes.

De nouveau Marianna a l'impression d'apercevoir Malagigi caracolant au fond d'une ruelle et Saro qui la salue de loin en brandissant son chapeau. Marianna agite les bras pour se faire remarquer, lui demander qu'il vienne la prendre. Entre-temps, quelqu'un, croyant que l'argent se trouve là, a posé ses mains sur le sac des plumes et tiraille sans parvenir à le détacher de la ceinture.

Pour se libérer, Marianna arrache la boucle d'un coup sec, laisse le tout aux enfants et aux infirmes et se remet à courir.

Ses pieds s'enhardissent, sautent les rigoles, dévalent les raides petits escaliers, traversent en courant des trous fangeux, s'enfoncent dans les tas d'immondices et d'excréments dont la rue est tapissée.

Soudain, quand elle s'y attend le moins, elle se retrouve enfin dehors, seule, au milieu d'un petit chemin bordé de hautes mauvaises herbes. Devant elle, contre un ciel de terre émaillée, la silhouette de Saro qui joue à l'écuyer de cirque : Malagigi se soulève en équilibre sur les pattes postérieures, fend l'air des antérieures, les pose enfin au sol pour se soulever encore, ruant et se cabrant comme s'il était atteint de tarentisme.

Amusée et inquiète, Marianna l'observe : ce garçon va tomber et se rompre les vertèbres. Elle lui fait des signes de loin, mais lui ne s'approche pas, ne vient pas à elle, il l'attire au contraire, comme un charmeur de serpents, vers les collines.

Et elle, elle le suit, soulevant ses jupes baignées de boue, les cheveux trempés de sueur s'échappant de leurs liens, le souffle court, heureuse comme elle ne se rappelle pas l'avoir jamais été. Ce garçon va perdre l'équilibre, il va se faire mal, elle doit trouver le moyen de l'arrêter, se dit-elle. Mais son esprit est en joie, car elle sait que ceci est un jeu, et, dans les jeux, le risque fait partie du plaisir.

Cheval et cavalier ont maintenant atteint, toujours caracolant, un bois de noisetiers mais ils ne font pas mine de s'arrêter. Bondissant, ils avancent en maintenant toujours une certaine distance avec elle. On dirait que de toute sa vie il n'a pas fait autre chose que de chevaucher, le beau Saro, comme un gitan.

La coudraie est maintenant dépassée, et, plus loin, il n'y a plus que champs de sainfoin, hauts buissons de ricin et étendues pierreuses. Tout d'un coup, Marianna voit le garçon s'envoler comme une poupée de son et retomber immédiatement, la tête la première, sur l'herbe. Elle se remet à courir, sautant, trébuchant dans les ronces entremêlées, la jupe relevée des deux mains. Depuis quand n'a-t-elle plus couru ainsi ? Le cœur lui est monté à la gorge comme s'il voulait bondir dehors avec sa langue.

Et voici qu'enfin elle le rejoint. Elle le trouve gisant à la renverse, les bras écartés, à moitié enfoui dans l'herbe, les yeux clos, le visage vidé de son sang. Elle se penche délicatement sur lui et tente de lui bouger le cou, d'actionner un de ses bras, puis une jambe. Mais le corps ne réagit pas : il est là, abandonné, privé de ses sens.

Les mains tremblantes, Marianna délace la chemise autour de son cou. Il n'est qu'évanoui, se dit-elle, il va revenir à lui. En même temps, elle ne peut s'empêcher de le regarder : on le dirait né pour elle, en cet instant, dans toute la beauté de son jeune corps. Si elle lui donnait un baiser, il ne le saurait jamais. Pourquoi ne pas laisser pour une fois, une seule fois, libérer son désir comprimé dans les liens d'une volonté ennemie ?

En un doux mouvement, elle se penche sur le garçon à terre et de ses lèvres lui effleure la joue. Un instant, il lui semble voir vibrer les longs cils. Elle se relève, le regarde encore. C'est vraiment un corps abandonné, perdu dans l'inconscience. Elle se penche à nouveau, attentive, avec des gestes de papillon et pose ses lèvres contre les siennes. Elle croit le sentir trembler. Et si c'était un délire mortel ? Se redressant sur les genoux, elle entreprend de lui tapoter les joues jusqu'à ce qu'elle le voie ouvrir des yeux gris, magnifiques. Ses yeux moqueurs lui signifient que tout cela n'était qu'une comédie, un piège pour lui voler un baiser. Qui a fonctionné parfaitement. Seul le tapotement des doigts sur la joue n'était pas prévu et a peut-être anticipé la découverte du jeu.

« Quelle idiote je suis, quelle idiote ! » se dit Marianna en essayant de réajuster sa coiffure. Elle sait qu'il ne lèvera pas le petit doigt sans son consentement ; elle sait qu'il attend et elle songe un moment à rendre explicite ce qui n'était jusque-là qu'une pensée clandestine : le presser contre elle dans une étreinte qui comblerait des années d'attente et de renoncement.

« Quelle idiote, quelle idiote… » Ce piège serait la joie de ses joies. Pourquoi ne pas s'y laisser prendre ? Mais dans ce jeu, quelque chose lui déplaît, comme une légère odeur de confiture, une toute petite pointe de complaisance et de prévisibilité. Ses genoux prennent appui sur l'herbe, son buste se redresse, ses pieds sont déjà en mouvement. Avant que Saro n'ait compris ses intentions, elle est partie, elle court vers la tour.

32.

Les deux candélabres allumés lancent des flammèches vertes. Marianna observe avec appréhension ces petites langues émeraude : depuis quand un bout de cire vierge d'abeilles donne-t-il une lumière verte qui s'élève en minces colonnettes vers le plafond et retombe sous forme de liquide écumant ? Les corps à côté d'elle ne se présentent pas non plus comme d'habitude et se dilatent de façon menaçante : la panse de don Pericle, par exemple, se secoue et exhibe de soudaines bosses, comme si elle abritait un bébé qui rue et se contorsionne. Sur la table, les doigts de Manina, dodus et couverts de fossettes, s'ouvrent et se ferment rapidement en manipulant les cartes : on dirait qu'ils agissent tout seuls, détachés du bras ; ils saisissent et retournent les figures tandis que les poignets demeurent enfouis dans les manches.

Les cheveux de don Nunzio tombent par mèches sur la table. La neige en plein mois d'août ? L'instant d'après, elle le voit sortir de sa poche un mouchoir énorme, roulé en boule et plonger le nez dedans. De toute évidence, en même temps que l'air, il expulse ses humeurs. Marianna lui prend le poignet et le serre ; s'il continue comme ça, don Nunzio soufflera sa vie même dans le mouchoir et tombera mort sur la table.

Devant le geste terrifié de leur mère, les filles éclatent de rire. Don Pericle rit aussi, ainsi que Felice avec sa croix de saphir qui danse sur sa poitrine, Sarino rit aussi en se mettant une main devant la bouche et même Fila qui, debout à côté de Giuseppa, tient un plat plein de macaronis en sauce.

La main de Felice se tend pour toucher le front de sa mère. Les visages deviennent graves. Marianna lit sur les lèvres de sa fille le mot « fièvre ». Et elle voit d'autres mains se tendre vers son front.

Elle ne sait pas comment elle a monté les escaliers, peut-être l'a-t-on portée ; elle ne sait pas comment elle s'est déshabillée, glissée dans les draps. La douleur de sa tête fiévreuse la maintient éveillée, mais elle est enfin seule et repense avec dégoût à sa bêtise de ce matin : d'abord la comédie à la « bonne samaritaine » et puis sa course de collégienne à travers pierres et noisetiers : la ductilité d'un corps habité de fantasmes, l'ingénuité d'un baiser qu'elle croyait voler et qui lui était volé. Et maintenant, cette fièvre maligne qui se fait l'écho d'un bruissement interne qu'elle ne peut reconnaître.

Une femme de quarante ans, mère et grand-mère, peut-elle se réveiller comme une rose tardive d'une léthargie vieille de dizaines d'années pour prétendre à sa part de miel ? Qu'est-ce qui le lui interdit ? Rien d'autre que sa propre volonté ? Ou peut-être aussi l'expérience d'une violence répétée tant et tant, à rendre sourd et muet son corps tout entier ?

À un certain moment dans la nuit, quelqu'un a dû s'approcher d'elle. Felice ? Fila ? Quelqu'un qui lui a soulevé la tête et l'a obligée à avaler une boisson sucrée. Laissez-moi tranquille, avait-elle eu envie de crier, mais sa bouche était restée close en une moue amère et étonnée.

Il m'a menée dans la maison du vin…
son fruit est doux à mon palais
soutenez-moi à l'aide de pommes, car je suis malade d'amour

Quel blasphème : mêler, dans le désordre de la mémoire, les vers lumineux du *Cantique des Cantiques* avec les lambeaux d'un souvenir de bonheur ; comment a-t-elle pu oublier sa mutilation ?

Mon bien-aimé est semblable à la gazelle…

Ce sont des mots qu'elle ne devrait pas prononcer, qui sonnent ridicules sur ses lèvres crispées, ils ne peuvent lui appartenir. Pourtant, ils sont là, ces mots d'amour, et s'amalgament aux tourments de la fièvre.

Saisissez les renards
les tout jeunes renards
qui ravagent les vignes...

La chambre maintenant est inondée de la lumière du jour. Quelqu'un doit avoir ouvert les persiennes tandis qu'elle dormait. Ses yeux brûlent comme si elle avait des grains de sel sous les paupières. Elle porte une main à son front. Et voit un hibou sur le pommeau de la chaise. Il semble la regarder avec tendresse. Elle veut bouger sa main sur le drap mais découvre que, sur le revers brodé, se trouve un gros serpent enroulé qui dort tranquillement. Peut-être le hibou mangera-t-il le serpent. Peut-être pas. Si au moins Fila venait avec de l'eau... À sa façon de tenir les mains croisées sur la poitrine, Marianna comprend qu'elle est déjà morte. Mais ses yeux sont ouverts et voient la porte s'ouvrir toute seule, lentement, exactement comme dans la vie. Qui cela peut-il être ?

Monsieur l'oncle mari, tout nu, avec une grande cicatrice lui barrant la poitrine et le ventre. Ses cheveux sont aussi rares que ceux des teigneux et ils exhalent une étrange odeur de cannelle et de beurre rance. Elle le voit se pencher sur elle, armé, comme pour la crucifier. Une sorte d'aubergine morte mais tout de même palpitante sort de son ventre, obscènement rigide et désirante. Je ferai l'amour par pitié, se dit-elle, car l'amour est avant tout miséricorde.

« Je suis à l'agonie », dit-elle de sous ses lèvres closes. Et il sourit, mystérieusement complice. « Je vais mourir », insiste-t-elle. Il acquiesce. Il bâille et acquiesce. Étrange, car les morts ne peuvent avoir sommeil.

Une sensation de froid glacial lui fait lever les yeux vers la fenêtre ouverte. Un quartier de lune est suspendu en haut du carré. Chaque souffle de vent le fait se balancer doucement ; on dirait une tranche de courge confite avec des grains de sucre cristal collés à la pulpe.

« Je ferai l'amour par pitié », répète sa bouche silencieuse, mais monsieur l'oncle mari ne veut pas de son accord, la pitié ne lui convient pas. Le corps blême est sur elle et pousse en lui glaçant le ventre. La chair morte sent les fleurs sèches et le salpêtre. L'aubergine de chair réclame, exige de la pénétrer.

À l'aube, la maison est réveillée par un cri atroce et prolongé. Felice s'assied d'un bond sur son lit. Impossible que ce soit la muette madame mère, pourtant, le cri venait de sa chambre. Elle réveille en hâte sa sœur Giuseppa qui à son tour tire Manina du lit. Les trois jeunes femmes en chemise de nuit accourent auprès du lit de leur mère qui semble être en train d'aspirer désespérément ses dernières goulées d'air.

On appelle d'urgence le barbier, car il n'y a pas de médecin à Torre Scannatura. Le barbier, qui se nomme Mino Pappalardo et se présente entièrement vêtu de jaune canari, tâte le pouls de la malade, examine sa langue, lui retourne les paupières, plonge le nez dans le vase de nuit.

« Congestion par fièvres pleuritiques », annonce-t-il. Il faut tirer tout de suite du sang de ses veines enflammées. Pour ce faire il lui faut un tabouret haut, une bassine d'eau tiède, une tasse de grande capacité, un linge propre et de l'aide.

Felice s'empresse à lui servir d'assistante, tandis que Giuseppa et Manina se pelotonnent dans un coin de la pièce. Le barbier extrait d'une caissette de bois clair un étui en forme de rouleau de toile. Dans le rouleau apparaissent, liés par des lacets, des petits couteaux affûtés, des petites limes, des pinces, des ciseaux minuscules.

Le geste sûr, Pappalardo dénude le bras de la malade, tâte le creux du coude pour trouver la veine, serre avec un lacet la partie supérieure, puis, d'un coup précis, incise la chair, cherche la veine avec la lame et la fait saigner. Felice, agenouillée près du lit, la bouche à peine crispée, recueille dans une tasse le sang qui goutte.

Marianna ouvre les yeux. Elle distingue un visage d'homme à la barbe mal rasée, deux yeux sombres au-dessus des joues. L'homme lui adresse un sourire terne et absent. Mais le serpent qui était enroulé sur le drap doit s'être réveillé car il lui enfonce ses petites dents pointues dans le bras. Elle voudrait avertir Felice, mais ne parvient même pas à bouger les yeux.

Mais qui est cet homme qui se tient au-dessus d'elle et dégage une odeur désagréable, étrangère ? Quelqu'un qui s'est déguisé en quelqu'un d'autre. Monsieur le mari ? Monsieur père ? Il serait bien capable de se transformer, lui, pour rire.

À ce moment-là, une idée fulgurante la traverse des pieds à la tête : pour la première fois de sa vie elle comprend avec une lucidité adamantine que c'est lui, son père, le responsable de sa mutilation. Par amour ou par distraction, elle ne saurait le dire, mais c'est lui qui lui a coupé la langue et lui qui lui a rempli les oreilles de plomb fondu pour qu'elle n'entende aucun son et tourne perpétuellement sur elle-même au royaume du silence et de l'appréhension.

33.

Une calèche à la capote tirée, le cheval harnaché d'or. Ce doit être cet extravagant d'Agonia, le prince de Palagonia. Mais non : c'est une dame qui descend, couverte d'un voile jeté à la manière espagnole sur la haute tourelle des cheveux. Sans doute la princesse de Santa Riverdita : elle a eu deux maris, et tous les deux sont morts empoisonnés. Derrière elle, un cabriolet très élégant tiré par un cheval jeune et fringant. Là, ce doit être le baron Pallavicino ; il vient d'avoir gain de cause contre son frère sur une affaire qui durait depuis quinze ans à propos d'un héritage peu clair. Son frère n'a plus que sa chemise, et il ne lui reste qu'à se faire moine ou à épouser une dame riche. Mais les dames riches de Palerme n'épousent pas un va-nu-pieds, même s'il porte beau nom, à moins qu'elles n'aient à lui acheter le nom, et dans ce cas la dépense est énorme. De plus, la prétendante doit être très belle et savoir au moins jouer de l'épinette avec grâce.

Des années qu'on n'avait plus vu un tel cortège de voitures. La cour de Villa Ucrìa est tout encombrée : calèches, chaises à porteurs, fiacres, litières et berlines passent sous les lumières du grand arceau de fleurs reliant la route d'accès à la cour.

Depuis que monsieur l'oncle mari est mort, c'est la première fois que l'on donne une grande fête à la villa. Et c'est elle, Marianna, qui l'a voulue, pour fêter sa guérison de la pleurésie. Ses cheveux ont recommencé à pousser et son teint a repris son rose naturel.

Elle se tient debout derrière la tente écartée du salon bleu du premier étage et observe le va-et-vient des valets, palefreniers, laquais, porteurs et valets de chambre en culotte bouffante.

Au cours de la soirée, on inaugurera aussi le théâtre, construit à sa demande pour le plaisir d'une musique qu'elle ne pourra écouter, pour la joie de spectacles dont elle ne pourra jouir. En honneur de sa surdité, justement, elle a voulu que la scène soit ample, haute et magnifiquement décorée par l'Intermassimi.

Elle a ordonné que les loges soient tapissées de damas et bordées de velours bleu, elle a voulu un plafond large, en voûte, peint de motifs de chimères à la face énigmatique, d'oiseaux de paradis et de licornes.

L'Intermassimi était venu de Naples, tout pomponné, accompagné d'une jeune épouse, une certaine Elena aux oreilles minuscules et aux doigts couverts de bagues. Ils étaient restés à la maison trois mois, dégustant des friandises et flirtant partout : dans le jardin, dans les couloirs, sur les échafaudages, parmi les boîtes de peinture. Lui, quarante-cinq ans, elle quinze.

Quand Marianna par hasard les rencontrait alors que, chemises délacées, le souffle court, ils s'embrassaient dans un coin de la villa, il lui souriait malicieusement comme pour dire : « Vous voyez ce que vous avez perdu. »

Marianna, agacée, lui tournait le dos. À la fin, elle évitait complètement de circuler dans la villa quand elle savait qu'elle pouvait les y rencontrer. Mais, malgré ses précautions, elle finissait souvent par les retrouver sur son chemin, comme s'ils le faisaient exprès.

C'est ainsi qu'elle s'était rendue à Palerme dans sa maison de la via Alloro, pour tourner, furieuse, dans les pièces obscures et surchargées de tableaux, tapisseries et tapis. Laissant Innocenza à Bagheria, elle avait emmené Fila. Elle avait même laissé Saro à la villa. Depuis quelque temps, il est devenu chef sommelier, et il faut voir comment il goûte le vin, le fait ballotter d'une joue à l'autre les yeux fermés, puis le recrache au loin en faisant claquer sa langue. Maintenant, il devine même les années.

Au mois de mai, les travaux terminés, elle était revenue et avait trouvé les fresques si belles qu'elle avait pardonné au peintre son exhibitionnisme et ses rodomontades. Ils étaient partis, lui et sa petite fille de femme, juste le jour de la mort de Ciciuzzo Calò, qui avait fini par devenir fou et errait à moitié nu et les yeux hors de la tête dans la cour en cherchant ses filles.

Aujourd'hui, c'est la fête. Dans le salon, illuminé par des grappes de verreries de Murano sur lesquelles brûlent les chandelles, déambulent toutes les grandes dames de Palerme en robes de soie à corsages ajustés et échancrés aux couleurs délicates, énormes, aux paniers maintenus par des harnais et des armatures de bois et d'os de baleine. À côté d'elles, leurs cavaliers, vêtus pour l'occasion de longues redingotes rouges, violettes, vertes rebrodées d'or et d'argent, des chemises boursouflées de dentelles et guipures, des perruques poudrées et parfumées.

Marianna regarde autour d'elle avec satisfaction : depuis des jours et des jours, elle prépare cette fête et elle sait qu'elle a tout prévu afin que la soirée se déroule comme un mécanisme bien huilé : les hors-d'œuvre sur la terrasse du premier étage parmi les géraniums et les plantes grasses africaines. Elle a dû se faire prêter une partie des verres par la famille Torre Mosca car, après la mort de l'oncle mari, elle n'avait pas remplacé ceux qui étaient cassés petit à petit. Dans ces verres, prêtés par Agata, sont versés des vins rosés légers et épicés, des citronnades et des vins pétillants.

Le dîner, en revanche, sera servi dans le jardin, entre les palmiers nains et les jasmins, sur des tables dressées de lin, dans les services dits « de la reine », bleu et blanc avec un aigle noir. Le repas se composera de macaronis « du fiancé », de truites roses, lièvres au citron, sangliers au chocolat, dindes farcies à la ricotta, sargues à la nage, porcelets grillés, riz doux, salsifis confits, *cassate, trionfi di gola*[1], nègre en chemise, sorbets, avec les vins d'Ucrìa à la saveur âpre et forte des vignes de Torre Scannatura.

Après le dîner aura lieu la représentation théâtrale : Olivo, Sebastiano, Manina et Mariano chanteront l'*Artaserse* de Métastase sur la musique de Vincenzo Ciampi jouée par un orchestre princier que forment le duc de Carrera Lo Bianco, le prince Crescimanno, seigneur des Gabelle del Biscotto, la baronne Spitaleri, le comte de la Cattolica, le prince Des Puches di Caccamo et la princesse Mirabella.

Le ciel heureusement est dégagé, incrusté de petites aigrettes lumineuses. La lune n'est pas encore apparue. Mais la fontaine du triton, illuminée de l'intérieur par des niches creusées dans la roche et garnies de chandelles, produit un effet surprenant.

Selon une chorégraphie réglée à l'avance, chaque chose se déroule selon un rythme que seul connaît qui l'a prévu, même les invités avec leurs précieuses parures, leurs fines chaussures rehaussées de pierreries, participent inconsciemment à une sorte de jeu magnétique.

Marianna n'a pas voulu se mettre en grande toilette afin de pouvoir circuler plus à son aise parmi les

---

1. Confiserie composée de pâte d'amande, pistaches et fruits confits.

invités, passer rapidement la tête dans les cuisines, courir au théâtre, retourner vers l'orchestre qui accorde les instruments dans la maison jaune, contrôler les lanternes extérieures, surveiller ses filles, ses neveux, faire signe de la tête au chef et à Saro pour qu'il remonte d'autres vins de la cave.

Certaines dames ne peuvent même pas s'asseoir tant sont gonflées et élaborées leurs jupes aux structures rigides qui les font ressembler à des coupoles surmontées d'une tour d'horloge. Cette année c'est la « volante » qui est à la mode, une robe qui vient de la cour de Paris : une circonférence si vaste qu'elle pourrait donner asile à deux hôtes clandestins accroupis, faite d'un treillis d'osier recouvert d'une large jupe surmontée d'une petite tunique mouvante tout en plis, nœuds et fanfreluches, et munie de deux tubes dans le dos qui descendent du col jusqu'à la taille.

À onze heures, il y aura bal et, à minuit, feu d'artifice. Une machinerie a été construite exprès et installée dans le bois de citronniers à côté du théâtre, de manière à ce que les explosions se produisent exactement au-dessus des invités et que les gouttes de feu aillent s'éteindre dans le bassin des carpes ou dans les parterres de roses et de giroflées.

Une nuit bénigne, tiède, noyée de parfums. Une légère brise saline arrivant de la mer par à-coups rafraîchit l'atmosphère. Marianna, dans cette bousculade, n'a même pas pu avaler un vol-au-vent. Les cuisiniers ont été loués pour la soirée : le chef est français ou du moins se dit tel et se fait appeler « monsieur » Trebbianò, mais elle soupçonne qu'il a seulement séjourné quelque temps en France. Il cuisine bien, « à la française », mais ses plats les plus réussis sont ceux de l'île. Sous les noms les plus abscons on reconnaît les saveurs bien connues et qui plaisent à tous.

Les grandes familles de Palerme se le disputent depuis des années pour les dîners et repas en grand. Et *monsù* Trebbianò aime émigrer d'une maison à l'autre à la vacation, entraînant à sa suite une multitude d'aides, d'assistants, de « petites mains » de confiance, ainsi qu'une avalanche de casseroles, couteaux et moules de sa propriété.

Marianna s'assied un instant et ôte, à l'abri de ses longues jupes, ses petites chaussures pointues. Cela faisait des années qu'elle n'avait pas vu toute la famille réunie à la villa : Signoretto, dont les affaires ne vont pas bien, a dû hypothéquer le fief de Fontanasalsa pour payer ses dettes. Mais il n'a pas l'air de s'en inquiéter. La lente chute de la famille vers la ruine, il la considère comme faisant partie d'un destin commun, destin auquel il est inutile de s'opposer, puisque de toute façon il aura raison d'eux.

Carlo est devenu célèbre pour son savoir et sa méthode, et on l'appelle maintenant dans toute l'Europe pour déchiffrer des manuscrits anciens. Il vient de rentrer de Salamanque où il a été invité par l'Université Royale, qui, à la fin du séjour, lui a offert un poste d'enseignant, mais il a préféré revenir à ses jardins de San Martino delle Scale, parmi ses livres, ses élèves, ses bois, sa cuisine. « Rêves et fables, je feins », lui a-t-il écrit sur un feuillet qu'il lui a glissé presque en cachette dans la poche, « Tout est mensonge, en délirant moi, je vis », à la manière de Métastase.

Marianna relit le feuillet froissé qui est resté au fond de sa poche. Elle cherche des yeux son frère enfoncé dans une « dormeuse », le cheveu rare, les yeux porcins. Il faut l'observer soigneusement pour déceler un brin de spiritualité dans ce corps désormais libre de tout contrôle, qui déborde de toute part.

Je devrais le voir plus souvent, se dit Marianna en notant la pâleur malsaine du visage de son frère qui a l'air de vouloir imiter celle de leur mère. Même à distance, il lui semble en reconnaître l'odeur : laudanum et tabac.

Agata aussi s'est beaucoup transformée. Seuls vestiges de sa beauté, les grands yeux bovins où le blanc et le bleu sont nettement séparés. Tout le reste est maintenant comme s'il avait été immergé trop d'heures durant dans une eau de lessive, puis frotté à la cendre et battu contre une pierre comme on le fait avec le linge au fleuve.

À côté d'elle, sa fille Maria qui a l'air d'un portrait d'elle jeune ; ses épaules encore pointues de jeune fille de seize ans surgissent comme des amandes fraîches de la robe de guipure parsemée de nœuds lilas. Heureusement, Agata a réussi à empêcher qu'elle soit mariée à douze ans comme le voulait son mari. Elle la garde auprès d'elle et l'habille en petite fille pour qu'elle paraisse plus enfant ; au grand dépit de Maria, qui, au contraire, voudrait paraître plus vieille. Giuseppa et Giulio suivent de près, se regardent l'un l'autre en permanence, riant pour un rien. Renfrogné, le cousin Olivo les observe d'une autre table. Sa femme, à côté de lui, est moins désagréable que ce que l'on avait dit à Marianna : petite, raide mais capable de se libérer en des rires liquides et sensuels. Elle n'a pas l'air de se soucier de l'humeur sombre de son jeune mari ; peut-être ne soupçonne-t-elle même pas cet amour entre cousins. Ou peut-être si, et c'est la raison pour laquelle, quand elle est sérieuse, elle a l'air d'avoir avalé un balai. Ses rires sont sans doute une façon de se donner du courage.

Mariano, en revanche, devient toujours plus beau et majestueux. À certains moments il rappelle son père et ses expressions maussades et orgueilleuses, mais ses couleurs sont celles de son grand-père Signoretto : couleurs du pain à peine sorti du four et ses yeux sont profonds et turquins.

Sa femme, Caterina Molè di Flores, a eu plusieurs fausses couches et aucun enfant : ceci a fini par faire naître une amertume entre eux qui se décèle à l'œil nu. Lui s'adresse toujours à elle sur un ton de remontrance un peu agacée ; elle, elle lui rive son clou, mais sans spontanéité, comme si elle pensait devoir de toute façon expier la faute de sa stérilité.

Elle, séduite par les discours de la tante Domitilla, lui parle de liberté nouvelle, mais avec de moins en moins de conviction. Lui ne fait même plus semblant de l'écouter. Ses yeux veillent constamment à ce que personne n'envahisse le cercle magique dans lequel il s'enferme pour rêver. Le maniaque des distractions qu'il était, sans cesse à passer d'un bal à un jeu, de villa en villa, est devenu ces dernières années paresseux et contemplatif. Sa femme le traîne dans les salons, et il se laisse conduire, mais il ne participe pas aux conversations, se refuse à jouer aux cartes, mange peu, boit à peine. Il aime regarder les autres sans être regardé et s'enfoncer dans ses brumes.

À quoi rêve Mariano ? Difficile à dire. Parfois Marianna, en se tenant à ses côtés, le devine, et ce sont des rêves de grandes aventures militaires exotiques, d'épées dressées, chevaux suants, odeurs de batailles et de poudre à fusil.

Comme son père, il possède une collection d'armes et, chaque fois qu'il l'invite pour un repas de famille, il la lui décrit minutieusement : l'épée de Philippe V, une arquebuse du duc d'Angiò, un mousqueton des gardes de Louis XIV, la boîte marquetée qu'utilisait l'infante d'Espagne pour la poudre noire et autres merveilles du genre. Il a hérité certaines de monsieur l'oncle mari, les autres, il les a achetées tout seul.

Pourtant, il ne bougerait pas de sa maison de la via Alloro même s'il avait la certitude d'une éclatante et immédiate victoire. Les rêves sont d'une certaine façon plus concrets que la réalité lorsqu'ils deviennent une deuxième vie à quoi l'on s'abandonne avec une intelligence stratégique.

Marianna observe son fils qui quitte la table où il a dîné avec Francesco Gravina, fils de cet autre Gravina di Palagonia dit Agonia. Le jeune homme est en train de moderniser la villa construite par son grand-père en la remplissant de statues extravagantes : hommes à tête de chèvre, femmes guenons, éléphants jouant du violon, serpents empoignant des flûtes, dragons vêtus en gnomes et gnomes à queues de dragon, plus toute une série de bossus, bouffons, Maures, mendiants, soldats espagnols et musiciens errants.

Les gens de Bagheria le prennent pour un fou. La famille a tenté de le mettre sous tutelle. Mais ses amis l'aiment pour une certaine façon pudique qu'il a de rire de lui-même. Même à l'intérieur, il semble qu'il transforme la villa Palagonia en un lieu d'enchantement : salles tapissées de miroirs qui brisent et multiplient l'image réfléchie jusqu'à la rendre méconnaissable : demi-bustes de marbre sortant des parois en tendant les bras vers les danseurs avec des yeux de verre qui tournent dans leurs orbites. Et des chambres à coucher peuplées d'animaux empaillés : petits ânes, éperviers, renards, mais aussi serpents, scorpions, lézards, lombrics, des animaux que personne n'a jamais pensé empailler.

Les malins disent que le grand-père Ignazio Sebastiano aurait touché jusqu'à sa mort, c'est-à-dire l'an dernier, un impôt « sur coït » en échange de la renonciation au *jus primae noctis* féodal. Le jeune Palagonia est laid comme la misère : menton pointu, yeux trop rapprochés, nez crochu ; mais ceux qui le connaissent disent qu'il est gentil et gai, incapable de faire mal à une mouche, courtois avec ses subordonnés, tolérant, réfléchi et amateur de lecture de romans d'aventures et de voyages. Étrange qu'ils soient amis, Mariano et lui, ils sont si différents, mais peut-être est-ce justement cela qui les rapproche. Mariano ne lirait pas un livre, même sous la contrainte. Son imaginaire se nourrit de récits faits à haute voix, et il préfère certainement un ménestrel quelconque, même de rue, à un livre de la bibliothèque maternelle. Elle croit maintenant l'avoir perdu dans la foule, où est passé le beau rêveur Mariano ? Et elle le découvre un peu plus loin qui marche solitaire vers la *coffee house* emperlée de lumières.

Elle le voit absorber un café, se brûler la langue, s'agacer, sautiller sur un pied, exactement comme quand il était enfant. Elle le voit prendre place sur une haute chaise, la petite tasse à la main, tandis que son regard s'attarde, fixe, avec avidité sur les corps dénudés des invitées. La pupille ténébreuse, les lèvres serrées : un regard appuyé et pénétrant. Cette lueur lui rappelle monsieur l'oncle mari. Elle y reconnaît le brusque et violent désir de stupre.

Marianna baisse les paupières. Les rouvre. Mariano n'est plus dans la *coffee house*, et Caterina le cherche. Le kiosque s'est maintenant rempli de dames et de messieurs, chacun avec sa petite tasse de café à la main. Bien qu'elle les fréquente peu, elle les connaît tous depuis qu'elle est née. Elle les voit surtout aux mariages, aux cérémonies de prise de voile, aux visites que l'on fait pour une naissance, une confirmation.

Toujours les mêmes femmes, avec leur intelligence en jachère sous les délicats visages maquillés à la parisienne. De mère en fille, de fille en petite-fille, perpétuellement occupées à contourner les soucis que suscitent enfants, maris, amants, domestiques et amis et à inventer de nouvelles ruses pour ne pas se faire prendre au piège. Leurs hommes sont occupés à d'autres soucis, d'autres joies, diverses et parallèles : l'administration de propriétés éloignées, inconnues, l'avenir de la lignée, la chasse, le jeu, les voitures, la cour, les questions de prestige et de préséance.

Rares sont ceux qui parfois montent au faîte et jettent un regard alentour pour voir où brûle la ville, où au contraire les eaux noient les champs, où encore la terre fait mûrir le grain et les vignes et comment leur île est en train de périr d'incurie et de rapines.

Les faiblesses de ces familles sont aussi les siennes, elle connaît les secrètes infamies dont discutent les dames sous leurs éventails, l'initiation des jeunes mâles effectuée sur de toutes jeunes servantes, lesquelles ensuite, quand elles sont enceintes, sont « cédées » à des amis complaisants ou expédiées dans des maisons religieuses pour « cas dangereux » ou dans les hospices pour « jeunes filles en disgrâce » ; les dettes astronomiques, les prêts usuriers, les maladies cachées, les naissances suspectes, les soirées passées au cercle à jouer terrains et châteaux, les intempérances au bordel, les chanteuses disputées à prix d'or, les luttes furieuses entre frères, les amours secrètes, les terribles vengeances.

Mais elle en connaît aussi les rêves ; le rythme magique des batailles entre Orlando, Arthur, Richard, Malagigi, Ruggero, Angelico, Gano di Maganza et Rodomonte qui scande leurs « rêveries ». La capacité de se nourrir de pain et de navets pourvu que l'on conserve son carrosse à friselis de bois doré. Elle en connaît le monstrueux orgueil, l'intelligence capricieuse qui se pique de demeurer oisive par devoir de noblesse. L'humour secret, amer, souvent lié à une sensuelle volonté de corruption et d'anéantissement.

N'est-elle pas comme cela, elle aussi ? Chair de cette chair, oisive, vigilante, secrète et étouffée de rêves de grandeur insensés ? De différent, peut-être n'a-t-elle que l'infirmité qui l'a rendue plus attentive à elle-même et aux autres, au point de parfois réussir à capter les pensées de ceux qui l'approchent.

Mais elle n'a pas su transformer ce talent en un art, ainsi que l'aurait suggéré monsieur David Hume ; elle l'a laissé fleurir au hasard, le subissant plus qu'elle ne le guidait, sans en tirer parti.

Dans son silence habité de mots écrits, elle a élaboré des théories abandonnées à mi-chemin, poursuivi des lambeaux de pensées, mais sans les cultiver avec méthode, se laissant aller à la paresse typique des siens, sûre de l'immunité, même devant Dieu, puisque « tout sera donné à qui possède et rien à qui ne possède pas ».

Et par « possède » il n'est pas entendu propriété, villas, jardins, mais délicatesse, réflexion, complications intellectuelles, tout ce que le temps dont ils disposent en abondance permet à eux, les seigneurs, et dont ils s'amusent à jeter des miettes aux pauvres d'esprit et d'argent.

Le sorbet a fini de fondre dans la haute coupe de cristal. La cuillère a glissé par terre. Un souffle d'air tiède, une haleine de figue sèche lui chatouillent l'oreille. Saro est penché sur elle et lui effleure la nuque des lèvres. Marianna sursaute, se lève, effectue toute une comique opération avec ses chaussures sous sa jupe, plante un regard furieux sur le garçon. Pourquoi venir la tenter alors qu'elle est perdue dans ses pensées ?

D'une main décidée, elle saisit son carnet et sa plume et écrit sans regarder : « J'ai décidé, tu te maries. » Et elle tend la feuille au garçon qui la porte sous la lanterne pour mieux la lire.

Marianna l'observe un instant avec enchantement : aucun des jeunes seigneurs invités n'a la grâce de ce corps sur lequel courent les ombres sautillantes de la fête. Il y a en lui des trépidations, des incertitudes qui en allègent l'allure, le rendent fragile et comme suspendu ; on a envie de le saisir par la taille et de l'attirer par terre.

Mais à peine voit-elle le regard désespéré du garçon sur elle, que Marianna se lève et va en hâte se mêler à la foule des invités. C'est l'heure de la représentation, et il faut qu'elle conduise les hôtes par les sentiers du jardin, entre les buissons de sureau et de jasmin, jusqu'à la porte tout récemment vernie du théâtre.

34.

Monsieur son frère l'abbé lui a mis une tasse de chocolat dans la main et lui sourit maintenant d'un air interrogatif. Marianna est absorbée dans la contemplation, au-delà des grands lys et des troncs de grenadiers, de la ville de Palerme qui s'étend comme un tapis chinois aux coloris roses et verts, en une poussière de maisons gris tourterelle.

Le chocolat sur sa langue a un goût légèrement amer et parfumé. Son frère s'est mis à tambouriner du pied sur le parquet de la véranda. Serait-il impatient de la renvoyer ? Pourtant, elle vient tout juste d'arriver après deux heures de litière sur les sentiers pierreux qui conduisent à San Martino delle Scale.

« Je veux donner femme à un serviteur. Je demande votre conseil pour une brave fille », écrit Marianna à l'aide de ses compliqués instruments littéraires : la tablette pliante accrochée à une ceinture, la plume d'oie à la pointe démontable récemment arrivée de Londres, l'encrier fixé à une chaînette, un petit cahier aux feuilles amovibles.

La sœur observe le large visage de son frère tandis qu'il lit ses mots. Ce n'est pas la hâte qui ride ce front, elle s'en rend compte maintenant, c'est l'embarras. Cette sœur, enfermée comme elle l'est dans ses silences forcés, lui a toujours été lointaine, étrangère. Sauf peut-être pendant cette période où grand-mère Giuseppa vivait encore et où ils venaient tous les deux se fourrer dans son lit. Il avait l'habitude, alors, de la serrer et de l'embrasser si fort qu'elle en avait le souffle coupé. Ensuite, on ne sait trop comment, ils ont cessé de se fréquenter. Et il semble maintenant se demander ce qui se cache derrière cette requête de sa sœur muette : une recherche d'alliance contre le frère aîné qui s'abîme dans les dettes ? Une curiosité à l'égard de sa vie d'abbé solitaire ? Ou une demande d'argent ?

Des pensées désordonnées sortent en grappes de ses yeux, de ses narines, sans ordre, sans intention. Marianna le voit triturer de ses doigts boudinés une feuille marquetée de fleur de lys et sait qu'elle ne pourra échapper à la vague de ces réflexions qui, du fond d'un cerveau léger et mordant, la rattrape.

« Madame sœur est inquiète… aurait-elle peur de vieillir ? Curieux comme elle porte bien son âge… pas une once de graisse, aucune déformation, mince comme à vingt ans, le teint clair, frais, les cheveux encore blonds et bouclés, juste une mèche blanche à la tempe gauche… se les teindrait-elle à l'essence de camomille ? Il est vrai que monsieur père aussi, s'il se souvient bien, a conservé ses angéliques cheveux blonds jusqu'à un âge avancé. Il n'y a qu'à lui que sont échus ces quatre poils dépareillés... inutile de se regarder dans une glace, le duvet pousse grâce à cette herbe grasse mêlée d'ortie que lui a conseillée sa nièce Felice, mais c'est toujours du duvet, comme un bébé, ça n'arrive pas à devenir cheveux... Elle garde son visage de petite fille, cette sœur muette... tandis que le sien est gonflé et se boursoufle de tous les côtés... serait-ce la mutité qui l'aurait préservée de l'outrage des ans ?... il y a quelque chose de virginal dans ces yeux égarés... quand elle le regarde comme ça, elle lui fait peur... le mari, probable que c'était une andouille... ça se voyait à sa façon de marcher que le duc Pietro était un incapable, tout saccades, torsions, nodosités... et elle, elle a gardé une candeur de jeune mariée... derrière ces dentelles, ces capelines, ces nœuds couleur de nuit, il y a un corps qui ne connaît pas le plaisir... ce doit être cela, le plaisir consume, dilate, effrite... le plaisir, oui, dans lequel il a plongé, lui, la tête la première, d'abord avec des femmes au dos maigre et dépourvues de poitrine avec qui il s'engageait dans des corps à corps qui le laissaient éreinté... dévié ensuite, avec les ans, en un goût paternel et sensuel pour les petits corps déformés et émaciés de garçonnets sauvages qu'il n'aime plus maintenant que du regard et de la pensée... Jamais il ne renoncerait à la joie d'avoir autour de lui ces petits êtres aux jambes estropiées par la malnutrition, ces mauvais petits yeux fiévreux, ces doigts qui ne savent même pas prendre et ont envie de s'emparer du monde…, il ne renoncerait pas à un seul de ses protégés, fût-ce pour récupérer immédiatement son propre corps de jeune homme à la chevelure abondante et au cou mince… C'est elle qui a tout perdu en perdant la voix… Elle a peur, ça se lit dans ses yeux qu'elle en pisse sous elle… C'est par peur qu'elle s'empêche de vivre et se jette dans la tombe encore vierge et entière, mais déjà suffoquée, déjà déchirée, déjà morte, comme une bûche mal rabotée… Dieu seul sait qui l'a faite aussi teigne ! Certainement pas monsieur père qui a toujours été gentil et distrait. Encore moins madame mère qui se camouflait dans les draps de son lit au point de ne pas reconnaître ses propres jambes… le tabac et le laudanum la maintenaient dans ces limbes d'où il lui était de plus en plus douloureux de s'éloigner. »

Marianna ne parvient pas à détacher les yeux de son frère. Ses pensées glissent sans peine d'une tête à l'autre, comme si la main experte d'un jardinier effectuait une greffe d'un nouveau genre.

Elle voudrait l'arrêter, arracher ce rameau d'où s'écoule une lymphe amère et glacée, mais, comme il advient lorsqu'elle devient réceptive aux pensées des autres, elle n'arrive pas à les écarter. Elle est prise d'un besoin âcre de toucher le fond de l'horreur en donnant corps aux mots les plus secrets et volatils, les plus abjects et inutiles.

Son frère semble deviner son malaise, mais l'efface d'un regard brillant et un sourire gentil. Puis il saisit la plume et écrit en couvrant la feuille de petites lettres élancées très belles à voir.

« Quel âge a le futur ? »

« Vingt-quatre. »

« Et que fait-il ? »

« Sommelier. »

« De combien dispose-t-il ? »

« En propre, rien. Je lui donnerai un millier d'écus. Il m'a servie avec loyauté. Sa sœur est également servante chez moi. Monsieur père me l'a donnée il y a des années. »

« Et combien lui donnez-vous par mois ? »

« Vingt-cinq *tarì*. »

L'abbé Carlo Ucrìa fait une moue pour signifier que ce n'est pas mal, c'est un bon salaire, n'importe quelle fille du peuple pourrait en vouloir pour mari.

« Je pourrais arranger ça avec la sœur de Totuccio, le casseur de pierres… ils sont tellement pauvres dans cette famille que s'ils pouvaient la vendre au marché ils s'en débarrasseraient tout de suite, de cette fille, et aussi des autres… Cinq sœurs et un frère, un vrai malheur pour un pêcheur sans barque ni filet qui pêche dans les barcasses des autres et se nourrit des restes que les patrons lui laissent en échange de son travail, va-nu-pieds même le dimanche et jouissant d'un taudis noir de fumée en guise de maison… La première fois qu'il y a été pour faire plaisir à Totuccio, cette grenouille, la mère épouillait la cadette pendant que les autres tout autour riaient tant qu'elles pouvaient avec ces bouches affamées, ces yeux hors de la tête, ces cous de poulets… petites, tordues, personne n'en voudrait jamais pour femmes, elles ne sont même pas bonnes à travailler, elles ont trop souffert de la faim, qui les prendrait ? La plus grande a une bosse, la deuxième un goitre, la troisième est un rat, la quatrième un têtard, la cinquième une rascasse… Pourtant, le père en est gâteux de ces avortons, le simplet, il faut voir comme il se les cajole. Et la mère, avec ses mains toutes fendues et crasseuses, elle les nettoie, elle leur fait des petites tresses graissées d'huile de poisson, comme elles riaient ensemble !… Totuccio s'était mis à faire le manœuvre à neuf ans pour rapporter de l'argent à la maison… mais que pouvait-il rapporter ? Un *tarì* tous les quinze jours ? Même pas de quoi s'acheter une livre de pain.

« Il fallait le voir le jour où il est arrivé au couvent, à moitié nu, un panier de pierres sur la tête, maculé de chaux et de boue. Et avec quel sérieux il s'était mis à aligner ces pierres si lourdes qu'il réussissait à peine à les soulever de terre, près du parterre de lys… il devrait remercier père Domenico qui a une passion pour les murets… sans lui, le garçon ne serait jamais venu par ici… maintenant ils y vivent à huit, sur son argent, pas beaucoup, quelques carlins suffisent, ils se font leur soupe d'arêtes de poisson, leur pain de son… mais ils sont contents, ils ont engraissé et ils sont propres, on dirait une autre famille... ce n'est pas qu'il l'ait fait pour leur bien, il n'a pas une âme de Samaritain, mais enfin un bienfait en est sorti tout de même... est-ce du vice, cela ? Ils le font rire, ces moines à la mine dégoûtée avec leur éternel radotage de moralistes... Et elle aussi, cette sœur à l'air courroucé et douloureux... pour qui se prend-elle, pour sainte Geneviève ? Pourquoi n'ouvre-t-elle pas les bras, ne saute-t-elle pas l'obstacle, ne s'ôte-t-elle pas le bandeau de sur les yeux... de toute façon, tout ce que l'on fait, on le fait pour le plaisir, que ce soit un plaisir raffiné comme celui de servir les pauvres, ou un plaisir grossier comme celui de jouir de la vue d'un *piccioteddu* à la taille fine et au cul en miche de pain, c'est pareil... on ne devient pas saint par volonté mais par plaisir... il y en a qui font l'amour avec le diable, d'autres qui le font avec le corps crucifié de Notre Seigneur Jésus, d'autres avec eux-mêmes, d'autres comme lui le font avec les petits garçons, mais sans abuser ni arracher ni violer quoi que ce soit... le plaisir est un art qui connaît ses mesures, ses limites, et le plus grand plaisir est de les respecter, ces limites, et d'en faire le cadre de sa propre harmonie... Les excès ne sont pas pour lui... les excès le jetteraient tout cru dans le chaudron des combines, des mensonges, des exagérations, des scandales et il aime trop les livres pour croire aux ébullitions de la chair... L'œil sait caresser plus que la main, et ses yeux se rassasient, mais avec quelle douceur, de regards et de tendresses non déclarées... »

Assez maintenant, se dit Marianna, je vais lui écrire qu'il cesse de me débiter ses réflexions. Mais sa main reste calmement posée sur ses genoux, et ses yeux mi-clos dans la pénombre de ce feuillage de grenadier qui dégage un parfum aigre et subtil.

« J'ai une jeune fille pour vous, elle s'appelle Peppinedda. Elle est courageuse. Elle a seize ans, elle est pauvre comme Job, mais si vous l'aidez... »

Marianna acquiesce de la tête. Il lui semble inutile d'utiliser une autre feuille. Son esprit est épuisé par les hordes de pensées qui l'ont traversée de part en part comme une bande de joyeux rats. Elle n'a plus envie que de se reposer. Sur Peppina elle sait déjà tout. Et il ne lui déplaît pas que ce soit son frère qui l'ait choisie pour ces raisons tordues ; de toute façon, une raison en vaut une autre. Si elle avait posé la question à ses filles, elles se seraient agitées et elles n'auraient pas trouvé une queue de cerise. Carlo, avec sa philosophie du plaisir, ses yeux de porc intelligent, est capable de résoudre les difficultés des autres en combinant délicatement ses intérêts avec ceux des gens qui lui plaisent. C'est parce qu'il ne se propose pas la charité qu'il peut aussi bien la faire. Son nez à truffes sait trouver le trésor et le débusquer pour elle comme il vient de le faire, avec générosité. Il ne lui reste qu'à le remercier et à s'en aller. Pourtant, quelque chose la retient, une question qui lui picote la main. Elle prend la plume, en mordille le bout, puis écrit comme d'habitude rapidement.

« Carlo, dites-moi, vous rappelez-vous que j'aie jamais parlé ? »

« Non, Marianna. »

Aucune hésitation. Un non qui clôt le discours. Un point d'exclamation, un paraphe.

« Pourtant, je me souviens d'avoir entendu avec ces oreilles des sons qu'ensuite j'ai perdus. »

« Je n'en sais rien, ma sœur. »

Et le dialogue se conclut là. Il veut se lever pour prendre congé, mais elle ne fait pas mine de bouger. Ses doigts tourmentent encore la plume, se maculant d'encre.

« Autre chose ? » écrit-il en se penchant sur le carnet de sa sœur.

« Madame mère m'a dit un jour que je n'avais pas toujours été muette ni privée d'ouïe. »

« Qu'est-ce qui lui prend maintenant ? Il ne lui suffit pas d'être venue me déranger pour un domestique, dont elle est peut-être amoureuse… c'est vrai, comment n'y avais-je pas pensé plus tôt ?… ne sont-ils pas faits de la même chair ? Lubriques et indulgents envers eux-mêmes, prompts à saisir, garder, payer, car tout leur est permis par droit de naissance ?… Pardon, Seigneur !… ce n'est peut-être qu'une mauvaise pensée… les Ucrìa ont été de bons chasseurs, d'insatiables accapareurs… même s'ils s'arrêtaient toujours en cours de route parce qu'ils n'avaient pas le courage d'être excessifs comme les Scebarràs… regardez madame sa sœur Marianna, avec cette pâleur d'enfant à la mamelle, ces douces lèvres… quelque chose lui dit que tout reste à inventer chez elle… un beau jeu, ma sœur, à votre âge… une folie… et personne pour lui enseigner les rudiments de l'amour… elle y laissera des plumes, c'est facile à prévoir… lui, il pourrait lui apprendre quelque chose, mais ce ne sont pas des expériences qui se puissent échanger entre frère et sœur… quelle levrette c'était quand elle était petite, toute joie et terreur… mais c'est vrai, elle parlait quand elle avait quatre, peut-être cinq ans… il se le rappelle très bien et il se rappelle ce murmure en famille, ces serrements de lèvres atterrés… mais pourquoi ? Que diable se passait-il dans ces labyrinthes de la via Alloro ? Un soir, on avait entendu des cris à dresser les cheveux sur la tête, et Marianna, les jambes pleines de sang, avait été emportée, traînée par son père et par Raffaele Cuffa, curieux, l'absence des femmes… le fait est que oui, il s'en souvient maintenant, l'oncle Pietro, ce maudit bouc, l'avait agressée et laissée pour morte… oui, l'oncle Pietro, c'est très clair maintenant, comment avait-il pu l'oublier ? Par amour, disait-il, par amour sacro-saint, car il l'adorait, cette enfant, et il en était devenu fou… Comment se fait-il qu'il ait perdu la mémoire de cette tragédie ?

« Et après, oui après, quand Marianna avait guéri, on avait vu qu'elle ne parlait plus, comme si, clac ! on lui avait coupé la langue... Monsieur père, avec ses lubies, son amour exaspéré pour sa fille... pour tenter de faire mieux a fait pire... Emmener une petite fille assister à une pendaison, comment une telle stupidité a-t-elle pu lui venir à l'esprit !... Pour l'offrir ensuite à treize ans à ce même oncle qui l'avait violée quand elle en avait cinq... Un nigaud, monsieur père Signoretto... se disant que l'autre était responsable du mal et qu'autant valait qu'il la prenne pour épouse... La petite tête a tout effacé... elle ne sait pas... et c'est peut-être mieux comme ça, laissons-la dans l'ignorance, cette pauvre muette... il ferait mieux de prendre un verre de laudanum et d'aller dormir... il n'a pas de patience, lui, avec les personnes sourdes, ni avec celles qui se ligotent de leurs propres mains, ni avec celles qui se vouent à Dieu avec un tel abandon... et ce n'est pas lui qui lui rafraîchira sa mémoire mutilée... après tout, il s'agit d'un secret de famille, un secret que madame mère elle-même ignorait... une affaire entre hommes, un crime peut-être, mais expié désormais, enterré... à quoi cela servirait-il de s'acharner ? »

L'abbé Carlo, tout à ses pensées les plus enfouies, a oublié sa sœur qui maintenant s'est éloignée, est presque arrivée à la grille du jardin où elle a l'air de pleurer, mais pourquoi pleurerait-elle ? Lui a-t-il écrit quelque chose ? Comme si elle avait entendu ses pensées, cette illuminée, qui sait si derrière sa surdité elle n'a pas une ouïe plus fine, une oreille diabolique capable de révéler les secrets de l'esprit... « Je vais la rattraper, se dit-il, je vais la prendre par les épaules et la serrer dans mes bras, je lui donnerai un baiser sur la joue, je vais le faire, le ciel dût-il me tomber sur la tête... »

« Marianna ! » crie-t-il en direction de sa sœur.

Mais elle ne peut l'entendre. Et tandis qu'il s'extrait du petit fauteuil dans lequel il était enfoncé, elle a déjà franchi le portail, est montée dans la litière de louage et redescend le chemin qui conduit à Palerme.

35.

« Je voudrais vouloir, Seigneur, ce que je ne veux pas… » Les livres dégagent une bonne odeur de peau tannée, de papier imprimé, d'encre sèche. Cette plaquette de poésies pèse dans ses mains comme un bloc de cristal. Les vers de Buonarroti se composent dans l'esprit avec la précision, la pureté d'un dessin à l'encre de Chine. Une parfaite petite géométrie linguistique.

Caro m'è il sonno e più l'esser di sasso
mentre che'l danno e la vergogna dura
non veder, non sentir m'è gran ventura
però non mi destar, deh parla basso ![1]

1. Dormir m'est cher et plus encore être de pierre / Aussi longtemps que l'injure et la honte durent / Ce m'est un grand bonheur de ne rien voir ni rien sentir / Ne va point m'éveiller, de grâce parle bas ! (sonnet de Michelangelo Buonarroti, dit Michel-Ange. « La nuit parle », traduit par Pierre Leyris, éd. Mazarine, 1983).

Marianna lève les yeux vers la fenêtre. La nuit est tombée et il est à peine quatre heures et demie. Malgré les braises qui brûlent dans la chaufferette, il fait froid dans la bibliothèque.

Elle tend la main pour tirer le cordon de la sonnette, mais au même instant elle voit la porte tourner sur ses gonds, précédant un halo de lumière. Sur le seuil apparaît un candélabre et, derrière le candélabre tenu à bout de bras, Fila. Son visage est presque entièrement caché par un bonnet de toile écrue qui lui retombe bizarrement sur les joues, lui recouvre les oreilles et se noue bas sur sa gorge par un cordon qui lui coupe la respiration. Elle est blanche comme un linge, et ses yeux sont rouges comme si elle avait pleuré.

Marianna lui fait signe d'approcher, mais Fila, feignant de ne pas la comprendre, esquisse une rapide révérence et se dirige vers la porte après avoir posé le candélabre sur la table.

Marianna se lève du fauteuil dans lequel elle est installée, la rattrape, saisit un bras qu'elle sent trembler. La peau est glacée, couverte d'un voile de sueur. « Qu'est-ce que tu as ? » lui demande-t-elle des yeux. Elle lui tâte le front, la flaire. De ce bonnet sort une odeur grasse et acide, nauséabonde. Puis elle s'aperçoit qu'un liquide noir lui coule le long des oreilles, sur le cou. Qu'est-ce ? Marianna la secoue, l'interroge par gestes, mais la jeune fille incline un front buté et ne réagit pas.

Marianna tire le cordon pour appeler Innocenza tout en continuant à flairer la jeune fille. Innocenza ne sait pas écrire, mais, quand elle veut, elle sait se faire comprendre mieux que Fila.

Dès que la cuisinière entre dans la bibliothèque, Marianna lui montre la tête de Fila, le bonnet de toile taché de sombre, ce noir qui lui coule luisant et puant sur le cou. Innocenza éclate de rire. Elle prononce lentement le mot « teigne » de manière à ce que la duchesse puisse lire sur ses lèvres.

Marianna se souvient avoir lu dans un opuscule de l'école de Salerne sur les cosmétiques que la teigne est parfois soignée dans le peuple avec de la poix bouillante. Mais c'est un système drastique et dangereux : il s'agit de brûler le cuir chevelu, de mettre le crâne à nu. Si le malheureux en réchappe, il guérit, sinon, il meurt déchiré par les brûlures.

D'un coup sec, Marianna arrache la coiffe de la tête de Fila mais le mal est déjà fait. Le pauvre crâne, complètement chauve, est déchiré de larges crevasses de peau brûlée et sanguinolente.

Voilà ce qu'elle a rapporté de sa dernière visite à certains parents de Ficarazzi. Dix jours dans un de ces taudis noirs, au milieu des ânes, des poules, des cafards et aujourd'hui, sans rien lui dire, elle essaie de se libérer des parasites en se brûlant la tête à mort.

Les bizarreries de Fila ont commencé après le mariage de Saro avec Peppinedda. Elle s'est mise à errer la nuit en chemise, complètement endormie. Un matin, on l'avait trouvée évanouie et à moitié noyée dans le bassin aux nénuphars. Et maintenant, cette histoire de teigne.

Un mois auparavant, elle lui avait demandé la permission d'aller visiter de lointains cousins de Ficarazzi. Un homme énorme avec des jambières de peau de chèvre était venu la chercher dans une charrette fraîchement repeinte, magnifique à voir avec ses paladins, ses bosquets, ses chevaux.

Fila était montée entre un chien et un sac de grains. Elle était partie en balançant les jambes et elle avait l'air content. Elle se souvient de l'avoir saluée de la fenêtre et d'avoir suivi du regard la menue silhouette sur la carriole aux couleurs éclatantes qui s'éloignait vers Bagheria.

Saro s'était marié depuis une semaine. Marianna lui avait offert une grande fête avec le vin de ses caves et toutes sortes de poissons : maquereaux et *aricciole* rôtis sur la braise, poulpes bouillis, sardines en chapelure, raies au four.

Peppina avait tellement mangé qu'elle s'était sentie mal. Sarino semblait satisfait, la femme choisie par madame la duchesse était à son goût : petite comme une enfant, la peau sombre, les bras couverts de poils, une bouche fraîche aux dents blanches et robustes, de grands yeux liquides comme du café frappé.

Elle s'est tout de suite révélée être une fille intelligente et énergique, bien que sauvage comme une chèvre. Habituée à souffrir de la faim et à trimer à la maison, à raccommoder les filets des autres sous le soleil en se nourrissant d'un morceau de pain frotté d'ail, elle montre son bonheur en mangeant de tout, courant à droite à gauche et chantant à gorge déployée.

Elle rit souvent, elle est têtue comme une mule, mais elle obéit à son mari car elle sait que c'est son rôle. Mais elle a une façon d'obéir qui n'a rien de servile, comme si chaque fois c'était elle qui décidait justement ce qu'on vient de lui ordonner, selon son caprice, en grande reine.

Saro la traite comme un animal de sa propriété. Tantôt il joue avec elle sur le tapis du salon jaune, il la jette par terre et la chatouille en riant aux larmes. Tantôt il l'oublie des journées entières.

S'il vivait encore, monsieur l'oncle mari les chasserait tous les deux, se dit Marianna ; mais elle, elle les tolère, et éprouve même du plaisir à les voir jouer comme ça.

Depuis que Saro est marié, elle se sent beaucoup plus tranquille. Elle ne marche plus sur la pointe des pieds pour éviter les pièges disséminés le long de sa journée, elle n'a plus la terreur de rester seule avec lui, elle ne s'attend plus à le voir passer le matin sous sa fenêtre, avec sa chemise fraîchement lavée ouverte sur son tendre cou et cette mèche de cheveux qui lui glisse sournoisement sur la tempe.

Peppinedda, qu'elle a chargée d'aider Innocenza à la cuisine, se montre très douée pour vider les poissons, en gratter les écailles sans les faire sauter partout, et préparer les sauces à l'huile, ail, origan et romarin pour les grillades.

Comme Fila, au début elle n'arrivait pas à porter de chaussures. Bien que Marianna lui en ait offert deux paires, une de cuir et une de soie brodée, elle circulait toujours pieds nus, laissant de petites empreintes humides sur le sol ciré des salons.

Depuis cinq mois, elle est enceinte. Elle a cessé de jouer avec Sarino et promène son ventre comme un trophée. Elle attache ses noirs cheveux sur sa nuque avec un ruban rouge brillant.

Elle marche les jambes écartées comme si elle devait lâcher l'enfant là, au beau milieu de la cuisine ou bien dans le salon jaune, mais n'a rien perdu de son habileté. Elle manœuvre le couteau comme un soudard, ne parle quasiment pas et, les premières gloutonneries passées, mange maintenant comme un passereau.

En revanche, elle vole. Ni argent ni objets précieux, mais du sucre, des biscuits, du café ou du saindoux. Elle cache les victuailles dans sa chambre sous les toits et, chaque fois qu'elle le peut, se fait emmener à Palerme et donne tout à ses sœurs.

Elle a aussi la passion des boutons. Au début, elle ne volait que ceux qui étaient tombés. Puis elle a commencé à les détacher en les tournant entre ses doigts d'un air rêveur. Ces derniers temps, elle a pris l'habitude de les arracher des chemises d'un coup de dents et, si quelqu'un la surprend, elle les garde dans sa bouche le temps d'aller les mettre à l'abri dans sa chambre où elle les collectionne dans une vieille boîte à biscuits.

Saro, qui a appris à écrire assez bien, rapporte à Marianna tous les faits et gestes de sa jeune épouse. Il semble éprouver un plaisir particulier à lui révéler les petites embrouilles de sa *mugghieri* Peppinedda, comme pour signifier que, si ces choses arrivent, c'est de sa faute à elle qui a voulu la lui donner de force.

Mais Marianna s'amuse des extravagances de Peppinedda. Cette enfant un peu bossue, forte comme un taureau, sauvage comme un buffle, silencieuse comme un poisson, la met en joie.

Saro a un peu honte d'elle, mais il a appris à ne pas le dire. La leçon des maîtres, il l'a parfaitement intégrée : ne jamais exposer ses propres sentiments, se jouer de tout, se servir de ses yeux et de sa langue, mais sans se faire remarquer.

« Peppinedda a encore volé. Que dois-je faire ? »

« Fouettez-la ! », écrit Marianna, et elle lui tend la feuille d'un geste amusé.

« Elle attend un petit. Et puis, elle me mord. »

« Alors laissez-la tranquille. »

« Et si elle vole encore ? »

« Fouettez-la deux fois. »

« Et pourquoi ne la fouettez-vous pas vous-même ? »

« C'est votre femme, c'est à vous de le faire. »

De toute façon, elle sait que Saro ne la fouettera pas. Car au fond il en a peur, il la craint comme on peut craindre un chien errant mal domestiqué qui peut, s'il est maltraité, enfoncer ses crocs dans une jambe sans même s'en rendre compte.

Mais pour l'heure Fila s'est évanouie au milieu de la bibliothèque. Innocenza, au lieu de s'occuper d'elle, nettoie avec son tablier la poix qui a coulé sur le tapis.

Marianna se penche sur la jeune fille. Elle pose sa paume sur sa poitrine et sent le cœur qui bat lentement, faiblement. D'un doigt, elle presse la veine qui longe son cou : les pulsations sont régulières. Pourtant elle est glacée, comme morte. Il faut la bouger. Elle fait un signe à Innocenza qui la prend par les pieds. Elle, elle la soulève par les épaules, et, ensemble, elles l'allongent sur le divan.

Innocenza retire son tablier et l'étale sur les coussins pour qu'ils ne soient pas tachés. À la tête qu'elle fait, on comprend qu'elle n'approuve absolument pas que la petite servante Fila se couche, même évanouie, même avec la permission de la duchesse, sur le divan tapissé de blanc et or de la maison Ucrìa.

« Trop extravagante, cette duchesse, elle n'a pas le sens de la mesure… chacun à sa place, sinon le monde devient un capharnaüm… aujourd'hui Fila, demain Saro et même cette petite délinquante de Peppinedda, qu'entre elle et un chien il n'y a que la différence de deux pattes… comment elle peut la supporter, on se le demande. Mais voilà, ce gros lard d'abbé Carlo la lui a trouvée, et elle, elle l'a prise… on n'a pas le temps de se retourner qu'elle a déjà fait disparaître l'huile. Une fois par semaine elle s'accroche derrière le petit carrosse de la duchesse ou le cabriolet tiré par le moreau de sa fille Felice, le corsage bourré de tout ce qu'elle a escamoté… Son corniaud de mari le sait, mais qu'est-ce qu'il fait ? rien… celui-là, on ne sait pas où il a la tête… il a l'air amoureux… et la duchesse le protège… elle a perdu toute sévérité, tout maintien… le duc Pietro, lui, il aurait flanqué des sacrées raclées à tout ce monde… ce pauvre duc qui pend à un clou dans les grottes des capucins, avec sa peau qui est devenue comme celle des fauteuils, collée aux os comme un vieux gant, plaquée sur les dents, on dirait qu'il rit, mais c'est pas un rire, c'est un rictus… il devait la connaître, lui, sa passion pour l'or, parce qu'il lui a laissé en mourant quatre cents *grani* romains avec l'aigle du pontife et "ut commonius" gravé derrière, plus trois monnaies d'or avec la tête de Charles II roi d'Espagne. »

Marianna se penche sur Fila, plonge la tête dans les bouillons de la manche fleurant le basilic pour tenter d'oublier Innocenza, mais elle est là qui continue à lui déverser ses phrases. Il y a des gens qui, bien que tout à fait inconsciemment, distribuent leurs pensées avec une malignité aigre et effrontée. Innocenza en fait partie, qui, en même temps que de son affection, l'inonde d'un fleuve de réflexions impudentes.

Il faudra que je trouve un mari pour Fila, se dit-elle. Et que je lui donne une belle dot. Elle ne l'a encore jamais vue tomber amoureuse, ni d'un laquais, ni d'un aubergiste, ni d'un cordonnier, ni d'un vacher, comme cela se produit continuellement avec les autres servantes qui viennent à la journée. Elle est constamment derrière son frère et, quand elle ne peut l'accompagner, elle reste toute seule, la tête un peu penchée sur l'épaule, les yeux dans le vide, la bouche douloureusement pincée.

Ce serait bien qu'elle se marie rapidement et qu'elle fasse tout de suite un enfant, se répète Marianna, et elle sourit de se voir élaborer les mêmes propositions que sa mère, sa grand-mère ou encore son arrière-grand-mère qui avait vécu la peste de Palerme en 1624. « Santa Ninfa ne put rien, Santa Agata qui protégeait la cité ne put rien, mais une autre sainte, très belle, de noble naissance, de l'antique maison des Sinibaldi della Quisquina, la grande sainte Rosalia, elle seule sut dire à la peste : ça suffit comme ça », a écrit grand-mère Giuseppa sur un de ses cahiers, et cette feuille est encore là, parmi les billets de monsieur père.

Se marier, enfanter, faire se marier ses filles, les faire enfanter et faire en sorte que ses filles mariées fassent enfanter leurs filles qui à leur tour se marient et enfantent… voix du bon sens familial, voix persuasives et doucereuses qui ont roulé le long des siècles, conservant dans un nid de plumes cet œuf précieux qu'est la descendance Ucrìa en s'apparentant par les femmes avec les plus grandes familles palermitaines.

Ce sont les voix autoritaires qui soutiennent de leur lymphe sanguine l'arbre généalogique chargé de branches et de feuilles. À chaque feuille un nom et une date : Signoretto, prince de Fontanasalsa, 1179, et, à côté, de minuscules feuilles mortes : Agata, Marianna, Giuseppa, Maria, Teresa.

Carlo Ucrìa, autre feuille, 1315, et à côté : Fiammetta, Manina, Marianna. Certaines nonnes, d'autres mariées, toutes ont sacrifié leurs avoirs, avec les frères cadets, pour maintenir l'unité de la maison.

Le nom de famille est un héron, une foulque noire, un Hercule jaloux qui dévore avec la voracité d'un porc : champs de blé, vignobles, poules, brebis, formes de fromage, maisons, meubles, bagues, tableaux, statues, carrosses, candélabres d'argent, il avale tout, ce nom qui se répète comme une formule magique sur la langue.

Si la feuille de Marianna n'est pas morte, ce n'est que parce que l'oncle Pietro avait hérité de terrains imprévus et que quelqu'un devait donc épouser cet extravagant. « Marianna » est écrit en lettres d'or au centre d'un petit greffon végétal et sert d'intermédiaire entre les deux branches de la famille Ucrìa, celle qui allait s'éteindre à cause de la bizarrerie du fils unique Pietro, et l'autre, plus prolifique mais aussi plus dangereusement équilibrée, au bord de la banqueroute.

Marianna se retrouve complice d'une vieille stratégie familiale, immergée jusqu'au cou dans le projet d'unification, mais aussi étrangère, à cause de cette infirmité qui en a fait une observatrice désenchantée de son milieu. « Corrompue par les livres », comme disait la tante professe Teresa ; on sait que les livres abîment et que le Seigneur veut un cœur vierge qui perpétue dans le temps les habitudes des morts avec une aveugle passion d'amour, sans soupçons, sans curiosité ni doutes.

C'est pour cette raison qu'elle reste hébétée sur ce tapis, à côté de la servante à la tête blessée, et qu'elle se tord comme une chenille, étourdie par les voix des ancêtres qui lui réclament respect et fidélité. Tandis que d'autres voix pétulantes, comme celle de monsieur Hume avec son turban vert, lui demandent d'oser et jettent au diable cette montagne de superstitions héréditaires.

36.

La respiration précipitée, l'odeur de camphre et de cataplasmes de chou, chaque fois qu'elle entre dans la chambre, il lui semble revenir à l'époque de la maladie de son fils Signoretto : un pauvre souffle en lambeaux, des relents moisis de sueur séchée sur la peau, de mauvais sommeil, les âcres saveurs et les lèvres desséchées par la fièvre.

Les faits sont arrivés si brusquement qu'elle n'a pas eu le temps d'y réfléchir. Peppinedda a accouché d'un petit garçon rondouillard et couvert de poils noirs. Fila a aidé la sage-femme à couper le cordon, à laver le nouveau-né dans l'eau savonneuse, à le sécher dans des linges tièdes. Elle semblait contente de ce neveu que le destin lui offrait.

Puis, une nuit, tandis que la mère et l'enfant dormaient dans les bras l'un de l'autre, Fila s'est habillée comme pour aller à la messe, est descendue dans la cuisine, s'est armée d'un couteau à éventrer les poissons et, dans la pénombre où baignait le lit, s'est mise à frapper les deux corps étendus, celui de la mère et celui de l'enfant.

Elle ne s'était pas aperçue qu'avec eux se trouvait aussi Saro, blotti contre l'épaule de Peppinedda. Les coups les plus mauvais, c'est lui qui les a reçus : un à la cuisse, un à la poitrine et un à l'oreille.

Le bébé est mort, peut-être écrasé par le corps de son père ou celui de sa mère, en tout cas il est mort sans blessure, étouffé. Peppinedda, elle, s'en est sortie avec un seul coup de couteau au bras et quelques blessures superficielles au cou.

Quand Marianna est descendue à l'étage du bas, tirée par le bras par Innocenza, c'était déjà le matin, et quatre hommes de la Vicaria emportaient Fila ficelée comme un saucisson.

À l'issue d'un procès de trois jours, ils avaient décidé de la pendre. Et Marianna, ne sachant à qui s'adresser, était allée chez Giacomo Camalèo, le préteur de la cité, premier sénateur, pour tâcher d'intercéder en sa faveur. L'enfant était mort, mais pas sous les coups de sa tante. Et Saro allait guérir, de même que Peppinedda.

« Le méfait impuni entraîne d'autres crimes », lui avait-il écrit sur la feuille qu'elle lui tendait.

« Elle sera punie de toute façon si vous l'envoyez en prison », avait-elle répondu en tentant de réprimer le tremblement de ses doigts. Elle brûlait de courir à la maison voir Saro qu'elle avait laissé entre les mains du barbier Pozzolungo en qui elle avait peu confiance. En même temps, elle voulait sauver Fila de la potence.

Mais don Camalèo n'était pas pressé : il la regardait avec des yeux glauques dans lesquels brillait de temps en temps une pointe de curiosité.

Et elle avait écrit encore, raidissant son poignet, rappelant Hippocrate, citant saint Augustin.

Au bout d'une demi-heure, radouci, il lui avait offert un verre de vin de Chypre qu'il tenait sur la commode. Et elle, masquant son anxiété, s'était efforcée de boire en souriant gracieusement, avec humilité.

À son tour Camalèo s'était répandu en citations de Saint-Simon, de Pascal, couvrant les feuilles d'une graphie sophistiquée, pleine de pointes et de volutes, en s'arrêtant tous les trois mots pour souffler sur la petite plume gouttant d'encre.

« Chaque vie est un microcosme, ma chère duchesse, une pensée vivante qui aspire à émerger de sa zone d'ombre… »

Elle avait répondu avec componction, parfaitement maîtresse d'elle-même, jouant le jeu. Le préteur avait pris un air pompeux, distrait et puis clairement amusé de cet assaut d'érudition. Une femme qui connaît saint Augustin et Socrate, Saint-Simon et Pascal, ce n'est pas tous les jours, disaient ses yeux, et il faut en profiter. Avec elle, il pouvait joindre la galanterie à la doctrine, il pouvait déployer sa culture sans susciter ennui et effarement comme il arrivait habituellement avec les femmes qu'il courtisait.

Marianna avait dû ravaler sa hâte, l'oublier. Elle était restée là à discuter philosophie en buvant du vin de Chypre dans l'espoir qu'à la fin elle lui arracherait la promesse.

L'infirmité de son interlocutrice ne semblait pas préoccuper le moins du monde monsieur le préteur. Il était même plutôt content qu'elle ne puisse pas parler, car cela lui permettait d'étaler ses connaissances par écrit, sans en passer par des intermèdes de bavardages dont de toute évidence il était las.

À la fin, il lui avait promis d'intervenir auprès de la Cour de justice pour soustraire Fila à la potence en suggérant de l'enfermer comme folle à San Giovanni des Lépreux.

« D'après ce que vous me dites, la jeune fille a agi par amour, or, la folie amoureuse est la source d'une si grande littérature. Orlando n'était-il pas fou ? et Don Quichotte ne se prosternait-il pas devant une lavandière en l'appelant princesse ? Et puis, qu'est-ce que la folie, sinon un excès de sagesse ? Une sagesse dépourvue de ces contradictions qui la rendent imparfaite et donc humaine. Le bon sens pris dans son intégrité cristalline, dans son dogme de prudence, s'approche beaucoup de la perdition… Il suffit d'appliquer à la lettre les règles de la sagacité sans jouer ni douter jamais et voilà que l'on tombe dans les enfers de la folie… »

Le matin suivant, une petite charrette de fleurs était arrivée via Alloro : deux bouquets gigantesques de roses lancéolées et un de lys jaunes et, en surplus, une boîte pleine de gâteaux. Un petit Maure avait tout déposé à la cuisine et s'était sauvé sans même attendre un remerciement.

Quand Marianna était retournée chez lui pour savoir ce qui avait été décidé par la Cour de justice, Camalèo avait eu l'air si content de la voir qu'elle s'en était effrayée. Et s'il attendait quelque chose en échange ? L'enthousiasme qu'il manifestait était excessif et vaguement menaçant.

Il l'avait installée dans le meilleur fauteuil du salon, lui avait offert l'habituel vin de Chypre, lui avait presque arraché des mains le papier qu'elle lui tendait pour y transcrire quelques lignes de Boiardo :

Chiunque la saluta o li favella
E chi la tocca e chi li sede a lato
Al tutto scorda del tempo passato… [1]

Enfin, après deux heures d'étalage littéraire, il lui avait écrit que Fila était déjà aux Lépreux grâce à son intervention et qu'elle pouvait être tranquille, on ne la pendrait pas.

1. Quiconque vous salue ou s'entretient avec vous / et qui vous touche et qui s'assied près de vous / oublie tout à fait le temps passé… (Matteo Maria Boiardo, 1441-1494, poète de la cour de Ferrare.)

Marianna avait levé un regard bleu, perplexe, sur le préteur, mais s'était vite rassurée. Le visage exprimait un plaisir qui allait au-delà d'un banal échange de faveurs. Avec ses études à l'université de Salerne, son apprentissage au Forum de Reggio di Calabria, son long séjour d'études à Tübingen, le sénateur considérait le chantage comme une arme trop grossière pour un véritable homme de pouvoir.

Il lui avait donné l'autorisation d'envoyer tous les jours aux Lépreux un valet avec du pain frais, du fromage et des fruits, sans l'avertir cependant que ces denrées auraient du mal à arriver jusqu'à sa protégée.

De temps en temps, le matin, Marianna voyait arriver monsieur le préteur dans une voiture tirée par un cheval pommelé. Se hâtant de faire coiffer ses cheveux défaits sur ses épaules, elle le recevait sévèrement vêtue et munie de tout son attirail d'écriture.

Il l'attendait dans le salon jaune, debout devant l'une des chimères de l'Intermassimi qui ont toujours l'air de languir d'amour pour qui les regarde, mais dont le regard se mue en une grimace de dérision sitôt que l'observateur tourne le dos.

Lorsqu'elle entrait, le préteur s'inclinait jusqu'à terre en dégageant un subtil parfum de gardénia. Il fixait sur elle des yeux métalliques adoucis d'un miel dont le goût le satisfaisait avant tout lui-même. Il évoquait la « pauvre démente », comme il disait, enfermée aux Lépreux sous sa « gracieuse » protection.

Toujours courtois et aimable, précédé de brassées de fleurs et de gâteaux, il venait volontiers jusqu'à Bagheria pour la voir, s'asseyait sur le rebord d'une chaise et écrivait, tenant la plume avec élégance.

Marianna lui servait du chocolat parfumé à la cannelle ou du vin de Malaga à la douce odeur de figues sèches. Les premiers billets étaient de courtoisie. « Comment va madame la duchesse ce matin ? » « Le sommeil lui a-t-il été propice ? »

Après qu'il avait avalé deux tasses de chocolat chaud et bien sucré, qu'il s'était bourré de *cassatine* à la riccota fraîche, la plume de Camalèo se mettait à glisser comme un lézard pris de folie sur la feuille de papier blanc.

Ses yeux s'allumaient, sa bouche prenait un pli marqué de satisfaction et il pouvait continuer des heures à parler, ou plutôt à écrire sur Thucydide, Sénèque mais aussi Voltaire, Machiavel, Locke et Boileau. Marianna commençait à se dire que, dans le fond, elle n'était que l'innocent prétexte à une manifestation pyrotechnique d'érudition. Et elle l'assistait, lui apportant des plumes toujours neuves, des flacons d'encre de Chine tout juste arrivés de Venise, des feuilles de papier bordées d'azur, de la cendre pour sécher les mots fraîchement tracés.

Désormais, elle n'éprouvait plus de crainte mais seulement de la curiosité pour cette intelligence kaléidoscopique et aussi, pourquoi pas, une certaine sympathie ;

surtout quand il écrivait la tête penchée, en tenant la feuille sur sa paume ouverte. Les mains étaient la chose la plus belle de ce corps inharmonieux au buste très long et fin contredisant deux jambes courtes et épaisses.

Curieux, que le corps disgracieux du préteur s'insinue dans son souci pour les blessures de Saro. Je suis là maintenant, près de lui, se dit Marianna, et je ne veux, je ne peux, penser à rien d'autre que sa santé en péril.

Il a l'air de dormir, Saro, mais c'est quelque chose de plus profond et de plus dangereux que le sommeil qui l'apaise et le tient prisonnier. Les plaies n'arrivent pas à se refermer. Fila l'a frappé avec une telle véhémence que, bien que le chirurgien Ciullo, venu exprès de Palerme, l'ait recousu avec art, le sang a du mal à se remettre à circuler avec le même bonheur qu'avant, et les cicatrices ont tendance à suppurer.

Peppinedda, après les coups de couteau, est retournée chez son père. C'est donc à Marianna de soigner le blessé, en alternance avec Innocenza, qui toutefois ne le fait pas de bonne grâce, surtout la nuit.

Les premiers jours, il s'agitait, le pauvre blessé, comme s'il se battait contre des ennemis qui voulaient l'attacher, le bâillonner, l'enfermer dans un sac. Maintenant, exténué, il semble avoir renoncé à sortir de ce sac et passe son temps à dormir d'un sommeil parfois agité de sanglots secs qui le secouent péniblement. Assise sur un fauteuil à côté du lit, Marianna lui tient compagnie.

Elle nettoie ses blessures, renouvelle ses pansements, lui porte aux lèvres un peu d'eau et de citron.

Plusieurs médecins sont venus le voir. Non pas Cannamela, qui est vieux maintenant et aveugle d'un œil, mais d'autres, plus jeunes. Parmi ceux-ci, un nommé Pace qui a la réputation d'être excellent. Il était arrivé un matin, à cheval, enveloppé dans un de ces larges manteaux munis d'une capuche qu'à Palerme on appelle *giucche*. Il avait tâté le pouls du patient, avait senti ses urines, avait fait des grimaces dont on ne savait pas si elles étaient de découragement ou si elles voulaient simplement figurer les réflexions pénétrantes d'un scientifique face aux maux d'un corps destiné à pourrir.

À la fin, il avait décrété qu'il fallait lui apposer des sangsues.

« Il a déjà perdu tellement de sang, docteur Pace », avait rédigé Marianna à la hâte, en appuyant la feuille sur la table de nuit. Mais le docteur Pace n'avait pas voulu discuter, il avait pris ce billet comme un ordre déplacé et s'était vexé. Il avait remonté le col de sa *giucca* et était sorti, non sans avoir réclamé ses honoraires, plus les dépenses du voyage : de l'avoine pour le cheval et de nouveaux fers.

Marianna a demandé secours à sa fille Felice, qui est arrivée avec ses herbes, ses décoctions, ses emplâtres d'ortie et de mauve. Elle a soigné les blessures avec des feuilles de chou et du vinaigre des sept voleurs.

Au bout d'une semaine, l'état de Saro s'est amélioré, mais pas de beaucoup. Enveloppé dans l'odeur douceâtre des décoctions, il se tient encore immobile sous les draps, blanc sur blanc, le thorax pansé, l'oreille bourrée de coton, les jambes bandées : comme une momie qui de temps en temps ouvre des yeux gris et n'a pas encore choisi entre se retirer parmi les ombres reposantes de l'au-delà ou revenir à cette vie pleine de couteaux et de soupes à avaler.

Marianna serre sa main. Comme elle a fait il y a des années avec Manina quand elle se mourait d'une infection du sang après un accouchement. Comme elle a fait avec monsieur père. Sauf que lui était déjà mort quand elle lui avait pris la main qui dégageait une froide odeur de chair abandonnée.

Une litanie de maladies et de morts qui ont sapé toute splendeur à la racine de ses rêves. Chaque mort, un frottement de grains de sel : une tête marquée d'irrémédiables fissures ct meurtrissures.

Et elle est là, à couver l'œuf comme une patiente colombe. Elle attend d'en voir sortir un pigeonneau tout neuf et désireux de vivre. Elle pourrait envoyer chercher Peppinedda. Il serait même de son devoir de le faire, mais elle n'en a pas envie. Elle renvoie de jour en jour. Elle reviendra quand la fantaisie la reprendra de manger à satiété, de voler les boutons et de se rouler sur les tapis, se dit-elle.

37.

N'est-il pas compromettant de se rendre à San Giovanni des Lépreux avec le sénateur Giacomo Camalèo, préteur de Palerme ? N'est-ce pas un acte inconsidéré propre à déclencher l'hostilité de ses frères et de ses enfants ?

C'est au moment où elle pose le pied sur le marchepied de la voiture à deux chevaux qui l'attend dans la cour de la Villa Ucrìa que ces questions traversent l'esprit de Marianna. Une main gantée l'aide à monter.

À l'intérieur, elle est assaillie par une forte odeur de gardénia. Don Camalèo est habillé de sombre, avec culottes et redingote de velours châtain liséré d'or, un tricorne noir et châtain glissant sur ses boucles poudrées, des souliers à pointe égayés d'une rosette d'argent ornée de diamants.

Marianna s'assied devant lui et, sans attendre, sort de son réticule d'argent l'étui de bois avec l'encre et la plume, ainsi que le papier et la tablette, très ressemblante à celle qui lui avait été offerte par monsieur père, puis volée à Torre Scannatura.

Le sénateur sourit, séduit par l'innocence de la duchesse : l'intimité sera évitée par la profusion de lettres qu'il écrira en route, farcies de citations de Hobbes et de Platon. L'une d'elles sera conservée dans la boîte à motifs chinois. Celle où don Camalèo se révèle davantage en lui racontant ses études à Tübingen, lorsqu'il avait trente ans de moins.

« J'habitais dans une tour à trois étages qui donnait juste sur le Neckar. Là, je passais les après-midi avec mes livres à côté d'un grand poêle de faïence. En levant les yeux, je pouvais voir les peupliers qui longent le fleuve, les cygnes en attente permanente que quelqu'un leur jette du pain par la fenêtre. Ils poussaient de furieux grondements de gorge et, quand il se battaient entre eux pendant la saison des amours, ils étaient terrifiants. Je haïssais ce fleuve, je haïssais ces maisons aux toits pentus, je haïssais ces cygnes à la voix de porc, je haïssais la neige qui étendait une couverture de silence sur la ville, je haïssais même les jolies filles qui se promenaient sur l'île avec leurs châles à franges. De fait, le jardin en face de la tour faisait partie d'une île longue, mélancolique, où les étudiants faisaient les cent pas entre un cours et l'autre. Et maintenant, je donnerais dix ans de ma vie pour retourner dans cette tour jaune des bords du Neckar et entendre le cri guttural des cygnes. Je mangerais volontiers leurs saucisses grasses, j'admirerais même ces jeunes filles blondes et leurs épaules couvertes de châles colorés. N'est-ce pas une aberration de la mémoire, cela, qui ne fait aimer que ce que l'on perd ? Précisément parce que c'est perdu, elle nous fait languir de nostalgie pour ces mêmes lieux et ces mêmes personnes qui alors nous ennuyaient profondément. Tout ceci n'est-il pas stupide, prévisible et vulgaire ? »

Une seule fois durant le voyage de Bagheria à Palerme, don Giacomo Camalèo saisit la main de Marianna et la serre un instant entre les siennes, comme pour confirmer sa pensée, puis la relâche aussitôt avec un air contrit et respectueux.

Marianna, qui est peu habituée à être courtisée, ne sait comment se comporter. Tantôt, le buste rigide, elle observe par la fenêtre la campagne qu'elle connaît si bien, tantôt elle se penche sur la tablette et trace lentement des phrases, soucieuse de ne pas renverser l'encre et séchant les mots encore humides avec la cendre.

Heureusement, la cour de don Camalèo est surtout composée de paroles enveloppantes, doctes discours, citations, visant à susciter l'étonnement admiratif plutôt que le désir. Bien qu'il ne soit certainement pas homme à mépriser la jouissance des sens. Mais jusque-là, disent ses yeux, les liens entre eux ont donné des fruits acides qui agaceraient les dents à vouloir en forcer la pulpe. La hâte appartient à la jeunesse qui ne connaît pas les délices de l'attente, la volonté de prolongation, qui donne à la reddition des saveurs profondes et exquises.

Marianna observe les gestes prudents, respectueux, de ces belles mains habituées à empoigner le monde par le collet, mais sans lui faire mal, pour en jouir en une tranquille contemplation. Si différent des hommes pris par la hâte et l'avidité qu'elle a connus jusqu'à présent. À côté de Camalèo, monsieur l'oncle mari était un rhinocéros ; mais transparent comme l'eau de Fondachello. Même monsieur père était d'une autre pâte : spirituel et doué, mais dépourvu d'ambition ; de toute sa vie il n'a jamais pensé élaborer une stratégie, jamais considéré l'avenir comme un lieu où organiser et conserver ses victoires et ses défaites ; il ne lui serait jamais venu à l'esprit de différer un plaisir pour le rendre plus délicieux.

Devant San Giovanni des Lépreux, don Camalèo descend d'un bond, montrant son agilité de quinquagénaire sans une once de graisse en trop, et tend délicatement la main. Mais Marianna ne s'y appuie pas, elle saute aussi et le regarde hardiment avec un rire muet et joyeux. Lui reste un peu déconcerté : il sait que les femmes, quand on leur fait la cour, aiment à se faire plus faibles et fragiles qu'elles ne le sont. Puis il rit avec elle et la prend par le bras comme s'ils étaient camarades de classe.

Une minute plus tard, ils se trouvent tous deux devant une lourde porte en fer. Des clefs tournent dans la serrure ; une grosse main se tend et fait des signes incompréhensibles avec les doigts, un chapeau vole au vent, des révérences, un rapide va-et-vient de gardes, un scintillement d'épée.

Puis un gardien aux épaules robustes précède la duchesse le long d'un couloir nu, tandis que le préteur s'enferme dans une pièce avec deux messieurs de haute stature dont la forme des chapeaux laisse à penser qu'ils sont espagnols.

Une alternance de portes le long du couloir : une de fer une de bois, une de bois une de fer, une luisante et une opaque, une opaque et une luisante. En haut de la porte, un rectangle grillagé et, derrière les grilles, des visages curieux, des regards soupçonneux, des têtes échevelées, des bouches s'ouvrant sur des dents noires et gâtées.

Un verrou est tiré, une porte poussée. Marianna se retrouve dans une salle froide au sol de briques cassées et poussiéreuses. Les fenêtres hautes sont plutôt inaccessibles. La lumière tombe faiblement du plafond. Les parois sont nues et sales, marquées d'humidité, de traces noires, de sinistres taches rouges. Au sol, des tas de paille, des seaux de fer. Une puanteur sauvage, de cage, prend à la gorge.

Le gardien lui fait signe de s'asseoir sur une chaise paillée qui a l'air d'avoir été mangée aux rats tant elle est usée, la paille sortant de partout.

Derrière des barreaux, on aperçoit la cour nue au sol de pierre, agrémentée d'un figuier. Contre le mur du fond, une femme à demi nue dort par terre, recroquevillée sur elle-même. Plus près, attachée sur un banc, une autre femme aux cheveux blancs qui s'échappent de son bonnet rapiécé répète indéfiniment le même geste de cracher loin d'elle. Ses bras nus portent des marques de verges. Sous le figuier, debout sur une jambe, seule et appuyée au tronc, une petite fille qui peut avoir dans les onze ans tricote avec des gestes lents et précis.

À ce moment-là un doigt effleure la joue de Marianna qui recule en sursautant : c'est Fila, la tête enfermée dans un turban de chiffons sales qui lui rétrécit les traits et lui dilate les yeux. L'air content, elle sourit. Ses mains tremblent légèrement. Elle a tellement maigri que, de dos, Marianna ne l'aurait pas reconnue. Sa longue robe de toile de sac sans col ni ceinture tombe en lambeaux sur ses chevilles, ses bras sont nus et couverts de bleus.

Marianna se lève, l'embrasse. L'odeur féroce qui envahit la pièce est maintenant dans ses narines, affreuse. En quelques mois, Fila est devenue une vieillarde : son visage est déformé, elle a perdu une dent de devant, ses mains tremblent, ses jambes sont si décharnées qu'elles la tiennent à peine debout, ses yeux, qui s'efforcent pourtant à un sourire reconnaissant, sont vitreux.

Quand Marianna lui caresse la joue, Fila lâche un timide gémissement qui lui chiffonne la bouche. Marianna, pour dominer son embarras, sort de sa poche une petite bourse d'argent, l'enferme dans les doigts de la jeune fille qui voudrait la cacher et cherche en vain des poches dans l'uniforme de l'asile et finit par regarder terrorisée tout autour d'elle en serrant la bourse dans son poing.

Marianna ôte alors l'écharpe de soie verte de son cou et la pose sur les épaules de Fila, qui la lisse d'une main ivre. Elle a cessé de pleurer et sourit béatement. Pour s'assombrir immédiatement après en rentrant la tête comme pour éviter un coup.

Un bagnard aux bras puissants la saisit par la taille et la soulève comme une enfant. Marianna est sur le point de réagir, mais elle réalise que le geste n'est pas sans tendresse. En soulevant la jeune fille, l'homme lui parle doucement et la berce dans ses bras.

Marianna tente de comprendre le sens de ce discours en épiant ses lèvres, mais elle n'y parvient pas. Il s'agit d'un langage connu d'eux seuls, qu'ils ont mis au point durant tous ces mois de cohabitation forcée. Et elle voit Fila qui, satisfaite, pose ses mains d'ivrognesse sur le cou du géant en inclinant la tête affectueusement sur sa poitrine.

Avant que Marianna ait pu saluer Fila, tous deux disparaissent derrière la porte. Que le bagnard ait su conquérir, sinon l'affection, du moins une intimité avec la pauvre petite, tant mieux, se dit Marianna. Même si le regard de l'homme sur la bourse lui laisse à penser que cette intimité n'est pas complètement désintéressée.

38.

Saro a recommencé à manger depuis deux jours. Ses yeux semblent agrandis dans leurs orbites creusées. Ses joues blêmes se marquent de rouge quand Marianna s'approche du lit. Il est encore bandé comme une momie, mais les pansements ont tendance à glisser, à se desserrer. Son corps s'agite, ses muscles s'animent de nouveau et sa tête ne repose plus immobile sur l'oreiller. La mèche noire a été lavée et glisse comme une aile de corbeau sur le visage amaigri du jeune homme.

Ce matin, Marianna, après une autre visite à Fila, a pris un bain à l'eau de bergamote pour se débarrasser des odeurs putrides de l'asile. Dans la vasque de cuivre martelé qui vient de France et qui, vue de l'extérieur, ressemble à une chaussure montant jusqu'à la cheville, on est aussi à l'aise que dans un lit ; l'eau arrive aux épaules et reste chaude plus longtemps que dans les vasques ouvertes.

Beaucoup de dames font conversation, reçoivent leurs amies, donnent des ordres aux domestiques en restant assises dans la nouvelle baignoire française, qui parfois, pour raisons de pudeur, est cachée derrière un paravent.

Marianna n'y reste pas longtemps, car elle ne peut y écrire. Et non plus y lire sans mouiller les pages, même si elle aime bien tremper là-dedans au chaud tandis qu'Innocenza lui verse sur le dos des casseroles d'eau fumante.

L'hiver est arrivé d'un seul coup, sans presque se faire précéder d'un automne. Hier, on se promenait bras nus, aujourd'hui il faut allumer le poêle, se couvrir de châles et de manteaux. Il souffle un vent glacial qui frise la surface de la mer et arrache les feuilles des arbres.

Manina vient d'accoucher d'une autre petite fille ; elle l'a appelée Marianna. Giuseppa est venue la voir hier. Elle est la seule qui se confie à elle ; elle lui a parlé de son mari qui tantôt l'aime, tantôt la hait et du cousin Olivo qui lui propose constamment de « s'enfuir » en France avec lui.

Felice vient déjeuner dimanche. Elle a été frappée par les descriptions que lui a faites sa mère de Fila et de l'asile des Lépreux. Elle a voulu avoir elle aussi l'autorisation d'aller la voir. Elle en est revenue déterminée à créer une « chaîne de secours aux déshéritées ». En effet, elle a beaucoup changé ces derniers temps : s'étant découvert des qualités de guérisseuse, elle se voue avec méthode à la combinaison des herbes, des racines et des minéraux. Après sa première guérison, les gens ont commencé à l'appeler en cas de maladies difficiles, surtout concernant la peau. Et elle, devant la responsabilité de ces corps couverts de plaies qu'on lui confiait, s'est mise à étudier, à expérimenter. Une ride profonde comme un coup de sabre lui barre maintenant le front. Elle ne s'inquiète plus tant de la blancheur de ses habits et laisse les cancans à ses consœurs plus jeunes. Elle a adopté un air sévère et affairé de professionnelle de la médecine.

Monsieur son fils Mariano, lui, ne vient jamais. Perdu comme il est dans ses rêves, il ne trouve pas le temps de rendre visite à sa mère. Il a cependant envoyé son oncle Signoretto s'informer discrètement sur cet hôte de la Villa Ucrìa dont la famille se scandalise.

« Il ne convient pas qu'à votre âge votre nom soit sur les lèvres de tout le monde », a écrit Signoretto d'une main circonspecte sur une feuille arrachée à un livre de prières.

« Je sais bien que vous êtes veuve mais j'espère que vous ne voulez pas vous ridiculiser en vous mariant à quarante-cinq ans avec un célibataire libertin de cinquante-cinq... »

« Je ne me marierai pas, soyez tranquille... »

« Alors, vous ne devez plus permettre à monsieur le préfet Camalèo de venir chez vous. Il n'est pas bon de faire parler les gens. »

« Il n'y a pas de relation charnelle, ce n'est qu'une fréquentation amicale. »

« À votre âge, madame, vous devriez songer à préparer votre âme au trépas au lieu de rechercher de nouvelles amitiés… »

« Vous êtes plus vieux que moi, monsieur mon frère, et il ne me semble pas que vous pensiez en rien au trépas. »

« Vous êtes femme, Marianna. La nature vous destine à une sereine chasteté, vous avez quatre enfants auxquels penser. Mariano, votre héritier, s'inquiète que vous n'aliéniez vos biens sur un coup de tête réellement regrettable. »

« Même si je me mariais, je ne lui retirerais pas une épingle à cheveux. »

« Peut-être ignorez-vous que Camalèo, avant de devenir préteur de Palerme, a longtemps été payé par les Français pour espionner les Espagnols, et l'on dit qu'il est ensuite passé aux Espagnols dont il avait reçu une proposition plus avantageuse. En somme, vous traitez avec un aventurier dont nul n'oserait garantir la noblesse. Mystérieux voyageur, devenu riche grâce à des mérites secrets, ce n'est pas un homme qu'une Ucrìa puisse fréquenter. La décision de la famille est que vous ne le voyiez plus. »

« Et de quel droit la famille aurait-elle décidé ? »

« Ne venez pas me tenir des discours du type de ceux que tient ma femme Domitilla. Je suis fatigué de Voltaire. »

« Autrefois, vous aussi, vous citiez Voltaire. »

« Erreur de jeunesse. »

« Je suis veuve et je crois pouvoir disposer de moi comme je l'entends. »

« Quelle empoisonnante bonne femme ! Encore ce verbiage de quatre sous ! Vous savez très bien que vous n'êtes pas seule mais que vous faites partie d'une famille et ne pouvez, même avec la permission de monsieur Voltaire et le soutien de tous les saints du paradis, vous permettre aucune liberté. Vous devez rompre avec cet homme. »

« Camalèo est une personne aimable, il m'a aidée à sauver une servante de la potence. »

« Ne faites pas en sorte que les questions relatives aux domestiques modifient votre vie. Camalèo vise certainement un mariage avec vous. S'apparenter avec les Ucrìa fait partie d'une stratégie secrète. Croyez-moi, cet individu n'éprouve aucun intérêt véritable pour votre personne… ne vous y fiez pas. »

« Je ne m'y fierai pas. »

Rassuré, du moins en partie, Signoretto, après lui avoir gracieusement baisé la main, est parti. Chacun sait que monsieur son frère a eu plus de maîtresses après son mariage qu'il n'en avait eu avant. Et récemment, il s'est lancé dans des dépenses insensées pour une chanteuse qui se produit au théâtre Santa Lucia et dont on dit qu'elle a été la maîtresse du vice-roi.

Malgré le ton autoritaire, elle a été contente de le revoir. Avec sa tête blonde dont la douceur s'accumule sous la peau en grosses verrues enflammées. Sa façon de regarder, légèrement oblique, interrogative, lui rappelle monsieur père quand il était jeune. Mais il lui manque la tendance qu'avait monsieur père à rire de lui-même.

Son frère Signoretto a développé une subtile et discrète brutalité qui alourdit ses paupières gonflées. Et plus grandit son habitude de commander, plus devient évidente son indulgence envers lui-même, au point de ne plus distinguer la poutre de la paille.

Dieu sait à partir de quand il a commencé à fabriquer ce nouveau squelette qui lui enfonce les yeux, lui élargit le bassin, lui écrase la voûte plantaire. Peut-être en siégeant au Sénat ou bien en escaladant les gibets avec les autres Frères Blancs dans le soutien aux condamnés. Ou peut-être, nuit après nuit, dans le haut lit au grand baldaquin à côté de sa femme qui, bien qu'elle soit encore très belle, lui est devenue si antipathique qu'il n'arrive plus à la regarder en face.

Depuis quelques années, le souvenir de monsieur l'oncle mari surgit à l'improviste quand elle se trouve devant les autres hommes de la famille. Cet être inquiet et lugubre, constamment occupé à redire avec mépris sur la bêtise de son prochain, était au fond plus candide et direct et certainement plus fidèle à lui-même que tous les autres qui, avec leurs sourires et leur courtoisie, se sont enfermés chez eux, effrayés de toute nouveauté au point de s'abaisser à accréditer des idées et certitudes dont ils se sont moqués pendant des années.

C'est une question de perspective, comme dit Camalèo, le temps a créé des amollissements dans la mémoire fanée. Les objets de monsieur son mari Pietro qui se rencontrent encore dans la maison conservent quelque chose de sa tristesse solitaire et revêche. Et pourtant, cet homme l'a violée quand elle n'avait pas encore six ans, et cela, elle se demande si elle parviendra jamais à le lui pardonner.

Celui qui lui est le plus proche aujourd'hui est l'abbé Carlo, cloîtré comme elle dans ses livres. Le seul qui soit capable de proférer un jugement qui ne soit vicié par son intérêt immédiat. Carlo se donne pour ce qu'il est : un libertin amoureux des livres. Il ne fait pas semblant, ne s'adule pas lui-même, ne se pique pas d'intervenir dans les intrigues des autres.

Quant à monsieur son fils Mariano, après les euphories de la croissance, les grands vagabondages amoureux, les voyages autour du monde, maintenant qu'il a presque trente ans, il s'est installé et il est devenu intolérant envers les activités des autres qu'il voit comme une menace à sa propre paix.

Avec ses sœurs, il a pris un ton sec et agacé. Avec sa mère, il est apparemment respectueux, mais on voit bien qu'il ne supporte pas les libertés qu'elle prend malgré son infirmité.

Le fait qu'il lui ait envoyé son oncle Signoretto au lieu de venir en personne laisse entrevoir le fond de ses préoccupations : et si, par une ironie de la nature, sa mère mettait au monde un fils alors que lui-même est incapable d'en avoir ? Et si cet enfant attirait les sympathies d'une tante veuve de la branche Scebarràs dont il attend l'héritage ? Et si le ridicule d'un mariage hors des normes retombait sur lui qui, plus que les autres, porte le poids du nom des Ucrìa di Campo Spagnolo e Scannatura ?

Mariano aime le luxe : il fait venir ses chemises de Paris, comme si à Palerme il n'y avait pas d'excellents chemisiers. Il se fait coiffer par un certain « monsieur » Crème qui se présente au palais suivi de quatre valets qui lui tiennent le « nécessaire pour le travail » : grandes et petites boîtes de savons, ciseaux, rasoirs, peignes, crèmes au muguet et poudres à l'œillet.

Pour les soins des pieds et des mains, il y a le sieur Enrico Aragujo Calisto Barrès qui vient de Barcelone et tient boutique via della Cala Vecchia. Pour dix carlins il se rend même chez les dames et lime les durillons des petites jeunes filles et des vieilles dames qui ont toutes des difficultés avec les chaussures à la pointe étranglée et au talon en bec de cygne.

Marianna sort de ses réflexions lorsque Saro lui serre la main avec une force nouvelle. Il guérit, on dirait vraiment qu'il guérit.

Saro ouvre les yeux. Un regard frais, nu, qui sort de sa gousse comme un haricot, encore souple de sommeil. Marianna se rapproche, pose deux doigts sur ses lèvres craquelées. Le souffle léger, humide et régulier pénètre dans sa paume. Une sensation de bonheur arrête Marianna sur ce geste de tendresse, respirant le souffle amer du jeune homme.

La bouche de Saro se presse maintenant contre les doigts de cette main et en baise l'intérieur avec ferveur. Pour la première fois, Marianna ne le repousse pas. Au contraire, elle ferme les yeux comme pour mieux goûter cette caresse. Ce sont des baisers qui viennent de loin, de ce premier soir où ils se sont vus à la lueur hésitante de la chandelle, dans le miroir piqué de la chambre de Fila.

Mais le geste semble l'avoir fatigué. Saro tient encore les doigts de Marianna contre sa bouche mais ne les embrasse plus. Son souffle est redevenu irrégulier, un peu rapide et convulsif.

Marianna retire sa main, mais sans hâte. Du fauteuil où elle était assise, elle glisse par terre agenouillée près du lit, allonge son buste sur les couvertures et, d'un mouvement qu'elle a souvent imaginé mais jamais accompli, pose son front sur la poitrine du garçon. Sous son oreille, elle sent l'épaisseur des bandages imprégnés de camphre et, dessous, l'arc des côtes et, dessous encore, le fracas du sang en ébullition.

Saro gît immobile, inquiet qu'un geste de sa part puisse interrompre les gestes timides de Marianna envers lui, effrayé qu'elle puisse s'échapper d'une seconde à l'autre comme elle l'a toujours fait. C'est pourquoi il attend qu'elle décide elle-même : retenant son souffle il tient les yeux fermés, espérant, désespérément espérant qu'elle l'attire à elle.

Les doigts de Marianna courent le long du front, des oreilles, du cou de Saro comme si désormais elle ne se fiait même plus à sa vue. Glissant sur les cheveux baignés de sueur, ils s'arrêtent sur le cataplasme d'ouate qui cache l'oreille gauche, reprennent le contour des lèvres, descendent vers le menton hérissé d'une barbe de convalescent, reviennent au nez comme si la connaissance de ce corps ne pouvait passer que par le bout de ses doigts, aussi curieux et mobiles que son regard était réticent et incertain.

L'index, après avoir parcouru la longue route qui d'une tempe mène à l'autre tempe, descend le long des ailes du nez, remonte les collines des joues en effleurant le buisson des sourcils, se trouve comme par hasard à presser le point où les lèvres se rejoignent, s'ouvre un passage entre les dents, rencontre le bout de la langue.

Alors seulement, Saro ose un imperceptible mouvement : il referme les dents, mais d'une pression très légère, autour du doigt qui reste prisonnier entre langue et palais, enveloppé de la chaleur fébrile de la salive.

Marianna sourit. Et, entre le pouce et l'index de l'autre main, serre les narines du garçon. Jusqu'à ce qu'il lâche prise et ouvre la bouche pour respirer. Elle retire alors son doigt mouillé et reprend son exploration. Lui la regarde avec béatitude, comme pour exprimer le bouillonnement de son sang.

Les mains de la maîtresse s'emparent maintenant de la courtepointe et la font glisser hors du lit. Puis c'est le tour du drap qui est jeté par terre en désordre. Et voilà, devant ses yeux surpris de sa propre hardiesse, le corps nu du garçon qui ne conserve que ses pansements le long des flancs, sur sa poitrine et sur sa tête.

Les côtes sont là, saillants croissants de lune qui racontent comme un atlas les phases progressives des rotations de l'astre, l'un à côté de l'autre, l'un au-dessus de l'autre.

Les mains de Marianna se posent sans peser sur les blessures à peine refermées, encore roses et sensibles. La blessure sur la cuisse ressemble à celle d'Ulysse attaqué par un sanglier, telle qu'elle était apparue à la nourrice stupéfaite qui la première reconnaissait son maître revenu après tant d'années de guerre, quand tout le monde le prenait encore pour un mendiant étranger.

Marianna y fait courir ses doigts tandis que le souffle de Sarino se précipite et que de ses lèvres sortent des bulles minuscules qui font penser à la douleur, mais aussi à une joie inconnue et sauvage, une heureuse reddition.

Comment s'est-elle retrouvée nue à côté du corps nu de Saro, Marianna ne saurait le dire. Elle sait que ce fut très simple et qu'elle n'a pas eu honte. Elle sait qu'ils se sont enlacés comme deux corps amis et que l'accueillir en elle a été comme retrouver une partie de son propre corps qu'elle croyait perdue à jamais. Elle sait qu'elle n'avait jamais pensé enfermer dans son ventre une chair masculine qui ne soit ni un enfant ni un envahisseur ennemi.

Les enfants se trouvent dans le ventre de la femme sans qu'elle les y ait appelés, de même que la chair de monsieur l'oncle mari se tenait au chaud en elle sans qu'elle l'ait jamais désiré ni voulu.

Ce corps, au contraire, elle l'a appelé et voulu comme on appelle et veut son propre bien, et il ne lui procurerait ni douleur ni lacération comme l'avaient fait les enfants sortant d'elle, mais il glisserait hors d'elle, une fois le spasme partagé, avec la joyeuse promesse d'un retour.

En tant d'années de mariage, elle avait toujours pensé que le corps de l'homme était fait pour tourmenter. Et à ce tourment elle s'était rendue comme à une malédiction divine, un devoir que chaque femme « de cœur » ne peut qu'accepter même si c'est un fiel qu'elle absorbe. Notre Seigneur dans le jardin de Gethsémani n'avait-il pas lui aussi absorbé du fiel ? N'était-il pas mort sur la croix sans une plainte ? Qu'était une infime peine de lit en regard des souffrances du Christ ?

Et pourtant, voilà maintenant un ventre qui ne lui est pas étranger, ne l'assaille pas, ne la dépouille pas, ne demande ni sacrifice ni renoncement, mais vient à sa rencontre d'un air sûr et doux. Un ventre qui sait attendre, qui prend et sait se faire prendre sans aucune violence. Comment pourrait-elle s'en passer désormais ?

39.

Peppina Malaga est revenue à la maison. deux petites tresses noires fixées derrière les oreilles avec une pince, les pieds nus comme d'habitude, les jambes lourdes et gonflées, un ventre proéminent qui lui remonte la jupe sur les tibias.

Derrière les vitres, Marianna la regarde descendre de la charrette et se précipiter vers Saro. Lequel lève les yeux vers la fenêtre de sa maîtresse comme pour demander : « Qu'est-ce que je fais ? »

« Ne manie pas ta faux sur le grain d'autrui », dit la sévère Gaspara Stampa. Son devoir est de laisser ensemble le mari et la femme et qu'ils soient contents. Elle leur attribuera une chambre plus grande où le nouvel enfant puisse grandir.

Et pourtant « dans mon réconfort, je suis assaillie d'un soupçon intérieur/qui tient mon cœur entre la vie et la mort ». Serait-ce la jalousie ? Cette écervelée, le « monstre aux yeux verts », comme l'appelle Shakespeare, « qui décrie ce dont elle se nourrit » ? La duchesse Marianna Ucrìa di Campo Spagnolo, comtesse de la Sala di Paruta, baronne de Bosco Grande, de Fiume Mendola et de Sollazzi pourrait-elle jamais être jalouse d'une fille de cuisine, d'un méchant oisillon tombé du nid ?

Et pourtant c'est ainsi. Cette enfant noiraude et ingrate semble rassembler sur elle toutes les grâces du paradis : elle a l'innocence d'une fleur de courge et la fraîcheur d'une grappe de raisin. Elle offrirait volontiers ses terres et ses villas, se dit Marianna, pour habiter ce petit corps juvénile et résolu qui saute au bas de la charrette avec son enfançon blotti sur la poitrine pour aller à la rencontre de son Saro.

La main relâche le rideau qui retombe sur la fenêtre. La cour disparaît et, avec la cour, la charrette tirée par l'âne empanaché, et Peppinedda tendant son ventre à son mari comme si c'était un coffre à trésor ; disparaît aussi Saro qui, tout en serrant sa femme contre lui, lève le regard vers elle d'un air de théâtrale résignation. Mais flatté, aussi, on le devine à sa façon d'ouvrir les bras, de son double amour.

À partir de maintenant vont commencer les subterfuges, les tromperies, les fuites, les rencontres clandestines. Il faudra corrompre, faire taire, effacer les traces de chaque étreinte.

Une brusque indignation lui assombrit le regard. Elle n'a aucune intention de tomber dans de semblables pièges, se dit Marianna ; si elle a donné femme à Saro, c'était précisément pour l'éloigner et non pour avoir un alibi. Alors ? Alors il faut rompre.

Il y a de l'arrogance dans cette détermination, elle le sait : elle ne tient aucun compte des langueurs d'un corps éveillé à la joie pour la première fois, elle n'a pas une pensée, même distraite, pour les désirs de Saro, elle ne pense même pas le consulter. Elle décidera pour et contre lui, mais surtout contre elle-même.

La longue pratique du renoncement a fait d'elle une très sévère gardienne. Tant d'années passées à tenir en respect ses propres désirs ont durci sa volonté.

Marianna regarde ses mains rugueuses qui se sont mouillées en se posant contre ses joues. Elle les porte à sa bouche. Elle goûte un peu de ce sel qui enferme en lui-même l'amère saveur de son renoncement.

Elle pourrait épouser Giacomo Camalèo, qu'elle trouve séduisant sans pour autant l'aimer. C'est déjà la seconde fois qu'il le lui propose. Mais si elle n'est pas capable de saisir aux cheveux un amour de pierre précieuse, comment le pourrait-elle pour un amour de pacotille ?

Que faire de soi ? À son âge, beaucoup de ses relations sont déjà enterrées, ou bien elles se sont voûtées et rétrécies et se font transporter en voitures fermées, avec mille précautions, dans des coussins et des couvertures brodés, rendues à moitié aveugles par un voile soudain tombé devant leurs yeux, folles d'avoir trop souffert, cruelles et vides d'avoir trop attendu. Elle les voit agiter des doigts gras couverts de bagues coincées par des articulations épaissies et qui, après leur mort, seront clandestinement coupés par des héritiers impatients de s'emparer de ces magnifiques perles chinoises, de ces rubis d'Égypte, de ces turquoises de la mer Morte. Mains qui n'ont jamais tenu un livre plus de deux minutes, mains qui devraient connaître l'art de la broderie et de l'épinette, mais n'ont même pas eu le droit de s'y dédier avec une vraie assiduité. Les mains d'une dame de la noblesse sont oisives par élection.

Ce sont des mains qui, bien qu'elles manient l'or et l'argent, n'ont jamais su comment il leur parvenait, n'ont jamais ressenti le poids d'une casserole, d'une cruche, d'une bassine, d'un chiffon à poussière. Familières peut-être des grains de rosaire, de nacre, d'argent ajouré, mais absolument étrangères aux formes de leur propre corps enfoui sous trop de linge, chemisettes, corsets, jupons et chemises, et considéré par les prêtres et les pédagogues comme coupable par nature. Elles ont sans doute caressé, ces mains, quelque tête de nouveau-né, mais elles ne se sont jamais salies à leurs langes. Elles ont peut-être erré parfois sur le corps supplicié du Christ en croix, mais n'ont jamais parcouru le corps nu d'un homme, chose que tant elle que lui auraient jugée indécente. Sans doute se sont-elles posées, inertes, sur son ventre, ne sachant où se terrer, que faire ; puisque chaque geste, chaque action est considérée comme dangereuse et inopportune pour une jeune fille de famille noble.

Elle, elle a mangé les mêmes pâtes et bu les mêmes tisanes calmantes. Et maintenant que ses mains ont touché un corps amoureux, l'ont parcouru en long et en large au point de penser en être devenue l'amie, voilà qu'elle doit se les couper et les jeter aux chiens, se dit Marianna, debout, raide devant la fenêtre close. Mais un déplacement d'air l'avertit que quelqu'un s'approche d'elle par-derrière.

C'est Innocenza, qui porte un candélabre à deux branches. Levant les yeux, Marianna voit le visage de la cuisinière tout près du sien. Troublée, elle recule, mais Innocenza continue à la scruter, pensive. Elle a compris que la duchesse ne va pas bien et cherche à deviner pourquoi.

La main grasse, à la bonne odeur de romarin et savon, se pose sur l'épaule de sa maîtresse et la secoue doucement comme pour la libérer de pensers épineux. Heureusement, Innocenza ne sait pas lire : il suffira d'un geste pour la rassurer. Inutile de mentir avec elle.

L'odeur de poisson qui monte du tablier d'Innocenza aide Marianna à sortir de son état de stupeur figée. La cuisinière réveille sa maîtresse d'un geste rude et plein de bon sens. Cela fait des années qu'elles se connaissent, et elles pensent tout savoir l'une de l'autre. Marianna croit connaître Innocenza par le biais de ce sortilège qui lui permet de lire ses pensées comme si elle les trouvait couchées sur papier. De son côté, Innocenza, pour l'avoir suivie depuis tant d'années et avoir entendu les discours des autres sur elle, croit que Marianna n'a pas de secret pour elle.

Pour lors, elles se regardent, intriguée chacune par la curiosité de l'autre ; Innocenza s'essuyant et se rées-suyant les mains sur son tablier de toile à rayures blanches et rouges, Marianna jouant mécaniquement avec son nécessaire à écriture : la tablette pliante, le petit flacon d'argent, la plume d'oie à la pointe bleuie.

Enfin, Innocenza la prend par la main et l'entraîne, comme une enfant punie restée trop longtemps seule que l'on ramène parmi les autres pour qu'elle mange et qu'elle se console.

Marianna se laisse conduire le long des escaliers de pierre, à travers le grand salon jaune, effleurant l'épinette au clavier découvert, devant les Dioscures romains de marbre diapré, sous les yeux complices et secrets des chimères.

Dans la cuisine, Innocenza l'invite à s'asseoir sur une chaise haute devant le four allumé, elle lui met un verre en main, prend sur une étagère une bouteille de liqueur douce, lui en verse deux doigts. Puis, profitant de la distraction et de la surdité de sa maîtresse, elle porte la bouteille à sa bouche.

D'abord Marianna feint de ne pas la voir pour ne pas devoir la gronder. Ensuite elle se reprend : pour-quoi devrait-elle la gronder ? D'un geste de petite fille, elle arrache la bouteille des mains de la cuisinière et boit elle aussi en collant ses lèvres au goulot. Servante et maîtresse se sourient. Elles se passent la bouteille, l'une assise, les cheveux blonds lissés sur son large front en sueur, les yeux céruléens de plus en plus élargis ; l'autre debout, son gros ventre caché sous son tablier maculé, ses bras robustes, son beau visage rond ridé dans un sourire béat.

Maintenant, il est plus facile à Marianna de prendre une résolution, même cruelle. Innocenza l'aidera, sans le savoir, en la tenant prisonnière au royaume des sécurités quotidiennes. Elle sent déjà à son cou les deux mains marquées d'entailles, pleines de brûlures et de rides noircies de fumée.

Il faudra s'éloigner sur la pointe des pieds et il y faudra une aide que seule une main habituée à compter les monnaies peut apporter. Entre-temps, la porte de la cuisine s'est ouverte de cette façon étrange qu'ont les huis de s'ouvrir sous les yeux de Marianna, sans avertir, d'un lent mouvement chargé de mystère.

Debout sur le seuil se tient Felice avec la petite croix de saphir pendue sur la poitrine. À côté d'elle, le cousin Olivo, serré dans une redingote couleur tourterelle, le visage long et égaré.

« Donna Domitilla, votre belle-sœur, s'est cassé le pied, j'ai passé la matinée chez elle », lit Marianna sur un billet roulé en cornet que lui passe sa fille.

« Don Vincenzino Alagna s'est tué pour dettes ; mais sa femme ne porte pas le deuil. Personne ne supportait ce hérisson. Sa petite fille a eu un érysipèle l'an dernier. Et c'est moi seule qui l'ai guérie. »

« Olivo ci-présent me demande une potion pour le désamour, qu'en dites-vous maman, dois-je la lui donner ? »

« Aux Lépreux ils ne veulent plus me laisser entrer. Ils disent que je sème le désordre. Parce que j'y ai guéri une teigneuse que le médecin local avait donnée pour morte. Maman, qu'avez-vous ?... »

40.

Ondulant sur les eaux vertes, le brigantin bouge à peine. Devant, en éventail, la ville de Palerme : une série de palais gris et ocre, des églises grises et blanches, des taudis peints en rose, des boutiques à stores rayés verts, des rues aux pavés disjoints au creux desquelles courent des rigoles d'eau sale.

Derrière la ville, un chaos de nuages opaques, les roches escarpées de Monte Ciccio, le vert des bois de Mezzoreale et de San Martino delle Scalle ; un dégradé de roches plus ou moins sombres où se niche la lumière violette du crépuscule.

Les yeux de Marianna s'arrêtent sur les hautes fenêtres de la Vicaria. À gauche de la prison, derrière un petit pâté de maisons, s'étend le rectangle irrégulier de la Piazza Marina. Au centre de la place vide, la noire estrade de la potence – signe que quelqu'un sera pendu demain matin –, cette potence sous laquelle monsieur père l'a traînée par amour, pour qu'elle guérisse de son mutisme. Jamais elle n'aurait imaginé que monsieur père et monsieur l'oncle mari aient un secret commun la concernant ; qu'ils se soient alliés en taisant à tous cette blessure infligée à son corps d'enfant.

Le brigantin est maintenant agité de secousses longues et nerveuses. Les voiles ont été hissées : la proue est franchement orientée vers la haute mer. Marianna s'appuie des deux mains à la balustrade vernie tandis que Palerme s'éloigne avec ses lueurs de fin du jour, ses palmiers, ses immondices poussées par le vent, sa potence, ses voitures. Une part d'elle-même restera là, sur ces routes fangeuses, dans cette tiédeur qui sent le jasmin sucré et le crottin de cheval.

Sa pensée se tourne vers Saro et vers les moments où elle l'a tenu serré contre sa poitrine alors qu'elle avait décidé de ne plus le voir. Une main saisie sous la table, un bras tendu derrière une porte, un baiser volé dans la cuisine durant les heures de sommeil. Délices auxquelles elle s'abandonnait le cœur bondissant.

Et tant pis si Innocenza avait deviné et la regardait avec réprobation, si les enfants commentaient, si les frères menaçaient de « faire assassiner ce parvenu », si Peppinedda l'épiait avec hostilité.

Entre-temps, don Camalèo était devenu assidu. Il venait la voir presque chaque jour avec sa calèche tirée par le pommelé gris et lui parlait d'amour et de livres. Il disait qu'elle était devenue lumineuse comme « une lampe à huile ». Et le miroir lui disait que c'était vrai : sa peau s'était éclaircie et détendue, ses yeux étaient devenus brillants, ses cheveux bouffaient sur sa nuque comme s'ils étaient imprégnés de levain. Aucun bonnet, aucun ruban n'arrivait à les contenir : ils explosaient et retombaient scintillants et fous autour de son visage éclatant.

Quand elle avait fait savoir à son fils Mariano qu'elle partait, il avait plissé le front en une bizarre expression qui se voulait soucieuse, mais laissait transparaître soulagement et satisfaction. Il n'était pas aussi doué pour dissimuler que son oncle Signoretto.

« Et où irez-vous ? »

« À Naples d'abord, et puis je ne sais pas. »

« Seule ? »

« Je prendrai Fila avec moi. »

« Fila est folle. Vous ne pouvez pas compter sur elle. »

« Je la prendrai avec moi, elle va bien maintenant. »

« Une folle meurtrière et une infirme en voyage, bien, c'est excellent ! Vous voulez faire rire le monde ? »

« Personne ne s'occupera de nous. »

« J'imagine que don Camalèo vous rejoindra. Vous avez décidé de jeter le discrédit sur la famille ? »

« Don Camalèo ne me suivra pas. Je pars seule. »

« Et quand reviendrez-vous ? »

« Je ne sais pas. »

« Et qui surveillera vos filles ? »

« Elles se surveilleront elles-mêmes. Elles sont grandes. »

« Cela vous coûtera une fortune. »

Marianna avait posé les yeux sur la tête de son fils, encore si beau malgré la calvitie naissante, qui se penchait sur la feuille tandis que sa main serrait fortement la plume.

Ces articulations blanches évoquaient une rancœur mal maîtrisée : il ne supportait pas d'avoir été tiré de ses rêveries pour affronter ces questions qu'il ne comprenait pas et qui ne l'intéressaient pas. Une seule inquiétude : que diraient les gens de son milieu de cette mère inconsciente ? Ne finirait-elle pas par dépenser trop ? Ne ferait-elle pas de dettes ? Ne réclamerait-elle pas d'argent, dès Naples peut-être, le contraignant à dégager Dieu sait quelle somme ?

« Je ne dépenserai rien qui soit à vous », a écrit Marianna d'une main légère sur la feuille blanche. « Je ne dépenserai que mon argent et, rassurez-vous, je ne déshonorerai pas la famille. »

« Le déshonneur, vous l'avez déjà provoqué avec vos extravagances. Depuis que notre oncle père est mort, vous faites continuellement scandale. »

« De quels scandales parlez-vous ? »

« Vous n'avez porté le deuil qu'un an au lieu de toujours ainsi que l'impose la coutume. Rappelez-vous, pour la mort d'un père : trois ans de noir ; pour la mort d'un fils : dix ans ; pour la mort du mari : trente ans, autant dire toujours. Et puis, vous ne fréquentez pas l'église quand il y a des messes solennelles. De plus, vous vous entourez de gens de basse extraction, inconvenants. Ce domestique, cet arriviste, vous en avez fait le maître ici. Il vous a amené sa femme, sa sœur folle et un enfant. »

« En réalité c'est sa sœur qui l'a amené ici. Quant à sa femme, c'est moi-même qui la lui ai donnée. »

« Justement, un rapport trop étroit avec des gens qui ne sont pas de votre classe. Je ne vous reconnais pas, madame, vous étiez plus docile et complaisante. Savez-vous que vous risquez l'interdiction ? »

Marianna secoue la tête : pourquoi repenser à ces désagréments ? Pourtant, il y a quelque chose dans les mots de son fils qu'elle ne comprend pas ; une rancœur qui va au-delà des scandales inventés, de l'inquiétude pour la fortune. Il a toujours été généreux, pourquoi se mettrait-il dans tous ses états pour les dépenses de sa mère ? Serait-ce encore cette jalousie d'enfant dont il ne saurait ni ne voudrait se débarrasser ? Il ne lui aurait pas encore pardonné de lui avoir préféré – avec une impudence réelle – son fils cadet Signoretto ?

Marianna pose les yeux sur la tête pelée de Fila qui, à côté d'elle sur le pont du navire, fixe la ville qui s'éloigne à l'horizon. Elles sont maintenant entourées d'une eau qui commence à friser tandis que la figure de proue offre sa poitrine nue aux vagues.

C'est le regard de Saro qui l'a décidée à partir. Un regard matinal involontaire : quand elle avait détaché sa bouche de son épaule pour le pousser à se lever et que déjà la lumière inondait le sol de la chambre à coucher.

Un regard d'amour comblé et d'appréhension. La peur que cette joie puisse s'interrompre brutalement pour une raison qu'il n'aurait ni prévue ni contrôlée. Non seulement son corps à elle, mais les vêtements élégants, le linge de batiste, les essences de myrte et de rose, les faisans cuits dans le vin, les sorbets au citron, les sorbets au raisin doux, l'eau de Nanfa, la bienveillance, les tendresses muettes, tout ce qui lui appartenait se trouvait dans les prunelles grises de Sarino, reflets inversés de splendeurs, comme ces cités que l'on aperçoit durant les heures chaudes, abîmées au fond de l'eau grâce à la fée Morgane, humides et vibrantes de lueurs, nébuleuses.

Ces mirages promettaient opulence et jouissances sans fin, sauf à disparaître dans les lumières blafardes d'un crépuscule d'été. Et elle avait voulu effacer des yeux de son amant l'image de cette cité heureuse avant qu'elle ne se dissolve elle-même en un éclair de miroir brisé.

Et la voici maintenant sur le plancher oscillant, les odeurs de mer qui se mêlent à l'odeur âpre du goudron et des vernis, en compagnie de la seule Fila.

41.

Le soir, à la table du capitaine, dans le petit salon au plafond en voûte, se tiennent d'étranges voyageurs qui ne se connaissent pas les uns les autres : une duchesse palermitaine sourde-muette dans un élégant cache-poussière à la Watteau à larges raies blanches et bleues, un voyageur anglais au nom imprononçable qui vient de Messine et porte une étrange perruque à boucles roses, un aristocrate de Raguse tout vêtu de noir qui ne se sépare jamais de sa petite épée d'argent.

La mer est agitée. Par les deux fenêtres s'ouvrant sur le flanc du bateau, l'on aperçoit un ciel jaunâtre strié de mauve. La lune est pleine, mais elle est continuellement recouverte d'écharpes de nuages orageux qui alternativement la voilent et la dénudent.

Fila est restée dans la cabine obscure, allongée avec un mouchoir mouillé de vinaigre sur la bouche pour lutter contre le mal de mer. Elle a vomi toute la journée, et Marianna lui a soutenu la tête tant qu'elle a pu ; puis elle a dû sortir pour ne pas se mettre à rendre elle aussi.

Le capitaine lui tend une portion de pot-au-feu. L'Anglais aux boucles roses lui renverse sur l'assiette une cuillerée de moutarde de Mantoue. Les trois hommes parlent entre eux, mais se tournent de temps en temps vers la dame et lui adressent un sourire aimable. Puis ils se remettent à bavarder, peut-être en anglais, peut-être en italien, Marianna ne parvient pas à le déduire du mouvement de leurs lèvres, et il ne lui importe que peu de le savoir. Après une première tentative de la mêler par gestes à la conversation, ils l'ont laissée seule à ses pensées. Et elle est contente qu'ils s'occupent d'autre chose ; elle se sent gauche et malhabile. La stupeur de se trouver dans cette situation nouvelle embarrasse ses gestes : il lui semble impossible de maintenir la fourchette entre ses doigts, les dentelles de sa manche ont constamment tendance à plonger dans l'assiette.

Des bribes de pensées flottent dans son cerveau fatigué : l'eau qui dormait et semblait limpide, tranquille, a été troublée par une main impatiente qui a fait remonter du fond des lambeaux de souvenirs épars et presque dissous.

Le corps tendre de son fils Signoretto, accroché à son sein comme un petit singe privé de souffle, et les douleurs qu'elle avait supportées sans parvenir à le rassasier. Le long visage de monsieur l'oncle mari quand, pour la première fois, elle avait osé le regarder de près et qu'elle avait découvert qu'il avait déjà les cils blancs. Le regard orgueilleux de sa fille Felice, religieuse sans vocation, qui a tout de même trouvé dans la médecine des herbes une forme personnelle de dignité et n'a désormais plus besoin de l'argent de la famille parce que les gens la payent bien.

Le petit groupe de ses frères et sœurs tels qu'elle les avait peints ce jour du mois de mai où elle s'était évanouie devant Tutui dans la cour de la maison de campagne : les bras d'Agata dévorés par les moustiques, les chaussures pointues de Geraldo, ces mêmes chaussures que plus tard on lui avait mises aux pieds dans le cercueil comme des lettres de créance pour le paradis, en lui souhaitant de faire de longues marches à travers des collines peuplées d'anges. Le rire malicieux de sa sœur Fiammetta qui avec l'âge est devenue un peu « bizarre » : d'une part, elle se fustige et porte le cilice, de l'autre, elle passe son temps à se mêler des coucheries de toute la parentèle. Les yeux égarés de Carlo qui, pour se défendre de la consternation, arbore un air méchant, colère. Et Giuseppa, encore inquiète et insatisfaite, la seule qui lise des livres et ait envie de rire, la seule à ne pas lui avoir reproché ses extravagances et qui l'a accompagnée jusqu'au port à son départ malgré l'interdiction de son mari. Les murs de la villa de Bagheria aux pierres de grès tendre, qui, vues de près, se révèlent des éponges creusées de milliers de galeries et de tanières où nichent de petits escargots de mer et de minuscules coquillages translucides. Il n'existe nulle part au monde une couleur plus douce que celle de ce grès de Bagheria qui recueille les lumières et les garde dans son épaisseur comme autant de lampions chinois.

Le visage noyé de sommeil de madame mère, ses narines noircies par le tabac, ses grosses nattes blondes qui se dénouaient sur ses épaules rondes. Sur sa table de nuit, il y avait toujours trois ou quatre flacons de laudanum. Qui, en réalité, ainsi que Marianna l'avait découvert étant adulte, était un composé d'opium, safran, cannelle, clous de girofle et alcool. Mais dans les recettes du pharmacien de la Piazza San Domenico, à la fin, la quantité d'opium avait augmenté au détriment de la cannelle et du safran. C'est pourquoi, parfois, le matin, elle la trouvait renversée sur les couvertures, la sainte madame mère, avec une expression extatique, les yeux mi-clos et une pâleur de cire.

Et voilà que dans la chambre à coucher où Marianna avait donné naissance à ses cinq enfants, sous le regard las des chimères, était entré Saro avec ses longues jambes minces et son doux sourire. Sur le lit des accouchements et des avortements, ils s'étaient étreints, tandis que Peppinedda errait dans la maison, inquiète et gardant enfermé dans son ventre un enfant de dix mois qui ne se décidait pas à naître. Au point que la sage-femme avait dû forcer l'issue et s'était mise à lui sauter dessus comme sur un matelas de paille. Et quand on se disait qu'elle allait mourir exsangue, il était enfin sorti un enfant énorme. Avec les mêmes couleurs que Saro, noir, blanc et rose, le cordon ombilical enroulé trois fois autour du cou.

C'est aussi pour Peppinedda qu'elle avait décidé de partir. Pour ces regards de démission et de complicité féminine qu'elle lui adressait, comme pour lui dire qu'elle consentait à partager son mari avec elle en échange de la maison, des vêtements, de la nourriture abondante et de la cécité totale à l'égard de ses vols au bénéfice de ses sœurs.

C'était devenu une entente familiale, un « arrangement » à trois dans lequel Saro se réfugiait, partagé entre l'appréhension et la félicité. Félicité qui aurait précédé de peu la satiété. Mais peut-être pas, peut-être se trompe-t-elle : entre une maîtresse-mère et une épouse-enfant, il aurait éternellement continué, avec tendresse et dévouement. Il serait devenu, comme c'était déjà en train de se produire, un calque de lui-même : un jeune homme satisfait sur le point de perdre sa candeur et sa joie au profit d'un juste équilibre de condescendance paternelle et une intelligente administration de l'avenir familial.

Avant de partir, elle les avait comblés de dons. Non, sans doute, par générosité, mais pour se faire pardonner son abandon et se faire aimer même de loin, encore un peu.

Le voyageur anglais aux beaux yeux bruns a disparu en laissant son assiette à moitié pleine. Le baron de Raguse se tient, haletant, devant la fenêtre tandis que le capitaine grimpe deux à deux les marches qui mènent au pont. Que se passe-t-il ?

De la porte parvient une forte odeur de sel et de vent. Les vagues doivent être devenues énormes. Enfermée dans sa coquille de silence, Marianna n'entend pas les cris sur le pont, les craquements qui augmentent, les ordres du capitaine qui fait amener les voiles, le brouhaha des voyageurs sur le pont.

Elle continue à porter la nourriture à sa bouche comme si de rien n'était. Aucun signe de ce mal de mer qui tord les viscères de ses compagnons de voyage. Mais voilà que la lampe à huile se met à osciller dangereusement au-dessus de la table. La duchesse s'aperçoit enfin qu'il ne s'agit peut-être pas seulement d'une mer un peu grosse. Des gouttes d'huile bouillante sont tombées sur la nappe et ont enflammé une serviette. Si elle ne bouge pas, d'une minute à l'autre, les flammes passeront du tissu à la table et de la table au plancher, le tout étant de bois sec.

Brusquement, la chaise de Marianna glisse et va heurter le mur, brisant le verre d'un tableau. Mourir ainsi, assise en costume de voyage à rayures, avec la broche de lapis-lazuli offerte par monsieur père piquée sur le col, la rose de taffetas dans les cheveux noués sur la nuque, serait certes une façon théâtrale de mourir.

Le chien de madame mère est sur le point de lui harponner la taille pour l'entraîner dans le liquide noir. Il lui semble voir battre des cils fous, doucereux. Ne sont-ce pas les yeux railleurs des chimères de Villa Ucrìa ? En un instant, Marianna trouve la force de se lever : elle renverse la carafe d'eau sur la table en flammes. De la serviette mouillée, elle recouvre la lampe qui s'éteint en grésillant.

L'obscurité règne maintenant dans la pièce. Marianna cherche à se rappeler de quel côté se trouve la porte. Le silence ne lui suggère que la fuite. Mais pour où ? Le grondement de la mer qui grandit, qui se fait ululement, n'est perçu par la muette qu'à travers les lames du parquet qui semblent se tordre, se soulever pour s'enfoncer tout de suite après sous les pieds.

L'image de Fila en danger lui fait enfin trouver la porte qui résiste à s'ouvrir, lui déversant dessus un torrent d'eau salée. Comment va-t-elle pouvoir descendre l'escalier à claire-voie avec ces secousses ? Elle y arrive pourtant, agrippée des deux mains à la rampe de bois, cherchant chaque marche du bout de la chaussure.

Un relent de sardines en salaison, pénétrant dans le ventre du brigantin, la prend à la gorge. Quelque tonneau doit être éventré et perd sa cargaison de poisson. Dans le noir, alors qu'elle cherche à tâtons à atteindre sa cabine, Marianna sent quelque chose de lourd lui tomber dessus. C'est le corps de Fila, tremblant et trempé.

Elle la serre contre elle, embrasse les joues glacées. Les pensées informes de sa compagne filtrent à travers les narines imprégnées d'une âcre odeur de vomi : « Maudite tu es, âne bâté, espèce de macaron, pourquoi m'as-tu fait partir ?… La duchesse m'a prise avec elle et m'a perdue, tête cuite, tête de mule, sacro-saint malheur à elle ! »

En somme, elle blasphème contre elle. Et dans le même temps se serre avec force contre elle. Qu'ils soient en train de couler avec le navire, c'est certain, il s'agit de savoir combien de temps la mer mettra à les engloutir. Marianna commence une prière et ne parvient pas à la mener à bien. Il y a quelque chose de grotesque dans cette façon de se préparer stupidement à la mort. Pourtant, elle inventerait n'importe quoi pour vaincre les forces aquatiques. Elle ne sait même pas nager. Elle ferme les yeux en espérant que tout se passe très vite.

Mais, ballotté comme il l'est par les vagues, le brigantin miraculeusement tient bon. Il résiste en pliant, en se tordant, dans la souplesse de ses hautes structures de cèdre et de châtaignier.

Maîtresse et servante restent debout, enlacées, attendant la mort, et elles sont si fatiguées qu'elles sont prises par le sommeil sans même s'en apercevoir, tandis que l'eau saumâtre leur déverse dessus des morceaux de bois, des chaussures, des sardines, des cordages déroulés, du liège.

Lorsque les deux femmes se réveillent, c'est déjà le matin, et elles sont encore enlacées, mais couchées par terre sous l'escalier à claire-voie. De la proue, une mouette curieuse les observe.

42.

Une pèlerine ? Peut-être, mais les pèlerins marchent vers un but. Tandis que ses pieds, à elle, ne veulent pas s'arrêter. Ils voyagent pour la joie de voyager. Fuyant le silence de ses maisons vers d'autres maisons, d'autres silences. Une nomade aux prises avec les poux, la chaleur, la poussière. Mais jamais vraiment fatiguée, jamais lasse de voir de nouveaux lieux, de nouvelles têtes.

À ses côtés, Fila : sa petite tête chauve toujours couverte d'un bonnet de coton immaculé, chaque soir lavé et mis à sécher sur la fenêtre. Quand elles trouvent une fenêtre, car elles ont aussi dormi sur la paille, entre Naples et Benevento, près d'une vache étonnée qui les flairait.

Elles se sont arrêtées aux nouvelles fouilles de Stabies et d'Herculanum. Elles ont mangé la pastèque offerte par un petit garçon, sur une tablette volante semblable à celle que Marianna utilise pour écrire. Elles ont bu de l'eau et du miel, assises émerveillées devant une immense fresque romaine où le rouge et le rose se mêlaient délicieusement. Elles se sont reposées à l'ombre d'un gigantesque pin maritime après avoir marché cinq heures sous le soleil. Elles ont chevauché des mules sur les pentes du Vésuve, tandis que leur nez pelait malgré les chapeaux de paille achetés à un colporteur de Naples. Elles ont dormi dans des chambres fétides aux carreaux cassés, avec un bout de chandelle par terre à côté du matelas sur lequel les puces sautaient à qui mieux mieux.

De temps en temps un paysan, un commerçant, un bourgeois intrigué par le fait qu'elles voyagent seules, entreprenait de les suivre. Mais le silence de Marianna et les noirs regards de Fila le chassaient rapidement.

Une fois, elles avaient même été dévalisées sur la route de Casserta. Elles avaient laissé aux brigands deux lourdes malles aux ferrures de cuivre, une petite bourse de maille d'argent et cinquante écus. Mais elles n'en avaient pas été trop affectées : les malles étaient encombrantes et contenaient des vêtements qu'elles ne mettaient jamais. Les écus ne constituaient qu'une partie de leur fortune. Les autres pièces, Fila les avait si bien cachées, cousues dans sa jupe, que les bandits ne s'en étaient pas aperçus. Et puis, ils avaient eu pitié de la muette et ne l'avaient même pas fouillée, alors qu'elle aussi avait de l'argent dans les poches de son manteau.

À Capoue, elles s'étaient liées d'amitié avec une troupe d'acteurs en route vers Rome. Une actrice comique, un jeune premier, un imprésario, deux castrats et quatre domestiques, plus une montagne de bagages et deux chiens bâtards.

Bien disposés et sympathiques, ils songeaient beaucoup à manger et à jouer. Ils ne s'étaient pas du tout émus de la surdité de la duchesse et s'étaient même immédiatement mis à parler avec leurs mains et leurs corps, se faisant parfaitement bien comprendre d'elle et suscitant les fous rires de Fila.

Naturellement, il revenait à Marianna de régaler tout le monde. Mais les acteurs savaient remercier en mimant leurs pensées pour le bonheur de tous, tant pendant les repas qu'à la table de jeu, dans les voitures de poste et les auberges où ils s'arrêtaient pour dormir.

À Gaeta, ils avaient décidé d'embarquer sur une felouque qui ne leur demandait que quelques écus. On disait que les routes étaient infestées de brigands et que, « pour un qui est pendu, il y en a cent qui sortent et se cachent dans les montagnes de la Ciociaria pour y chercher justement les duchesses », disait un billet malicieux.

Sur la barque, on jouait toute la journée au pharaon, à briribi. Le directeur de la troupe, Giuseppe Gallo, distribuait les cartes et perdait toujours. Mais les deux castrats, en revanche, gagnaient. Et la comique, madame Gilberta Amadio, ne voulait jamais aller se coucher.

À Rome, ils s'étaient installés dans la même auberge, dans la via del Grillo, une petite rue en pente que les voitures ne voulaient jamais prendre et qu'il fallait monter à pied à partir de la place del Grillo.

Un soir, Marianna et Fila avaient été invitées au théâtre Valle, le seul où l'on puisse se produire en dehors de la période du festival. Et elles avaient vu une petite œuvre mi-chantée mi-récitée dans laquelle la comique Gilberta Amadio changeait dix fois de costume en courant dans la coulisse pour réapparaître tantôt en bergère, tantôt en marquise, en Aphrodite ou en Junon. Tandis que l'un des deux castrats chantait d'une voix suave et que l'autre dansait habillé en berger.

Après le spectacle, Marianna et Fila avaient été invitées à l'auberge du Figuier, chemin du Panier, où il leur avait fallu engloutir de grandes assiettes de tripes en sauce. Elles avaient dû absorber verre sur verre de vin rouge pour fêter le succès de la troupe, et puis tout le monde s'était mis à danser sous les lampions de papier tandis que l'un des hommes à tout faire jouait de la mandoline et qu'un autre s'attaquait à la flûte.

Marianna goûtait sa liberté : le passé était une queue qu'elle avait entortillée sous ses jupes et qui ne se faisait sentir que par moments. L'avenir, une nébuleuse où s'apercevaient des lumières de foire. Et elle restait là, moitié renarde, moitié sirène, pour une fois vide de tourments, en compagnie de gens qui ne s'inquiétaient pas de sa surdité et lui parlaient gaiement en lui tournant des grimaces généreuses et irrésistibles.

Fila était tombée amoureuse de l'un des deux castrats. Et c'était arrivé justement à la fête après le spectacle, pendant le bal. Marianna les avait surpris qui s'embrassaient derrière une colonne et avait poursuivi son chemin avec un sourire de discrétion. Lui était un beau garçon, bouclé, blond, à peine un peu gras. Et elle, pour l'embrasser, s'était dressée sur la pointe des pieds, arquant le dos en un mouvement qui rappelait son jeune frère.

Un accroc, un sursaut, et la queue s'était déroulée. En fuyant, on n'échappe pas toujours complètement. Comme ce personnage qui vivait à Samarcande dans les *Mille et Une Nuits*. Était-ce Nur el-Din ou Moustapha, elle ne sait plus. On lui avait dit : tu mourras bientôt à Samarcande, et il était parti au galop vers une autre ville. Mais dans cette ville étrangère, tandis qu'il marchait tranquillement, il fut tué. On sut que la place sur laquelle il avait été agressé s'appelait justement Samarcande.

Le lendemain, la troupe était partie pour Florence. Et Fila était si désespérée qu'elle n'avait pas voulu manger pendant une semaine.

Ciccio Massa, le propriétaire de l'auberge du Grillon, montait personnellement à Fila dans sa chambre des bouillons de poule qui parfumaient toute la maison. Depuis qu'elles habitaient chez lui, il passait son temps aux basques de la jeune fille qui, elle, le détestait. Un homme corpulent aux jambes courtes, des yeux de sanglier, une belle bouche, un rire frais, contagieux. La main leste avec ses marmitons, pour se repentir ensuite et fondre en générosité pour ceux-là même qu'il avait maltraités. Envers les clients, il se montrait affable et nerveux, soucieux de faire bonne figure mais aussi de leur soutirer le plus d'argent possible.

Il n'était sans défense qu'avec Fila et quand il la voyait, et encore maintenant quand il la rencontre, il reste là, stupide, à l'admirer. Tandis qu'avec Marianna il prend souvent un air de bandit arrogant et, dès qu'il le peut, l'escroque.

Fila, qui vient d'avoir trente-cinq ans, a recouvré la beauté de ses dix-huit ans, avec en plus une plénitude sensuelle qu'elle n'a jamais eue, malgré sa tête pelée, ses cicatrices et ses dents cassées. Sa peau s'est faite si claire et lumineuse que les gens se retournent dans la rue pour la regarder. Son regard gris et mobile se pose avec douceur sur les choses et les êtres comme si elle voulait les caresser.

Et si elle se mariait ? Elle lui ferait une belle dot, se dit Marianna, mais l'idée de se séparer de la jeune fille lui ôte tout enthousiasme. Et puis, elle est amoureuse du castrat. Lequel est parti pour Florence en pleurant mais sans lui avoir demandé de le suivre. C'est cela qui a désespéré Fila au point que, par dépit ou pour se consoler, on ne peut pas savoir, elle a commencé à accepter les avances de ce sanglier de patron.

43.

Chère Marianna,

Tout homme et toute époque sont constamment menacés d'une barbarie occulte et latente, comme le dit notre ami Giambattista Vico. Votre absence a provoqué une certaine incurie dans mes pensées parmi lesquelles la mauvaise herbe a poussé. Je suis menacé, mais sérieusement, par la plus perverse des paresses, par l'abandon de moi-même, l'ennui.

Du reste, l'île ne souffre pas moins d'une nouvelle barbarie : alors que Victor-Amédée de Savoie avait apporté un certain air de sévérité et de rigueur administrative, entretenu péniblement par les Habsbourg, Charles III a maintenant recréé cette atmosphère de mollesse et d'abandon qui plaît tant à nos mangeurs de *cassatine* et *trionfi di gola*.

Ici règne l'injustice la plus savante. Si savante et si enracinée qu'elle semble « naturelle » à tout le monde. Et le naturel ne se commande pas, vous le savez bien ; qui songerait à changer une couleur de cheveux ou de peau ? Peut-on changer un état de légitimité divine en un état d'arbitraire diabolique ? Un roi a le pouvoir, dit Montesquieu, de faire croire à ses sujets qu'un écu est égal à deux écus. « Donne une pension à qui s'écarte de deux lieues et un gouvernement à qui s'écarte de quatre. »

Peut-être sommes-nous à la fin d'un cycle, car la nature des hommes est d'abord cruelle, puis elle devient sévère et ensuite bienveillante, et puis délicate et enfin dissolue. Le dernier âge, s'il n'est pas assujetti à des règles, se dissout dans le vice, et « la nouvelle barbarie conduit les hommes à maltraiter les choses ».

Depuis que vos ancêtres édifièrent la tour Scannatura et la maison de Bagheria, de l'eau a coulé sous les ponts. Votre grand-père soignait encore lui-même ses vignes et ses oliviers, votre père déjà le faisait par personne interposée. Votre mari mettait de temps en temps le nez dans ses cuves pleines de vin. Votre fils appartient à la génération qui considère que la terre est une chose vulgaire et dégradante. Il ne prête donc attention qu'à lui-même. Et je voudrais que vous voyiez avec quel soin jaloux il le fait ! D'après ce que je sais, vos domaines de Scannatura sont rongés par l'incurie, volés par les fermiers, désertés par les paysans qui émigrent toujours plus nombreux. Nous glissons comme des ballerines vers une joyeuse aboulie qui plaît beaucoup aux Palermitains de notre temps, ou plutôt du temps de nos enfants. Une aboulie qui a toute l'apparence de l'action, car elle est animée d'un mouvement que j'oserais appeler perpétuel. Ces petits jeunes gens s'agitent du matin au soir entre visites, bals, soupers, flirts et ragots qui les occupent au point de ne pas leur laisser une minute de répit.

Votre fils Mariano, qui a pris de vous son beau front et ses yeux langoureux et éclatants, est devenu célèbre pour ses prodigalités tout à fait dignes de notre roi Charles III, pour ses dîners auxquels tous, parents et amis, sont invités. Vous dites qu'il aime rêver, mais s'il rêve, c'est à coup sûr en grand. Et tout en rêvant il tient table ouverte. Sans doute étourdit-il ses amis de vivres et de vin pour éviter qu'ils ne le réveillent.

Il paraît qu'il s'est fait construire un carrosse identique à celui du vice-roi Fogliani, marquis de Pellegrino, avec des roues de bois doré et trente statuettes d'argent sur le toit, ainsi que des armoiries et des glands d'or accrochés à chaque coin. Le vice-roi Fogliani Aragona l'a su et lui a envoyé dire qu'il ne fasse pas tant son m'as-tu-vu ; mais votre sublime rejeton ne se l'est pas tenu pour dit.

Vous aurez eu d'autres nouvelles, j'imagine, par vos proches. Votre fille Felice est devenue célèbre à Palerme pour ses soins contre l'érysipèle, la teigne et tous les eczémas. Elle se fait payer cher par les riches et rien par les pauvres. Pour cela elle se fait aimer, bien que beaucoup la critiquent de se promener toute seule, jeune nonne qu'elle est, en tenant elle-même les rênes d'un mauvais cheval arabe, perchée sur le siège d'un petit cabriolet qui court sans cesse. Son projet d' « aide aux déshéritées des Lépreux » lui engloutit tant d'argent qu'elle a dû demander un prêt à un usurier de la Badia Nuova. Pour payer ces dettes, il semble qu'elle se soit mise aussi aux avortements clandestins. Mais il s'agit là d'informations « maison ». Par conscience professionnelle, je ne devrais pas en parler. Mais, vous le savez, mon amour passe outre tout scrupule et toute discrétion.

Votre autre fille, Giuseppa, s'est laissé surprendre dans le lit de son mari avec son cousin Olivo. Les deux hommes se sont provoqués en duel. Ils se sont battus. Mais aucun d'eux n'est mort. Deux couards, qui ont abandonné le combat dès la première goutte de sang. La belle Giuseppa attend maintenant un enfant dont elle ne sait pas s'il est de son mari ou de son cousin. Mais il sera reconnu comme sien par son mari. Parce qu'autrement il devrait la tuer et de cela il n'a sûrement pas envie. Olivo a été envoyé en France par son père Signoretto qui aurait, paraît-il, menacé de le déshériter, bien qu'il s'agisse de son fils aîné.

Manina vient d'accoucher d'un autre fils qu'elle a appelé Mariano comme son arrière-grand-père. Toute la famille était au baptême, y compris l'abbé Carlo, qui porte maintenant un masque soucieux de grand savant. En effet, on vient des universités de toute l'Europe pour lui demander de déchiffrer des manuscrits antiques. Il est considéré comme une célébrité à Palerme, et le Sénat a proposé de lui remettre un diplôme d'honneur. Dans ce cas, ce serait moi qui le lui remettrais dans son écrin de velours.

Quant à votre protégé Saro, il semble que votre départ lui ait tant déplu qu'il a refusé de manger pendant des semaines. Mais cela lui a passé. Et maintenant, il se goberge, paraît-il, avec sa femme dans votre villa de Bagheria où il reçoit comme s'il était baron : il donne des ordres et jette votre argent par les fenêtres.

Ceux, d'ailleurs, qui devraient donner le bon exemple ne s'en soucient guère. Charles, notre roi, et sa délicieuse épouse Amalia contraignent les courtisans à rester à genoux tandis qu'ils mangent, pendant des heures. La reine, dit-on, s'amuse à tremper des biscuits dans une coupe pleine de vin des Canaries que sa dame de cour doit tenir levée vers elle, toujours à genoux. Du bon théâtre, que vous en semble ? Mais peut-être sont-ce des médisances, personnellement je n'ai jamais assisté à semblables scènes.

Par ailleurs, la grande princesse de Sassonia a perdu tout prestige depuis qu'elle a mis au monde une fille, avec l'aide d'un chirurgien de surcroît.

Je me transforme en moraliste de quatre sous, j'en conviens. Je vois déjà votre visage s'assombrir, vos lèvres se pincer comme seule vous savez le faire avec toute la suave férocité de votre mutilation.

Mais savez-vous que c'est elle, justement, la mutilation de la moitié de vos sens, qui m'a attiré dans l'orbite de vos pensées ? Qui se sont faites denses et luxuriantes justement à cause de cette coupure d'avec le monde, qui vous a enfermée entre livres et cahiers au fond d'une bibliothèque. Votre intelligence a pris un tour si curieux, si insolite qu'elle m'a induit dans une délicieuse tentation d'amour. Chose que je pensais impossible à mon âge et qui m'émerveille comme un miracle de l'imagination.

Je vous le demande encore une fois par lettre, avec toute la solennité de l'écrit : voulez-vous m'épouser ? Je ne vous demanderai rien, pas même de partager mon lit, si vous le préférez. Je voudrais vous prendre comme vous êtes là, sans villas ni terrains, sans propriétés, ni enfants, ni carrosses, ni domestiques. Mon sentiment naît d'un besoin de compagnie qui me liquéfie comme beurre au soleil. Une compagnie féminine escortée de la pratique de la pensée, chose rarissime chez nos femmes qui sont tenues dans un état d'ignorance gallinacée.

Plus je m'emploie à mon travail, plus je vois de gens, plus je fréquente la bonne société et plus je m'enfonce dans une solitude de chartreux. Est-ce seulement un éblouissement de l'esprit de finesse pascalien qui me rapproche de vous, ou est-ce autre chose ?

Un mouvement de courants capable de réchauffer les océans ?

C'est votre mutilation qui vous rend unique : indifférente aux privilèges, bien que vous soyez dedans jusqu'au cou par droit de naissance, indifférente aux stéréotypes de votre caste, bien qu'ils fassent partie de votre chair même.

Moi, je viens d'une famille d'honnêtes notaires et honnêtes avocats, ou malhonnêtes peut-être, qui sait, la conquête rapide des avantages sociaux et du bien-être économique n'est pas le fait de l'honnêteté. C'est mon grand-père, mais je ne le confesse qu'à vous, qui acquit le titre de baron pour une famille de bourgeois modestes et vaniteux en veine de se hausser le col. Tout cela compte très peu, je le sais. Mes yeux ont appris à voir au-delà des toges, des redingotes, des « *robes volantes* » et des « *hopp petticoats* » aux couleurs pastel.

Vous aussi savez voir au-delà des damas et des perles, l'infirmité vous a conduite à l'écriture, et l'écriture vous a conduite à moi. Nous nous servons tous deux de nos yeux pour survivre et nous nourrissons comme des mites gourmandes de papier de riz, de tilleul, d'érable, pourvu qu'il soit encré.

« Le cœur a ses raisons que la raison ne connaît pas », aimait à dire mon ami Pascal, et ce sont d'obscures raisons qui plongent leurs racines dans la part de nous la plus enfouie. Là où la vieillesse ne devient pas déperdition mais plénitude d'intentions.

Je connais mes défauts qui sont en nombre, à commencer par une certaine tendance perverse, développée au cours des ans, à censurer stupidement les idées que j'aime. Pour ne pas parler de l'hypocrisie qui me dévore vif. Pourtant, je lui dois beaucoup. Il m'arrive de penser que c'est ma plus grande vertu, car elle s'accompagne d'une patience d'ermite. Et elle n'est pas dissociée d'une certaine capacité toute mondaine à « comprendre l'autre ». L'hypocrisie est la mère de la tolérance... ou en est-elle la fille ? Je ne sais. En tout cas, elles sont proches parentes.

De plus, je me laisse souvent entraîner par le commérage, tout en l'ayant en horreur. Mais à y bien regarder, l'on constate qu'à la base de la littérature se trouve justement le commérage. N'est-il pas cancanier, monsieur de Montesquieu avec ses *Lettres persanes* ? Ces flots de missives qui se croisent, pleines d'humour et de malice ? N'est-il pas cancanier, notre monsieur Alighieri ? Qui plus que lui s'amuse à rapporter tous les vices secrets et les faiblesses de ses amis et connaissances...

L'humour, auquel les écrivains s'abreuvent avec tant de grâce, d'où provient-il, sinon de la mise en lumière des défauts des autres ? Au point de les faire apparaître gigantesques et irrémédiables. Tandis qu'ils négligent la poutre qui surnage dans leurs yeux songeurs. N'en conviendrez-vous pas ?

Voici que, comme d'habitude, je tente de me justifier : ce sera sans doute qu'en m'auto-accusant je cherche à vous appâter, à vous débusquer des eaux mortes de vos silences ?

Je suis même plus pervers que vous ne le pensez. D'un égoïsme parfois révoltant. Mais le fait que je vous le révèle tend à signifier que ce n'est peut-être pas si vrai que cela. Je suis un menteur conscient. Mais, comme vous le savez, Solon disait qu'à Agira tout le monde est menteur. Lui-même était d'Agira. Disait-il la vérité ou mentait-il ? À moins que tout cela ne soit un truc pour vous tenir en haleine. Tournez la page, ma chère muette, et vous trouverez encore de quoi vous mettre sous la dent. Peut-être une autre prière d'amour, peut-être une information précieuse ou simplement une autre exhibition de vanité. Moi aussi, je suis infirme de mes sens qui se sont vulgarisés dans la pratique du monde. Pourtant, le monde est le seul lieu où je pourrais accepter de rester. Je ne crois pas me rendre volontiers au paradis, même si les rues y sont propres, sans mauvaises odeurs, coups de couteau, pendaisons, brigandage, pillage, vols, adultère ni prostitution. Mais qu'y faire toute la journée ? Juste se promener et jouer au pharaon et à biribi ?

Sachez que je vous attends le cœur serein, confiant en votre esprit aux longues pensées. Je ne dis pas confiant en votre corps, car celui-ci est rétif comme une mule, mais je m'adresse à ces espaces ouverts de votre tête où circule l'air marin, où vous êtes la plus discursive, la plus encline à la curiosité, à l'amour, je me flatte de le croire en tout cas… Vous savez, c'est parfois l'amour de l'autre qui suscite l'amour en nous : nous ne voyons la personne que lorsqu'elle réclame nos yeux.

Avec toute ma très tendre dévotion et l'espoir que vous reveniez bientôt. Sans vous, je me sens mal.

Giacomo CAMALÈO

Marianna observe les fines feuilles de papier gisant en désordre sur sa jupe à rayures. La lettre lui a inspiré un sentiment de lassitude qui maintenant la fait sourire. Et pourtant, la nostalgie de Palerme lui brouille le regard. Ces odeurs d'algues séchées au soleil et de câpres et de figues mûres, elle ne les retrouvera nulle part ailleurs ; ces côtes arides et parfumées, ces grosses vagues bouillonnantes, ces jasmins qui s'écaillent au soleil. Toutes ces promenades à cheval avec Saro vers le promontoire de l'Aspra où des saveurs et des odeurs enivrantes les rejoignaient et les emportaient. Ils descendaient de cheval, s'asseyaient sur les monceaux d'algues d'où jaillissaient les poux de mer, se laissaient envahir par le léger vent africain.

Leurs mains, progressant à reculons comme les crabes, se rencontraient à l'aveuglette, se serraient jusqu'à ce que leurs poignets soient douloureux. C'était un lent entrecroisement de bras, de doigts. Et puis, et puis que faire de la langue dans un baiser qui heurte au visage comme une nouveauté indiscrète et délicieuse ? Que faire des dents qui tendent à mordre ? Les yeux plongés dans les yeux, le cœur à la renverse. Les heures s'arrêtaient à mi-course, de même que ce profond parfum d'algues sèches. Les cailloux ronds et durs sous le dos devenaient coussins de plume, tandis qu'à l'abri d'un acacia aux branches ondulant au-dessus de l'eau ils se serraient l'un contre l'autre.

Comment avait-elle pu survivre à ces enlacements lorsqu'ils avaient été interdits par sa cruelle volonté ? Elle ne peut cependant empêcher qu'ils remontent à la surface comme des cadavres inquiets qui ne parviennent pas à couler.

Depuis que Fila a épousé Ciccio Massa, il lui est difficile de demeurer à l'auberge. Bien que Fila prétende continuer à la servir, bien que tous deux la bourrent de nourriture et s'en occupent comme d'une enfant, tous les matins elle se réveille avec l'idée de partir.

Revenir vers ses enfants, à la villa, à Saro, aux chimères, ou rester ? Échapper à ces formes trop connues qui constituent sa constance ou obéir à ces petites ailes qui ont poussé de part et d'autre de ses chevilles ?

Marianna fourre les dix feuillets dans la poche de sa jupe et, cherchant une réponse à sa muette question, regarde autour d'elle. Le soleil brille. Le Tibre, lourd et strié de jaune, coule à ses pieds. Un bouquet de cannes d'un pâle vert clair est couché le long de la rive par le courant. Mais après s'être aplati sur les eaux jusqu'à être presque submergé, il se redresse dans toute sa gaieté. Une myriade de minuscules poissons argentés remontent le flux là où l'eau s'arrête presque, formant lac entre les touffes d'orties et les buissons de chardons. L'odeur de l'eau est agréable, de terre fraîche, de menthe sauvage, de sureau.

Un peu plus loin, une barque à fond plat glisse le long de la corde tendue qui la maintient liée à la rive. Encore plus loin, des lavandières agenouillées sur les pierres rincent leur linge. Une autre barque, un radeau plutôt, avec deux rameurs debout, procède lentement d'un bord à l'autre du fleuve, transportant des sacs couleur cannelle et des roues de charrette.

En amont, le port de Ripetta s'ouvre comme un éventail, avec ses marches de pierre, ses anneaux de fer pour l'accostage des embarcations, ses murets de brique crue, ses bancs de marbre blanc, des allées et venues de porteurs.

En ce calme milieu de jour, Marianna se demande si elle pourrait s'approprier ce paysage, s'en faire une maison, un abri. Tout lui est étranger et pourtant cher. Mais jusqu'à quand peut-on demander aux choses qui vous entourent de rester étrangères, parfaitement compréhensibles et enfouies dans leur mystère ?

Cet avenir fuyant qu'elle se réserve ne sera-t-il pas un défi trop grand pour ses forces ? Ce désir de connaître des gens différents, ce désir d'errer, n'est-ce pas un orgueil inutile, un peu pervers et frivole ?

Où s'abritera-t-elle si toute maison lui paraît trop ancrée et trop prévisible ? Elle aimerait pouvoir se la mettre sur le dos, sa maison, comme un escargot et aller sans savoir où. Oublier la plénitude d'un enlacement désiré ne sera pas facile. L'écluse continue à retenir chaque goutte de souvenir, chaque petite miette de plaisir. Mais il doit pourtant exister autre chose qui appartienne au monde de la sagesse et de la contemplation. Quelque chose qui délie l'esprit des trop simples pulsions des sens. « Il est inconvenant qu'une dame erre d'une auberge à l'autre, d'une ville à l'autre, sans paix ni repère », dirait monsieur son fils Mariano, et il aurait peut-être raison.

Cette course, cette errance, cette souffrance à chaque arrêt, chaque attente, ne sont-elles pas des présages de fin ? Pénétrer dans l'eau du fleuve, d'abord la pointe des chaussures, puis les chevilles et enfin les genoux, la poitrine, la gorge. L'eau n'est pas froide. Il ne serait pas difficile de se faire engloutir par ce tourbillon de courants exhalant des odeurs de feuilles décomposées.

Pourtant, le désir de reprendre le chemin est le plus fort. Marianna fixe son regard sur les eaux jaunâtres, bouillonnantes, et interroge ses silences. Mais la réponse qu'elle en reçoit est encore une question. Et elle est muette.

pavillons poche

Titres parus

Peter Ackroyd
Un puritain au paradis

Woody Allen
Destins tordus

Margaret Atwood
La Servante écarlate

Nicholson Baker
À servir chambré

Mikhaïl Boulgakov
Le Roman théâtral

E. L. Doctorow
Ragtime

F. Scott Fitzgerald
Un diamant gros comme le Ritz

Pa Kin
Le Jardin du repos

Dacia Maraini
La Vie silencieuse de Marianna Ucrìa

Evelyn Waugh
Retour à Brideshead

Tennessee Williams
Le Boxeur manchot
Sucre d'orge

Richard Yates
La Fenêtre panoramique

Titres à paraître

Saki
Le Cheval impossible
L'Insupportable Bassington

Cet ouvrage a été imprimé par

FIRMIN DIDOT
GROUPE CPI

Mesnil-sur-l'Estrée

pour le compte des Éditions Robert Laffont
24, avenue Marceau, 75008 Paris
en mars 2006

Composé par Nord Compo
à Villeneuve-d'Ascq

N° d'édition : 46790-01. – N° d'impression : 78616
Dépôt légal : mars 2006
Imprimé en France